「悪かったって。拗ねるなよ、セト」
体長二メートルを超えており、最近はまた大きくなっているセトだが、
まだ生まれてから一年と経っていないのだ。
魔獣術で生み出されたのだから精神年齢と年齢が同じではないが、
それでもやはりセトにとってレイは大好きな相棒で、甘えたい相手なのだ。

「誰が相手でも、俺はその挑戦を受けよう」
（あの男に……勝つ）
世界で三人しか存在していない、
ランクS冒険者。
その一人、不動の異名をもつ男が
闘技大会に参戦……!?
レジェンド15
[legend]

レジェンド

15

神無月紅

[legend]

Reiji Saeki, an ordinary boy living in rural *Tohoku* region, has died.
All seems to be over… Yet, he wakes up, to a vision full of glimmering white,
with a glowing sphere, floating right in front.
The sphere claims to be a magician from another dimension,
in search of an heir to pass on the witchcraft it has perfected.
With the magical powers and a new physical existence, *Reiji's* adventure in *Elgin*,
the magical world begins…

口絵・本文イラスト
夕薙

装丁
coil

レジェンド

[CONTENTS]

15

[legend]

Reiji Saeki, an ordinary boy living in rural Tohoku region, has died.
All seems to be over... Yet, he wakes up to a vision full of glimmering white,
with a glowing sphere floating right in front.
The sphere claims to be a magician from another dimension,
in search of an heir to pass on the witchcraft it has perfected.
With the magical powers and a new physical existence, Reiji's adventure in Elgin,
the magical world begins...

[CHARACTER]

レイ

事故死してエルジィンに転生した日本の高校生。

最強の身体と相棒を手に入れ、己の高みを目指して旅に出る。

先のベスティア帝国との戦争で敵を圧倒し、「深紅」の異名をつけられたランクC冒険者。趣味はモンスターの魔石集め。

セト

魔獣術によって生み出されたレイの相棒のグリフォン。モンスターのグリフォンとは違い、魔石を吸収して技や魔法を覚えて成長する。精神的にはまだ生まれたての赤子のため、親代わりのレイに非常に懐いている。

雷神の斧　ギルムのランクAパーティ

エルク

パーティ名になっている『雷神の斧』は彼の異名でもあり、彼が使う大きな斧の名でもある。ランクA冒険者。細かいことは気にしない豪快で気持ちのよい性格。

ミン

エルクの妻で、ランクA冒険者の魔法使い。口数少なくクールだが、冷静に状況を判断して差配するパーティのまとめ役。エルクもロドスもミンには逆らえない。

ロドス

エルクとミンの息子。同年代ということもありレイをライバル視している。さらに、初恋の相手・ヴィヘラがレイに秋波を送っていることからも、負けられないと思っている。

ダスカー

レイや『雷神の斧』が拠点にしている辺境・ギルムを治めるラルクス辺境伯。ミレアーナ王国の中立派の中では大きな影響力を持つ。毎年ベスティア帝国の闘技大会に招かれてはいたものの参加したことはなかった。しかし、今回第三皇子救出の協力のため、初めて招待に応じることに。

ヴィヘラ

ベスティア帝国第二皇女であったが、皇籍を捨てて冒険者として迷宮都市エグジルにいたところでレイと出会った。初めて自分を負かせたレイに惚れ、積極的に口説いている。簡単につれないところも気に入っている。何よりも戦うことが好きな狂獣。

テオレーム

『閃光』の異名を授けられたベスティア帝国の指揮官。第三皇子・メルクリオに仕えていたが、メルクリオが幽閉され、その救出のためにヴィヘラに協力をあおぐ。

シアンス

テオレームの部隊の副官。
調整役として動き回っている。

プロローグ

ベスティア帝国を移動していたダスカーやレイ、それに護衛の者たちは、移動中に雨に降られてしまったため、近くにあった村で雨宿りをすることになる。

突然の大所帯の訪問で騒がせてしまったということで、ダスカーが数枚の金貨を村長に渡し、双方にとってこの雨宿りは損のないものになった。

そんな中……そこまで大きな村ではないので、セトは村の中に入ることが出来ず、雨が降っている中でも平気だということで、村の外で待機することになる。

レイと一緒にいられないのが残念だったのだが、そこは仕方がないと諦《あきら》めた。

村の門番にしてみれば、グリフォンが村のすぐ外にいるという状況に恐怖を抱きつつも、忠実に仕事をしていたのだが……そんな門番の前に、不意にセトが姿を現す。

それもセトだけではなく、初めて見る女と共に。

「あんたは一体何だ？　あんたもあの貴族の一行か？」

自らの震えを隠そうとして告げる門番だったが、それでも何とか口を開く。

「ダスカー様にこの短剣をお渡し下さい。そうすれば私の身分を保証してくれると思うので」

懐から出した短剣を女に手渡されるが、門番は短剣と聞いて固まってしまう。

だが短剣が鞘《さや》に収まっているのを知ると、女に知られないように安堵《あんど》の息を吐《つ》く。

「分かった。ちょっと待っててくれ。すぐに確かめてくる！」

「あ、ちょっと！」

短剣を受け取り、村の中に走って行く門番だったが、それを見送った女は呆《あき》れと共に呟《つぶや》く。

「私を放置したまま行ってどうするのよ。もし私が盗賊だったら、致命的な失態よ？」

そしてセトと待つこと数分。次第に女も沈黙が苦痛になってくる。

そんな女の不自然な様子が気になったのか、セトが小首を傾《かし》げつつ喉《のど》を鳴らす。

セトの態度に身体《からだ》を強張《こわば》らせた女だったが、危害を加える訳ではないのだと理解してセトに視線を向け……そのまま黙って目を合わせていると、セトが自分に対して害意を持っていないというのが理解出来たのだろう。一歩、二歩と前に進む。

「ヴィヘラ殿下とテオレーム様は全く怖くないって言ってたけど……だ、大丈夫よね？」

呟きながらそっと手を伸ばす。セトが自分に向ける円《つぶ》らな瞳《ひとみ》を見ていると、構いたくなる衝動をどうしても止めることが出来ない。伸ばした手が少しずつセトに近づいていき……

「おーい、許可が出たぞ！」

短剣を預けた門番の声が聞こえて思わず手を引っ込めた。

走ってきた門番が女の前に到着すると、村の中央にある大きな家に視線を向ける。

「あの真ん中にあるのが貴族様の泊まっている村長の家だ。案内はいるか？」

やって来た相手が美人と呼ぶべき顔立ちだったこともあり、少しでも長く女と喋《しゃべ》っていたい。そんな思いから出た言葉だったが、女はそれに首を振る。

「見えているんだから、いらないでしょ？　大丈夫よ。……それより短剣は？」

「ん？　ああ、あの短剣なら向こうに渡してきたから、村長の家に行ったら返して貰《もら》ってくれ」

その言葉を聞き、女は村の中に入っていく。

セトはその姿を見送ると、再び踵《きびす》を返して村の外に向かう。

その様子に門番は思わず安堵の息を吐き、そのわずか一瞬の間に、ふと気が付けばすでに女の姿は消えていた。

「そんなに急がなくてもいいだろうに。……やっぱり雨に濡《ぬ》れるのは嫌だったのか？」

降り注ぐ雨を見上げつつ、門番は溜息《ためいき》と共に呟くのだった。


「テオレーム様の部下のキューケンと申します。この度は急であったのに、ありがとうございます」

キューケンと名乗った女は、ダスカーに向かって深々と頭を下げる。面会をするのだから、当然雨に濡れたローブはすでに脱ぎ去っており、動きやすさを重視した格好をしていた。

「この短剣を持った者を連絡員として向かわせると事前に聞いていたからな。……返しておくぞ」

ダスカーが持っていた短剣を近くにいる騎士に渡すと、その騎士がキューケンに短剣を渡す。

その短剣を懐にしまい込んだキューケンは、小さく頭を下げてから口を開く。

「ありがとうございます。それで、早速なのですが……」

「ああ、伝令だったな。どんな話だ？」

「まず一つ。現在テオレーム様は、ヴィヘラ殿下の協力を得て戦力を拡充しつつあります。第三皇子派がそんな真似をしていると他の派閥に知られれば面倒なので、隠密にですが」

「その辺の話は聞いている。ヴィヘラ殿の人気は高いんだろう？」

「はい。おかげで戦力も集まってきてはいます。……もっとも、信頼出来る相手というのが大前提なので、増えている人数は徐々にといったところです。そして次ですが、正直に言えばこの情報を知らせるために今回私が派遣されたようなものです」

「ほう？　仰々しいが……どんな情報だ？」

「ベスティア帝国には暗殺、誘拐、扇動のように後ろ暗いことを引き受ける、鎮魂の鐘という組織があります。この手の組織は他にもあるのですが、鎮魂の鐘は凄腕《すごうで》の集団として知られています」

真《ま》っ直《す》ぐな性格のエルクにしてみれば、その手の裏の組織というのはあまり好まない。

不快そうに眉《まゆ》を顰《ひそ》めたエルクの様子を見て、キューケンは鎮魂の鐘の説明を続ける。

「また、鎮魂の鐘は裏組織としての義理も重要視しており、恩には恩を、裏切りには裏切りを返すと言われています。実際、以前裏の仕事を頼んでおきながら口封じをしようとした貴族は、口にするのも避けたいほどに最悪な最期を迎えたとのこと」

「義理堅い裏の組織か。……義理堅いかどうかは知らないが、それらしいのとは接触ずみだ」

ダスカーの口から出た言葉に、キューケンは申し訳なさそうな表情を浮かべて頭を下げる。

「はい、この村に来る前に立ち寄った街の噂《うわさ》で聞きました。私がもう一日早く来ていれば、適切に対応出来たのでしょうが……申し訳ありません」

「なに、気にするな。こっちの護衛戦力は特にダメージを受けた訳じゃないからな。受けた傷も軽いもので、数日もすれば回復する見通しだ」

ダスカーの言葉にキューケンが頭を下げたのを見たミンが、前の戦いでのことを思い出す。

「キューケン、と言ったね。君はその鎮魂の鐘という組織についてはどの程度知っている？　具体的には、自分で戦わずに全く見知らぬ他人を操ることが出来る者を。それと、その対象の痛覚を麻《ま》痺《ひ》させ、通常よりも遥《はる》かに強い力を発揮させるような能力の持ち主についても」

「手口からすれば、恐らくは人形遣いと呼ばれている者かと。ただし、詳しいことはあまり分かっていない状態です。捕らえた者は昏睡《こんすい》状態になっているらしいので。術士本人が表に出てくることも滅多になく、いつの間にか人形遣いと呼ばれるようになりました」

「人形遣い、か。確かに何人かそれっぽいのがいたな」

キューケンの説明に、昨夜の戦いの報告を思い出したのだろう。ロドスが忌々しげに呟く。

何人か関節を砕いて無力化することには成功したが、こちらもやはりレイやセトが倒した者たちと同様に昏睡状態になっていた。

「厄介な相手が狙ってきたものだな。そいつらを雇っているのはこの国の貴族か？」

「はい。ただし、それほど重要な役職にある貴族ではありません」

「だろうな。そもそも俺を招待したのはこの国の上層部だ。そんな相手の不興を買ってまで俺に刺客を放つとは思えないな。だが、それなら……」

ダスカーはすぐに納得の表情を浮かべる。何を理由に自分が襲われたのかなど、考えるまでもない。実際、ロドスやレイ、それに騎士たちから報告されていたではないか。

「戦争で家族や知り合いが死んだ連中、か」

「ええ。特に今回の戦争では多くの兵士や騎士、あるいは貴族が死にましたからね。当然その中には跡継ぎだったり、婚約者だったり、友人といったものが含まれています」

「……そうは言ってもな。戦争だぞ？　ベスティア帝国の人間であるお前に言うのもなんだが、そもそも攻めて来たのはベスティア帝国だ。こちらは迎撃したにすぎない」

「私の立場としては何も言えませんが……ともあれ、ラルクス辺境伯や深紅《しんく》に恨みを持っている相手が雇った者たちであるのは間違いありません」

キューケンの表情に面白くなさそうな色が見えるのは、本来であれば一刻も早くテオレームやヴィヘラと共に第三皇子の救出に向けて動かなければならないところを、このような面倒な横槍《よこやり》のせいで手を煩わされているからだろう。

今回の連絡役も、本来ならもっと下の者が来るはずだった。だが鎮魂の鐘という強力な裏組織が動いているという重要な情報を掴《つか》んだ以上、下っ端に任せるには荷が重く、結果的にテオレームの部下の中でも相応の地位と実力があるキューケンが来ることになったのだ。鎮魂の鐘に狙われるということは、それほど衝撃的な意味をもつのである。

「一つ、注意しておいて頂きたいことがあります」

改まった態度で告げてくるキューケンに、その場にいた者たちの視線が集まる。

ラルクス辺境伯のダスカー、ランクAパーティ『雷神の斧《おの》』のエルク、その妻ミン。そんな三人を含めた全員の視線を浴びつつ、キューケンは全く臆《おく》した様子もなく説明を続ける。

「ベスティア帝国内でも凄腕として有名な、鎮魂の鐘。それほどの組織である以上、ちょっとやそっとでは接触することが出来ません。つまり、それは依頼も出来ないということです」

「けど、実際に前の街で襲ってきたのは鎮魂の鐘って奴《やつ》らなんだろ？」

何を言ってるんだ？　そんな意味を込めてロドスの口から出た言葉に、キューケンは頷《うなず》く。

「はい、話を聞いた限りでは……特に意識不明になっている者のやり口を考えれば、鎮魂の鐘の仕業であるのは間違いないでしょう。つまり……」

「簡単には依頼出来ない組織が動いている……裏に大物がいる可能性もある、ということか」

「ラルクス辺境伯の仰《おつしや》る通りかと。鎮魂の鐘が関《かか》わっているという情報を得たとき、特にそれを雇っている者たちの名前を知ったときは、テオレーム様も最初はデマか何かだと判断していました。鎮魂の鐘に依頼を出来るような地位の貴族ではなかったからです。ですが調べを進めた結果、さらにその裏に何者かがいるのではないかという結論に行き着きました」

「厄介だな。……誰が本当の意味で後ろにいるのかも、まだ分からないのか？」

「テオレーム様も手をつくしてはいるのですが、何分第三皇子派は人数が少なく……」

その人数の少なさをどうにかしようと動いているのが、人気の高いヴィヘラだ。

だが、すぐにどうこう出来るはずもなく、しばらくは苦しい暗闘が続くのは明白だった。

「……まぁ、いいんじゃないか？　元々俺たちの役目は帝国の目を引きつけることだ。今回の件の黒幕が何を企んでいるのかは分からないが、人目を引くのには成功してるんだし」

沈鬱《ちんうつ》になりそうだった空気を吹き飛ばすかのようにエルクが告げる。

「それに、裏に誰かがいると分かっているのなら何とでもなる。あのレイだぞ？　罠《わな》に填《は》められても逆に食い千切って、罠を仕掛けた相手の喉笛《のどぶえ》を噛《か》み切っている光景しか思い浮かばない」

その言葉に皆が納得してしまうのは、それぞれレイという存在を十分に知っているからだろう。

「テオレーム様から聞いてますが、そんなに深紅……いえ、レイという方は凄《すご》いんですか？」

「凄いかどうかで言えば、間違いなく凄いな。……ん？　お前、テオレームの部下だってことは戦争にも参加してたんだろ？　ならあの炎の竜巻も見たんじゃないのか？」

不思議そうに尋ねるダスカーに、キューケンは苦笑を浮かべて首を横に振る。

「テオレーム様からの命令で部隊から離れていましたので、戦争には参加していません」

「なるほど。まぁ、何をしていたのかは聞かない方がよさそうだな」

「ええ、そうして貰えれば助かります。私としては、話に聞く炎の竜巻というのを一度は見てみたいんですけどね。さすがに気軽に見せて貰う訳にもいきませんし」

「当然だ。ただでさえあれでレイは有名になったんだ。特にベスティア帝国内では、下手をすればミレアーナ王国よりも名前が知られている。深紅の代名詞となった炎の竜巻と共にな」

　戦場で見た光景を思い出しつつ呟くダスカー。

　ダスカーも、オークキングを倒したときからレイが腕の立つ人物だというのは知っていた。

　だが、それでもあそこまでの能力を持っているというのは、完全に予想外だったのだ。

　そんなダスカーの言葉を聞き、キューケンは実際に自分の目で見た訳でもないのに、炎の竜巻が人々を呑《の》み込み、燃やし、蹂躙《じゅうりん》していく様子を思い浮かべる。

「話がずれた。鎮魂の鐘について話を戻そう。帝都に着くまでにまた襲ってくると思うか？」

「正直なところ、分かりません。ですが、鎮魂の鐘に依頼した者たちの動機が復讐《ふくしゅう》であれば可能性はあります。くれぐれも油断せず……いえ、『雷神の斧』や深紅がいるのでしたね。失礼しました」

「いや、気にするな。ところでキューケンはどうする？　一泊してテオレームの下に戻るのか？」

「はい。出来ればそのようにしたいと思います。この雨の中をすぐに発《た》つというのは……」

「分かった。村長に言って部屋を用意させよう。宿屋もあるが、お前の素性を考えると俺たちと一緒の方がいいからな」

　ダスカーの言葉にキューケンは頭を下げ、結局この日は村長の家に泊まって翌日ダスカー一行と共に村を出て、途中で別れるのだった。

第一章

まるで箒《ほうき》で掃いた跡のような雲が見え、夏に比べると大分柔らかくなってきた日差し。そんな、少し早い秋晴れの中……

「ぐおおおお！」

振るわれるクレイモアを、猫のようなしなやかな身のこなしで回避し、相手の懐に入り込む。

二メートル以上の身長を持ち、身体中が筋肉で出来ているかのような騎士の鎧《よろい》に触れる手。

武器を突きつけている訳ではなく、純粋に巨漢の騎士の胸元に触れ……

「はぁっ！」

そんな声と共に魔力を放つ。一見すると鎧には何の変化もなく、騎士にダメージを与えられるようには見えない、そんな一撃。だが、次の瞬間には男の口から……否、それどころではない。耳、鼻、目といった顔中から血が流れ出す。

喉からせり上がってきた血の塊が呼吸を困難にしたのだろう。呼吸を半ば無理矢理止められて苦しげに呻《うめ》いた騎士の男は、そのまま地面に倒れ伏す。

地面に倒れた男の頭部から周囲に広がっていく血。

その光景を作り出す原因となった人物は、何かを確認するかのように幾度か手を握る。

「悪くないわね」

妖艶《ようえん》な笑みを浮かべるその姿は、何も知らない者が見れば一目で目を奪われるに違いない。

それほどの魅力を秘めて笑みを浮かべる人物は、近づいてくる足音の方に視線を向ける。

「そっちは片付いたの？」

「ええ。問題なく。……しかし、ヴィヘラ様。いくら何でも凄惨《せいさん》すぎませんか？」

長剣の刀身についていた血を振り払い、鞘《さや》に収めつつテオレームは呆《あき》れたように告げる。

そんなテオレームの言葉に、ヴィヘラは小さく肩を竦《すく》めて笑みを浮かべる。その際に豊かな双丘がユサリと揺れるのが、薄衣《うすぎぬ》を幾重にも重ねた踊り子の如《ごと》き衣装の下に見えていた。

だが、テオレームはその光景から意識的に視線を逸《そ》らし、改めて地面に倒れている相手に視線を向ける。確認するまでもなく、すでにその命の炎が消えているのは理解出来た。

「そう？　私を襲ってきた以上、命の覚悟をするのは当然でしょ。……それで、この盗賊の振りをした相手はどこの手の者だと思う？」

盗賊の仕業に見せようとしたのだろうが、慣れない装備を使うのを嫌がった者もいたのだろう。ヴィヘラが倒した相手の他にも、見るからに騎士としか思えない装備をしている者の姿がある。

自分たちの素性を知られても、相手を皆殺しにしてしまえば問題ないと判断したに違いない。

甘いとしか言えないその考えを浮かべて襲いかかり、ヴィヘラという存在をその目にして思わず迷いを抱いたところに、ヴィヘラやテオレーム、それ以外の者たちが怒濤《どとう》の攻撃を仕掛け……結果的に一方的な蹂躙に近いものとなった。

中でもヴィヘラと戦った相手は、修行の成果と新技の実験台にされたのだからなおさらだった。

「それにしても、この短時間でここまで技を昇華させるとは……さすがですね」

「前々から考えてはいたのよ。私は魔力は大きいけど魔法に向いてる戦闘スタイルじゃないから、余っている魔力を有効活用出来ないかってね。手甲に回すだけだと魔力の消耗はほとんどないし」

「その結果がこれ、ですか」

テオレームの視線が、地面に倒れて顔中から血を吹き出し絶命している男に向けられる。

ヴィヘラが試したのは、魔力を用いて相手の体内に直接衝撃を通し、内臓を破壊する技。

もしレイが見れば、アニメや漫画の知識から浸透勁《しんとうけい》や裏当てといった言葉を連想するだろう。

原理的にはミレイヌが使っているショック・ウェーブに近いのだが、魔力が足りないミレイヌと違ってヴィヘラの場合は豊富な魔力がある。その差が、今のこの光景を作り出していた。

「ええ。確かに私はレイに負けたわ。だからこそ、あの人に対して恋愛感情を持ったし、愛している。けど、だからといって私も負けたままってのは面白くないのよ。今度戦う機会があったら次こそは私が勝つためにも、新しい力は必要でしょう？」

喋《しゃべ》っている内容は非常に物騒なのだが、その顔に浮かんでいる笑みが恋する乙女にしか見えない辺り、ヴィヘラの特異性が表れている。

（あの技を食らえば、さすがにレイでも致命傷になりそうな気が……）

そうも思ったテオレームだったが、もしそれを口にすれば自分が代わりに実験台にさせられそうな気がして、結局口に出すことはなかった。

（ヴィヘラ殿下ほどの美女に好意を寄せられているのだから、この程度は許容範囲内だろう）

エルクとやり合えるほどの実力を持つテオレームではあったが、それでもあの内臓破壊の技を食らえば致命的なダメージを受けるだろうと判断せざるをえない。

そんな風に考えているテオレームをそのままに、ヴィヘラは周囲を見回す。

幸い周辺には誰もおらず、この戦闘——と呼ぶには一方的すぎたが——を見た者はいなかったらしいと知り、安堵《あんど》の息を吐《つ》く。ここが街道の類《たぐい》ではなく、後ろ暗いところのある者が通る場所だというのも影響しているのだろう。

「それにしても、私を見て一瞬動きが止まったということは、私がテオレームに協力しているというのを知らなかったのよね？」

「そうでしょうね。情報を与えられなかったのか、あるいは入手出来ていなかったのか」

ヴィヘラとテオレームが帝国に戻ってきて、すでにそれなりに時間が経《た》つ。かなり活発に動いているのだから、ある程度の目や耳を持っている者はヴィヘラがテオレームに協力しているとすでに知っていてもおかしくはない。だが、襲って来た者たちはそれを知らなかった。

「意図的に情報を与えなかった、という方に一票ですね」

そう告げながら姿を現したのは、テオレームの副官でもあるシアンス。

手に槍《やり》を持っており、その穂先も血で汚れている。

「私とテオレーム様だけならともかく、ヴィヘラ様を相手に、好んで戦闘をしたいと思う者は多くないでしょう。それを避けるためにヴィヘラ様の存在を隠し通したのではないでしょうか」

「だが、対面すればヴィヘラ様の存在を隠し通すのは不可能だ」

「ええ。ですから、それでも構わないと今回の件を企《たくら》んだ者は踏んだのでしょう。ヴィヘラ様が実際にどの程度の戦闘力なのかを測るため、あるいは消耗戦を狙《ねら》って……というところかと」

消耗戦。その言葉を聞いてテオレームの眉《まゆ》が動く。第三皇子派は自分を含めて精鋭揃《ぞろ》いであるという自負はある。だが人数的には少数であり、それぞれの体力も無限という訳ではない。

「人数が少ないという弱点を補うために、私たちが動いているんでしょ。さっさとブーグル子爵のところに向かいましょう。こちら側に付いてくれる可能性が高いのよね？」

「そうですね、向こうもヴィヘラ様がこちらについているというのは知っているでしょうし、恐らく待《ま》ち侘《わ》びているでしょう」

ヴィヘラの言葉に、テオレームが笑みを噛み殺すように呟《つぶや》く。

ブーグル子爵はまだ二十代で、ヴィヘラやテオレームと同世代と言ってもいい。

だが数年前に当主だった父親が病気で死んでおり、まだ若い長男が当主を継いだのだ。

テオレームにとって重要だったのは、その若き子爵がヴィヘラに心酔していたということだ。

もしもヴィヘラが帝国を出奔しておらず、自らの派閥を作っていれば、間違いなくその中にはブーグル子爵がいた。そう断定できるほどにヴィヘラに心酔している人物だった。

（美しいヴィヘラ様に男として……というのなら珍しくないのだが、異性というよりは性格に惚《ほ》れたといったところだからな）

言うなれば、漢気《おとこぎ》に惚れたようなものだろう。

それだけに、テオレームとしてはヴィヘラとレイの関係を思えば不安な要素もあった。

（ブーグル子爵は軽い性格を装ってはいるが、人を見る目は厳しい。……さて、ヴィヘラ様とレイの関係を知ればどう出るか……悪い方に動かなければいいんだがな）

「テオレーム、どうしたの？」

内心で考え込んでいると、それを疑問に思ったのかヴィヘラが声をかける。

その声で我に返ったテオレームは、軽く首を振り何でもないと示す。

「ヴィヘラ様、テオレーム様。ここで時間を無駄に浪費する必要もないかと」

そんなシアンスの言葉に二人は小さく苦笑を浮かべ、死体をそのままに数名の部下たちを引き連れたまま先を急ぐのだった。

◆◇◆◇◆◇

「ヴィヘラ殿下⁉　おお、本当にヴィヘラ殿下ですか⁉　門番から話を聞いたときは、何を馬鹿なと思いましたが……まさかこうして再びお目にかかれるとは……このティユール・ブーグル、嬉《うれ》しさのあまり感動を歌にしてしまいそうです！」

道中で盗賊の振りをした騎士たちとの戦闘を終えてから数時間後、ヴィヘラたち三人の姿はブーグル子爵の屋敷の中にあった。幸い門番がヴィヘラの顔を知っており――ブーグル子爵の部下としては当然だが――すぐに当主のティユールに知らされ、こうして面会をしていたのだが……

「ブーグル子爵、相変わらずね。変わってないようで安心したわ」

「そんな、殿下こそ……ああ、いえ。殿下は随分と変わって……その、何と言えばいいのか。殿下がお美しくても、それを見せびらかすかの如き服装はどうかと。私を含めて目の毒としか……」

そう告げつつも、ティユールの視線には欲望の類は存在しない。

ティユールにとってヴィヘラというのは、尊敬すべき対象ではあっても性欲の対象ではないのだ。

その辺の区別を意識的にやっているところがティユールの非凡な才能でもあった。

自らの容姿が人目を惹《ひ》き付けると理解しているヴィヘラにしてみれば、その手の視線を向けてこないティユールは付き合いやすい。だからこそ、協力を仰ぎにやってきたのだから。

「ああ、ヴィヘラ殿下の美しさを後世に残すためには、この光景を絵画に……いえ、それでは遅い、遅すぎる。それよりもやはりここは吟遊詩人を呼んで……」

ヴィヘラの美しさを後世に残す方法を検討するティユールに、その場にいた者たちは苦笑を浮かべる。これこそがティユールであり、昔から何も変わっていないのだと。

「落ち着きなさい。それで、私がここに来た理由だけど……」

「ええ、理解していますよ。テオレーム殿が共にいるということは、軟禁されているメルクリオ殿下をお助けするのでしょう?」

あっさりと断言をするティユールに、ヴィヘラが頷《うなず》く。

軽い性格に騙《だま》されがちではあるが、目の前にいる男が有能なのは間違いない。

さらにティユールは独自の諜報網《ちょうほうもう》……とまでは呼べないものの、情報を集めるルートがある。

「帝都の方にも私の芸術家仲間がいますので、多少は情報を手に入れることも出来ますから」

吟遊詩人や歌手、画家、彫刻家といった芸術関連に対して深い造詣《ぞうけい》を持つと共に、若い芸術家の後援活動を行っている関係上、本人が帝都にいなくてもある程度の情報は入ってくる。

「それに、ヴィヘラ殿下は家族思いですからね。今の状況を知ればきっと何らかの行動を起こすのではないかと思っていました。……ですが、私が協力するのはあくまでもヴィヘラ殿下であって、テオレーム殿ではありません。その辺をお間違えのないよう」

ヴィヘラに向けるのとは全く違う鋭い視線に、テオレームは苦笑をしながら頷くのだった。

◆◇◆◇◆◇

圧倒されるほどに巨大。それが視線の先に見えてきた光景を前に、レイが感じたことだった。

辺境にある唯一の街ギルムや、ミレアーナ王国でも最大級の港街エモシオン、迷宮都市エグジルといった、レイが知っている中でも最大級の大きさを誇る街が十や二十集まったそれよりも、なお大きい。それがベスティア帝国の帝都だった。

その巨大な都市をこれまた巨大な……重厚な城壁が取り囲んでおり、まだ帝都までは随分な距離があるというのに、地平線一杯に広がっているようにすら見える光景。

「これは……凄《すご》いな」

「まぁ、ベスティア帝国の帝都だからな。唯一の都ということで、帝都以外の名前を付けないほどの徹底ぶりだ。それだけ自信があるんだろうよ」

別の騎士が呟いたその言葉に、周囲の他の騎士もまた納得したように頷く。

ミレアーナ王国の王都を知っている者もいるが、それと比べてもなお巨大としか言いようがなかったからだ。この光景を見れば帝都こそが唯一の都で、敢《あ》えて帝都という以外の名前を付ける必要もないだろうというのは理解が出来る。

レイも含めて呆然《ぼうぜん》と帝都を見ている横を、他の馬車や商人、冒険者が通りすぎていく。

立ち止まっている訳ではないのだが、急いで帝都に入りたいと思う者たちが多いのだろう。その理由は帝都の近くまで行けばすぐに分かった。正門前にかなりの行列が出来ているのだ。

それこそ、千人規模の行列が。

「あの行列って、もしかして帝都に入る順番待ちか？」

聞きたくないが聞かなければならない。そんな複雑な思いで尋ねたレイに、騎士が頷く。

「そうだ。恐らく闘技大会の客が多いんだろうな」

「ベスティア帝国を挙げての祭りだからな。当然それを楽しみにして帝国中から観光客が来るんだろうし、他にもダスカー様みたいに周辺諸国から招待されている賓客も大勢いる」

「いや、けど……この人数を今日だけで審査するのは、どう考えても無理だろ？」

今でさえ千人を超えると思われる行列が出来ているにもかかわらず、次から次に新たに行列の後ろに並んでいくのだ。ここが田舎の村ならともかく、ベスティア帝国の首都である帝都だ。中に入る際のチェックも厳しくなるのは当然で、自然と手続きに時間もかかる。

それを考えると、レイにはとてもではないが現在並んでいる者たち全《すべ》てが今日中に手続きを完了出来るとは思えなかった。だが、そんなレイの言葉に騎士はあっさりと頷く。

「そりゃそうだろ。だからほら、ああいうのを持っている奴《やつ》もいる」

騎士の視線の先には、テントを用意している者の姿があった。

「つまり、ここに並んで明日まで待つ訳か。……辺境ではとてもじゃないが出来ない方法だな」

「ミレアーナ王国の王都もそうだが、審査は複数の警備兵でやっているから一度に捌《さば》ける人数は結構多い。冒険者や商人、旅人といった風に列が分けられたりもしている」

「……俺たちの場合は？」

騎士の口から出た言葉の中に貴族はなかった。ならダスカーが率いている自分たちはどうするのかという問いに、騎士は笑みを浮かべて口を開く。

「貴族は全く別だよ。ほら、あっちだ」

騎士の視線の先には、帝都に訪れた者たちが並んでいるものよりも一回りほど大きい門が存在していた。そこにも警備兵らしき人物がいるが、御者と言葉を交わすと素通りさせる。

「随分と差があるんだな。いや、分かっていたけど」

片や下手をすれば数日野宿する必要があり、片やほとんど素通りに近い。

その待遇の差に呆れたように呟くレイだったが、騎士は当然だと頷く。

「貴族と平民だ。それは当然だろ。それに、自分たちが招待した貴族を何日も帝都の外で待たせるのか？　そんな真似《まね》をしたら、間違いなくベスティア帝国の面子《メンツ》を潰《つぶ》すことになる」

「それもそうか」

そんな会話をするレイたちに、先に進んでいた騎士の一人が声をかける。

「おーい、行くぞ！　時間に余裕があっても、なるべく早く中に入っておきたいからな！」

「……セト、行くか」

自分が乗っているセトの首を撫《な》でながら告げ、騎士と共に前方にいるダスカー一行に追いつく。

「はぁ、早く息抜きがしてえな」

レイと一緒に追いついてきた騎士の言葉に、もう一方の騎士は苦い顔をする。

「気持ちは分かるが、羽目は外しすぎるなよ。帝都に入ったら俺たちはミレアーナ王国の代表として見られるんだから、娼館《しょうかん》とかは避けた方がいい」

「そもそもそんな暇があるのか？　護衛だろ？」

「別に全員が全員、常に護衛をしていなきゃいけないって訳でもないさ。恐らく三交代制くらいになると思う。……それに護衛って意味ではエルクがいるし」

エルクがいる。その時点で、護衛はほとんど心配はいらないと告げる騎士。

ランクA冒険者というのはそれだけの実力と評判を持っている。

しかも、今回の場合は一番名が売れている『雷神の斧《おの》』の代表でもあるエルクだけでなく、同じくランクA冒険者の魔法使いのミンも一緒なのだから心強い。

「それで、帝都に入ってからの予定は？」

「まずは宿だな。闘技大会が終わるまで帝都に滞在する事になるんだから、宿は重要だ」

「……この人混《ひとご》みで、今から宿を取れるのか？」

視線の先には、先程も見た帝都の中に入るための手続きをしている無数の人々。

今日、急にこれだけの人が集まったのではない以上、当然帝都の中にはすでに大量の観光客や商人、冒険者といった者たちが入っており、それらの人々も知り合いの家があるといったような特殊な事情でもない限りは宿に泊まることになる。

「心配いらないさ。そもそも俺たちは……正確にはダスカー様はこの国から招待を受けている身だ。だから、宿泊施設も向こうで用意してくれているんだよ」

「……そうなのか？」

「そりゃあ当然だろ。そもそも、招待しておきながら自腹で宿を取って下さいなんてことになってみろ。誹謗《ひぼう》中傷が殺到して、帝国としてはたまったものじゃないぞ。それに……」

言葉を濁す騎士に、レイは首を傾《かし》げる。

同時に、自分の背の上で首を傾げたレイの真似をしたかのように、セトもまた首を傾げていた。

だが、騎士はそれに答えることなく何でもないと首を横に振る。

（ダスカー様にそんな真似をすれば、外交問題になる。ただ、ダスカー様はともかく、レイとセトを野放しにしたら面倒事が起こるって分かってるだろうから、それなりに教育の行き届いた宿を手配してるだろうな）

「とにかくだ。帝都に入ったら城の方から案内が来るはずだ。その案内に従って宿に移動する。……高級な宿になるのは間違いないから安心しろ。セトにも美味《うま》い料理を食わせてやれるぞ」

騎士の言葉に、嬉しそうに喉《のど》を鳴らすセト。幸い一般人の行列からは離れていたので注目されなかったが、もし近くにいたのであれば無数の視線を浴びせられただろう。

グリフォンに乗っているという時点で、すでに奇異の視線が向けられてはいるのだが。

だが、ベスティア帝国に入ってからだけでなく、自国でも頻繁に向けられるこの手の視線は、レイもすでに慣れていた。

手を出してくるなら話は別だが、ただ視線を向けている相手をどうこう出来ないため、多少は不愉快に思いつつも、レイは騎士と共に貴族専用の門に向かっていく。

それ以降は特に何の問題もないまま門に到着し、すぐに警備兵が先頭にいる馬車に歩み寄る。

「失礼ですが、どちらの貴族の方でしょうか？」

当然だが尋ねる口調は丁寧だった。相手が貴族である以上、無礼な真似をすれば最悪その場で斬《き》り捨てられるという可能性もあるのだから、そのように対処するしかなかったのだろう。

「ミレアーナ王国のラルクス辺境伯です。闘技大会に招待されてやってきました」

御者台に座っている御者が、警備兵に言葉を返しながら持っていた幾つかの書類を手渡す。

そこにあるのはベスティア帝国から出された招待状だ。

その書類に素早く目を通す警備兵。ここで貴族を待たせると、相手によっては何を言われるか分かったものではないし、かといって書類を偽造してくるような犯罪者がいないとも限らないため、招待状や書類の確認も厳重にしなければならない。

「確認致しました。そちらの方は従魔を連れているようですので、これをかけて下さい」

そう言った警備兵が取り出して、レイに渡したのは従魔の首飾り。

「こちらについての説明は必要ですか？」

「いや、別に国によって違うという訳でもないんだろ？」

「はい、そうなります。……では、えーっと……はい、案内人の者が来たようですので、帝都の中に入ってからのことはあちらに聞いて下さい」

警備兵の視線の先には、門の内側で礼儀正しく一礼している五十代ほどの男の姿がある。

「では、ラルクス辺境伯ご一行様、ようこそベスティア帝国の帝都においで下さいました。よき時間をすごせることを祈っております」

こうして、ダスカー一行はようやくベスティア帝国の帝都に足を踏み入れることになる。


馬車が止まったのを見て、馬車に近づいてくる男。

三台の馬車があるというのに、迷う様子もなく真《ま》っ直《す》ぐダスカーの乗っている馬車に向かうのはさすがベスティア帝国がダスカーのために用意した案内人といったところだろう。

男がセトに驚かない……少なくとも怯《おび》えを表情に出さなかったことに感心していたレイの視線の先で、案内人の男が改めてダスカーの乗っている馬車に向かい深々と一礼する。

「ラルクス辺境伯、ようこそベスティア帝国の帝都へ。ミレアーナ王国でも屈指の英雄と噂《うわさ》されるラルクス辺境伯をお迎え出来たこと、非常に嬉しく思います。

私はこの度ラルクス辺境伯の案内人を命じられました、オンブレル・マルミットと申します。ラルクス辺境伯が帝都に滞在する間だけの短い間ですが、満足出来る時間をお過ごし頂けるよう誠心誠意お仕えさせて頂きますので、よろしくお願い致します」

その言葉に返事をするかのように、馬車の扉が開かれた。

最初に出てきたのはエルクやミン、ロドスで、その後ろからダスカーが姿を現す。

深々と一礼している案内人の男、オンブレルに向かって小さく頷き口を開く。

「ミレアーナ王国のラルクス辺境伯、ダスカー・ラルクスだ。世話になる。ベスティア帝国との関係を考えれば色々と騒動が起きるかもしれないが、なるべく穏便にすませたいので、よろしく頼む」

「承知致しました。私の方でも出来る限りの対応をさせて頂きます」

「そうか。では早速だが宿に案内して貰《もら》おう。馬車に乗ってくれ」

ダスカーの言葉に、分かりましたと告げて馬車に乗り込むオンブレル。

その身のこなしを見て、レイは小さな驚きを覚える。

間違いなく、ある程度の戦闘力を持っている人物だと理解出来たからだ。

いや、馬車に乗り込むまでの少ない動きだけでレイにそこまで驚きを与えたのだから、ある程度どころではすまない技量の持ち主なのだろう。

護衛対象の側によく知らぬ相手でありながら高い戦闘力を持った人物がいるのだ。それを思えば、完全に気を許すといった真似は出来ない。それはエルクも同様だったのだろう。オンブレルと共に馬車に乗り込む前に、レイへ意味ありげな視線を向けていた。

そんなエルクに対して小さく肩を竦《すく》めたレイは、セトの背の上に跨《また》がって首を撫でる。

「セト。帝都では色々とあるかもしれないが、暴れすぎないようにしような」

いつもはレイの言葉に対して反対することは滅多にないのだが、今回は違っていた。

不服そうに喉を鳴らしたのだ。ただし、その不満はあくまでも自分の安全のためではなく、大好きな相棒のレイの身を案じてのもの。

それが分かっているだけに、レイは小さく笑みを浮かべて再びその首を撫でてやる。

「大丈夫だって。俺がその辺の奴らに負ける訳がないだろ。それに何かあったらベスティア帝国側の不備にもなりかねないんだしな」

それでもなお心配そうに喉を鳴らしていたセトだったが、ダスカーを乗せた馬車が動き始めたのを見て、レイがそれを教えてやると、渋々ではあるが馬車を追う。

貴族専用の門の近くでは人が少なかったが、それも少し進めば普通の街と同様に……いや、闘技大会開催前ということもあって大勢の観光客たちで賑《にぎ》わっている。そんな物見高い観光客たちが、大通りを堂々と歩いているダスカー一行に目を留めない訳がなかった。

「おい、あの馬車。どこの貴族だと思う？」

「うーん、あの紋章は見覚えがないな。恐らく周辺にある小国のどこかじゃないか？」

「いやいや、おいちょっと待て。あれを見ろよあれを。グリフォンに乗っている奴がいるぞ。あんなのがいれば、すぐにでも評判高くなるんじゃないのか？」

「……おい、グリフォンって……もしかして、深紅、とか言わないよな？」

「深紅？　……ああ、あの戦争の！　けど、深紅って厳《いか》つい大男だって話だろ？　グリフォンに跨がっているのは、とてもじゃないけど大男って風には見えないぞ？　恐らく別口だろ」

そんな話し声が、聞くとはなしに聞こえてくる。

それを耳にしたレイは、唇を苦笑の形に歪《ゆが》めながら聞こえない振りをしていた。

最初はレイが大男だという噂話は全く存在しなかったのだが、ベスティア帝国に入ってから暫《しばら》くすると何故《なぜ》か急激にその噂話が広まりつつあるのに気が付いていた。

そのことを疑問に思うレイだったが、そもそも深紅という存在をきちんと自分の目で見て知っている者はそれほど多くない。レイの魔法によって壊滅的な被害を受けたベスティア帝国側の人間にしてみれば、さらにそれが顕著になる。

巨大な鎌《かま》を振るい、数十人、数百人の兵士や騎士といった者たちの命を刈り取ったと聞かされれば、それほどの大鎌を振るうのだから体格も相応に大きいと考えるのは当然だろう。

色々な者が注意を向けてきているが、ダスカー一行……つまり、ミレアーネ王国の者だと馬車の家紋から理解した者もいたのだろう。憎々しげな視線を向けてくる者もいるのに気が付く。

そんな中、喉を鳴らすセト。

大通りは人通りが多く、その客を狙《ねら》った屋台も多く連なっている。

食欲に忠実なセトなのだから、食欲を刺激する匂《にお》いを嗅《か》げば腹の虫が自己主張するのは当然だった。特にセトは人より何倍も鋭い嗅覚《きゆうかく》を持っており、それだけに匂いに引き寄せられそうになる。

「ほら、今は駄目だって。まずは宿で手続きをすませてからだ」

屋台に進みそうになるセトの首を軽く叩《たた》きながらそう告げ、その衝撃で我に返ったセトが残念そうに喉を鳴らすのを聞きながら馬車のあとをついていく。

そうしながらも、レイの視線は香ばしい匂いをさせているパン屋に向けられていた。

見るからに焼きたてのパンが店頭に並べられているその様子は、レイだけではなく周囲の通行人たちの足も止めている。焼きたてのパンは当然窯がなければ焼くことが出来ず、そして窯というのは場所を取るので屋台に据え付けるような真似は出来ない。

「確かにいい匂いがしてるな。ほんのちょっとだけ寄っちゃ駄目か？」

そう口にしたのはレイ……ではなく、騎士。心の底から店頭に並んでいるパンを食べたいという思いが分かるほどに感情の籠《こ》もった言葉。そして、セトも当然それに同意する。だが……

「いい訳あるか。そもそも、今の俺たちは周囲から注目を浴びている。恥ずかしい真似をすれば、ダスカー様に恥を掻《か》かせることになるんだぞ！」

周囲で様子を見ている者たちには聞こえない程度の小声で同僚を叱《しか》る騎士。

レイもまた、今にもパン屋の方に足を向けかねないセトの首を撫でながら言い聞かせる。

「ほら、セトも。宿の厩舎《きゅうしゃ》に着いたら、すぐに何か食べるものを用意して貰うから」

自分の背に乗っているレイとパン屋に交互に視線を向け、やがて諦《あきら》めたのだろう。セトは残念そうに喉を鳴らし、足を速めていき……そのまま大通りを進み続け、やがて到着したのはこのエルジィンという世界では非常に珍しい五階建ての巨大な宿。ベスティア帝国の帝都という巨大な都市だからこその、この世界では珍しい高層建築物だろう。

当然宿泊料金も並の貴族では二の足を踏む額で、大商人や爵位が高い貴族のみが泊まれる宿だ。普段であれば、ダスカーも泊まるのに二の足を踏みそうな宿だった。

もっともダスカー自身が辺境に住んでいるだけあって質実剛健を旨としている以上、好んでこのような高級な宿に泊まるかと言われれば、答えは否だったが。

今回はベスティア帝国の招待であるからには、向こうの用意してくれた宿を断る訳にはいかない。もし断るのなら何か大きな理由が必要となるだろうが、そのような理由は存在しなかった。

「……色々な意味で凄《すご》い宿だな」

レイが呟《つぶや》き、視線を宿の入り口にある看板に向ける。

そこには悠久の空亭と書かれた看板があり、それが宿の名前なのだろう。

「悠久の空亭か。大仰な名前と言いたいところだが、この建物を見れば納得せざるをえないな」

「だろうな。それよりも行くぞ」

騎士がレイの言葉に頷《うなず》き、先を促す。そのまま門を潜《くぐ》ると、すでに連絡が来ていたのだろう。五十人を超える従業員がそれぞれ宿の前で整列して待っていた。

ダスカーの出迎えなのは明白だったが、このような待遇を全《すべ》ての客に行っている訳ではない。

それだけダスカーが重要人物であると、ベスティア帝国側が態度で示しているのだろう。

（あるいは、そう判断させて油断させようとしている……という可能性もあるか）

内心で呟くレイだったが、ダスカーなら当然その程度のことは理解しているはずだと判断し、馬車から降りて宿の責任者と思《おぼ》しき相手と会話をしているオンブレルに視線を向ける。

すでに話は通っていたのか、数分と経《た》たずに会話は終了し、宿の方から数人がレイたち……より正確には騎士やレイに近づいていく。

その中の代表なのだろう、四十代ほどの男が一歩前に進み出て口を開く。

「初めまして、ラルクス辺境伯と皆さん。私はこの悠久の空亭の厩舎を担当しているダンタストと申します。早速ですが、厩舎の方に案内致します」

「ああ、こっちはいいから、お前たちは厩舎に行ってこい」

そう告げたのは、馬車から降りてオンブレルと共に宿の責任者と話しているダスカー。

雇い主に逆らう訳にもいかず、そのままレイや騎士たちは厩舎に向かう。

（ようやく帝都には到着したが……これからどんな騒動が起きるんだろうな）

これからしばらく暮らす帝都で起きるだろう数々の騒動を考え、内心で呟くのだった。


「……へぇ、ここが俺の部屋か」

厩舎にセトを預け、宿の人間に案内された部屋を見てレイは呟く。

「いかがでしょうか？　深紅様にご満足頂けそうな部屋をご用意させて頂いたのですが」

多少心配そうな表情を浮かべつつ、それをほとんど表に出さない状態で尋ねてくる宿の人間に、レイは苦笑を浮かべる。悪い意味ではない。いや、むしろ自分には大袈裟《おおげさ》すぎるのではないかという思いを込めての苦笑だ。

部屋の広さとしては、レイがギルムで定宿にしている夕暮れの小麦亭の三倍近くあるだろう。どう考えても一人で使うような部屋ではなく、数人で使う部屋だ。部屋の内装も、ベッドやソファの他《ほか》に机の類《たぐい》があり、他にも明かりや冷蔵庫のようなマジックアイテムも充実している。

そのどれもが一目見て分かるほどの高級品であり、レイにしても驚かざるをえない。

夕暮れの小麦亭や黄金の風亭といった高級な宿と比べても、さらにワンランク、あるいはツーランクは上だろう部屋。しかも、この部屋はあくまでもレイのために用意された部屋で、ダスカーの泊まっている部屋は当然ここよりも設備の整っている部屋だ。

「俺がこんな立派な部屋を使ってもいいのか？」

「はい、国の方からも直々に言われていますので」

国という言葉を聞き、驚くレイ。色々な意味で要注意人物である自分に対して気を利かせるということは、何らかの意味があるのだろうと。

（無難に考えれば、自分たちに勝利した俺を称《たた》えることで器の大きさを見せつけているといったところか。俺を暗殺するために、敢《あ》えて他の連中とは隔離するという考えもあるが）

何通りかの考えが脳裏をよぎるが、すでにここが自分の部屋として決まっているのだから何を言っても無駄だろうと判断し、宿の人間に向かって小さく頷く。

「ああ、問題ない。これほどの部屋を用意してくれて感謝するよ。ああ、そうそう。厩舎に入ったセト、俺のグリフォンが腹を減らしているようだったから、何か用意してやってくれ」

「承りました。では、他に何かご用がありましたらお呼び下さい」

小さく笑みを浮かべ、優雅に一礼して男は去っていく。

それを見送ったレイは部屋の中を調べていくが、幸いなことに覗《のぞ》き穴《あな》の類や、あるいは誰かが潜むためのような空間を確認することはなかった。もっとも、その手のことに詳しい訳でもないので、完全に安全だとは言い切れなかったのだが。

「……取りあえずはちょっと休むか」

呟き、ドラゴンローブやスレイプニルの靴といったマジックアイテムを脱ぎ、ベッドの上に倒れ込むようにして横になる。高級品のベッドだけあり、レイの決して重いとは言えない体重をふんわりと受け止め、そのままゆっくりと沈み込むようにその身体《からだ》を支える。

温度を調整するエアコンのようなマジックアイテムが宿全体に使用されているのだろう。ドラゴンローブを脱いでいるにもかかわらず、暑さは全く感じない。

同時に、エアコンが強すぎたときに感じるような寒さもない。

この辺はベスティア帝国の帝都にあって、最高級の宿だからこそだろう。

(あー……二時間くらいは休んでいてもいいって言われてたから……少し……休むか)

ベッドの上で寝転がりながら内心で考え、やがて襲い来る睡魔に抗うこともなく、その身を委《ゆだ》ねるのだった。

◆ ◇ ◆ ◇ ◆ ◇

ベスティア帝国、帝都。その中心部にある巨大な城、帝国城。

エルジィンで屈指の大国でもあるベスティア帝国を統べる皇帝の住まう場所である。

豪華にして絢爛《けんらん》。見る者の心を奪うような精緻《せいち》な飾りが幾つも存在しており、中に入ることは出来ずとも外から見るだけで一見の価値があると言われている城だ。

それでいながら、決して芸術品の如《ごと》く美しいだけでもない。いざ帝都が戦場になったときには戦力の中心となるべく設計されており、難攻不落の城としても有名でもある。

そんな城の中の一室、そこで十人ほどの貴族が集まっていた。

「あの忌々しい奴《やつ》らが到着したとか？」

三十代後半ほどの貴族の言葉に、聞いていた他の貴族たちが憎々しげな表情を浮かべる。

この場にいる貴族は、最も位の高い者でも伯爵でしかない。さらに伯爵は伯爵でも、決して裕福な家ではないので、悠久の空亭のような宿には滅多に泊まることが出来ない。

自分たちですら泊まれないような高級な宿に、何故あのような者たちが……それがこの場に集まっている貴族たちの正直な気持ちだった。

「深紅が息をしていると考えるだけで腸《はらわた》が煮えくりかえる。鎮魂の鐘はどうなっている？」

「それが、一度仕掛けたあとは全く動きが……」

「くそっ、あれだけ高い金を取っておきながら結局この様《ざま》か！」

「だから言ったのだ！　いくら腕利きと評判ではあっても、しょせん下賤《げせん》の者だと！」

「だが、卿《けい》とて鎮魂の鐘を雇うことに賛成したではないか！」

「それは私を侮辱しているのか！」

「卿こそ！　やる気ならば受けて立つぞ！」

それぞれが不満を口にし、相手に非があるとして叫び、言われた方も売られた喧嘩《けんか》ならばと腰の鞘《さや》に手を伸ばすが……

「静まれ！　今我々が仲間内で争ってどうする！」

今にも貴族の一人が鞘から剣を抜こうとした瞬間、部屋の中に怒声が響く。

周囲で騒いでいるだけの者と比べて、圧倒的に違う格。

主導的な立場にいるその男の怒声に、頭に血が上っていた貴族たちは静まりかえる。

「ふぅ、いいか。鎮魂の鐘が得意とするのは裏の仕事。それを思えば、大量の観光客や商人といった者が集まってきている帝都の中でことを起こすのが最も確実だ。そもそも、一度仕掛けたのはあくまでも様子見だったのだろう？　ならあまり心配しすぎるな」

「ですが、シュヴィンデル伯爵……家族の仇《かたき》、友人の仇として奴を……深紅とラルクス辺境伯が息をしているのを許すことが出来ません！」

貴族の言葉に、シュヴィンデル伯爵と呼ばれた五十代ほどの男は、顎髭《あごひげ》を撫《な》でつつ頷く。

「それは儂《わし》もだ。あの戦争が終わったあとでペリステラは我がシュヴィンデル伯爵家に婿としてくる予定だった。それを思えば、儂とて連中がのうのうと……それもこの帝都で息をしているというのは許せるものではない。だが血気に逸《はや》って、無理に鎮魂の鐘に襲撃させ……その結果、奴らを仕留められなかったらどうするつもりだ？　それこそ意味がない」

シュヴィンデル伯爵の言葉に、周囲の貴族たちは黙り込む。

「今は好機を待て。無理に急いでも、しくじれば向こうの警戒心を煽《あお》るだけだし、こちらの戦力を失うだけだ」

この場にいる貴族はそのほとんどが爵位の低い貴族であり、同時に際だった能力がある訳でもない。もっとも、だからこそ身内に戦争で手柄を挙げさせるべくセレムース平原に送り出し、結果的にこの場にいる者たちの身内は全員が死亡したのだが。

そのような理由もあり、ここにいる貴族たちの中でシュヴィンデル伯爵は要《かなめ》と言ってもいい存在だった。それこそ、彼がいなければこの集まりは瓦解《がかい》していただろうほどに。

しかし、シュヴィンデル伯爵がこの頼りない貴族たちと徒党を組むのにも訳がある。

深紅やラルクス辺境伯、そしてミレアーナ王国に対して大きな敵意を抱いている者は多数いるのだが、明確に敵対しようという者は恐ろしく少ない。

深紅自身を恐れているというのもあるが、ラルクス辺境伯はベスティア帝国の上層部が直々に闘技大会に招待した来賓だからだ。毎年代理の者を寄越《よこ》すだけのはずが今年に限ってダスカー・ラルクス本人が帝都まで出向くとなり、帝国の上層部から貴族たちにも、くれぐれも手を出すような真似《まね》をしないようにと指示されている。

つまり、このような会議をしているのが知られた時点で罰せられるのは確実だった。

上層部の指示を無視してでも報復したいと手を挙げた貴族を集めた結果、このような頼りない者たちの集まりになってしまったという訳である。

そのシュヴィンデル伯爵は、周囲を見回しながら憂鬱《ゆううつ》そうな表情を浮かべて口を開く。

「実は、二時間ほどしたらラルクス辺境伯が城にやってくるらしい」

自分たちの仇が目の届く範囲に来るという言葉に何人かが苛立《いらだ》ちのままに叫ぼうとするが、それを制するようにシュヴィンデル伯爵が口を開く。

「いいか。ここで手を出すことは絶対に許さん！」

「何故ですか！　これは千載一遇の好機！　ここで奴に恨みを……」

「無駄だ。報告を忘れたのか？　奴には深紅の他に雷神の斧《おの》という異名持ちがいる。異名持ち二人をどうにか出来るだけの手駒《てごま》があるか？　ないからこそ、鎮魂の鐘などという組織に頼ることになったのだろう？」

シュヴィンデル伯爵の口から出た言葉に、他の貴族たちは答えに詰まった。

有能な手駒が手元にないのは事実だ。いや、別に無能な部下しかいない訳ではない。それなりに高い戦闘力を持っている騎士もいるし、領地を治める才能を持っている部下もいる。

だが、相手が悪い。一人で帝国軍を壊滅させたとも言われる力の持ち主をどうにか出来るだけの力を持った部下がいるのなら、そもそももっと上の爵位を得ていたはずなのだから。

「……直《じか》にその目で奴らを見るな、とは言わん。儂とて実際にこの目で確認するつもりだしな。だが、決して城では手を出すな。それが出来ぬ者はこの場に残るか、さっさと屋敷に戻れ。とにかく今は力を溜《た》め込むことだ。機会があったら、間違いなく奴を殺せるだけの力をな」

シュヴィンデル伯爵の言葉に、その場にいた貴族たちは皆が静まり返る。

だが、決してその場から立ち去るような者はいなかった。

第二章

「えっと……俺も行く必要があるんですか？」

与えられた自由時間の全《すべ》てを睡眠に費やしたレイが騎士に起こされ、ダスカーの部屋に呼ばれた理由を聞かされたことに対する第一声がそれだった。

「そうだ。そもそも、レイは表向き俺の護衛ということになってるんだから、当然エルクたちと共に城までついてきて貰《もら》う必要がある」

当然と頷《うなず》くダスカーに、レイは息を吐《つ》く。堅苦しいことが苦手なレイだ。帝国貴族とダスカーの腹を探るようなやり取りを見ていても面白いとは思えないし、何より……

「城となると、当然この国の貴族が大勢いるんですよね？　そんな場所に俺が向かえば、間違いなく厄介な騒動に巻き込まれると思いますが？」

「だろうな。だが、帝国上層部の目を引くという意味では歓迎だし、何よりも闘技大会に飛び入りで参加するのなら顔を出した方がいい」

ダスカーの言葉に、部屋の中にいるロドスに視線を向けるレイ。

今回の闘技大会には、自分だけではなくロドスも出場するということになっていたためだ。

「そうだ。城に向かうのは、俺と『雷神の斧』、レイ、それと騎士が数人ってところか」

すでに決定事項で、覆ることはないと告げるダスカーに、レイは思うところはあるが頷く。

（ヴィヘラやテオレームたちと敵対する相手を見てみるのも一興かもしれないしな）

「……あれが、帝国城」

呟《つぶや》いたのはレイ。帝都にやって来たときにも驚いたのだが、それに輪をかけて驚く。

帝都の街並みを見たときには、その広大さと人の多さに驚いた。

だが、今は違う。優美な城の外観が、レイに対して驚きを与えているのだ。

そんなレイの横では、ダスカーやエルクも感嘆の声を上げ、馬車の中に響く。

いつもはセトに乗って移動するレイだが、今回は城に入るのでセトは宿の厩舎《きゅうしゃ》で留守番となっていた。セトはレイと一緒に行きたかったようだが、ここしばらくの旅でずっとレイと一緒にいたこともあり、多少不満そうではあったが最終的には厩舎に残ることを受け入れる。

そんな理由もあって、城に向かうのは馬車が一台に護衛の騎士が二人という形となっていた。

「さて。そろそろ城に着くが、くれぐれも騒ぎを起こすなよ。特にレイ。帝国の上層部の目を引きつけるのが目的でも、やりすぎれば逆効果になりかねない。また来年の春に戦争になるのは勘弁して欲しいからな」

「はい、なるべく気をつけます。……ただ」

そこで言葉を続けるのは、やはり自分がこの国の者たちに憎まれている自覚があるからだろう。

それを理解したダスカーも、レイに最後まで言わせずに頷く。

「ああ。身の危険を感じたら相応に対処しろ。手足の一本や二本は構わない。だが、絶対に殺すな。城で他国の……それも貴族ですらない冒険者に自国の貴族が殺されたとなれば、ベスティア帝国側も面子《メンツ》の問題で大人しく引き下がることが出来なくなる」

そんな風に話している間にも馬車は進み、やがて城の中に案内される。

そのあと馬車を城の者に預けると、ダスカー一行の案内役を務めるオンブレルが姿を現す。

「ラルクス辺境伯、宰相が少々お待ち頂きたいとのことで……」

「構わない。急に押しかけたのはこちらだからな」

「ありがとうございます。では、早速ご案内致します」

安堵《あんど》したオンブレルが、ダスカー、エルク、ミン、ロドス、レイ、騎士二人を引き連れて城の中を移動する。その途中でほとんど貴族の姿を見かけなかったのは、帝国側の配慮なのだろう。

初めて城の中に入ったレイは、興味深そうに周囲の様子を眺める。見るからに高価そうな絨毯《じゅうたん》が敷かれ、廊下の壁には絵画が飾られ、花の生けられた花瓶、騎士の鎧《よろい》といった物が飾られている。

周囲を見ているレイだったが、やがてドラゴンローブの裾《すそ》をロドスが引っ張って口を開く。

「おい、あまりみっともない真似をするな。お前を連れているダスカー様まで田舎者みたいに見られるだろ」

「……お前は随分と慣れてるな」

自分とは違い、ベスティア帝国の本当の意味で中心でもある城にやってきたというのに、いつも通りのロドスに驚くレイ。だが、そんなレイに向かってロドスは肩を竦《すく》める。

「ここは初めてだけど、ミレアーナ王国の王都にある城なら何度か行ったことがあるからな」

そんなロドスにレイが何かを言おうとした、そのとき……ふと、自分たちが進む方向からこちらに向かってくる集団がいることに気が付いた。

先頭を五十代ほどの男が歩いており、その後ろを十人ほどが歩いている。

貴族が家臣を引き連れているのであれば、当たり前の光景だろう。だが、レイたちに向かってくるのは、服装から全員が貴族であることが窺《うかが》えた。

それだけであれば確かに珍しいという感想だけで終わっただろう。だが、レイの注意を引いたのは、その集団のほとんどが自分に対して憎悪の籠《こ》もった視線を向けてきていたためだ。

(何だ？　俺に対して恨みのある奴が集団で……顔でも見に来た、のか？)

そのまま徐々に距離が縮まっていき……やがてその手を伸ばせば届く距離まで近づき、だが結局は何も起きないまま貴族の集団とダスカー一行はすれ違う。

レイに向ける強い憎悪の視線が逸《そ》らされることは一切なかったが、それでも特に何か仕掛けてくるでもなく、言葉を発するでもないままに貴族の集団はダスカー一行から離れていった。

「何もなかったな」

ポツリと呟かれたエルクの言葉に、オンブレル以外の全員が頷く。唯一の例外となったオンブレルは、申し訳なさそうにダスカーへ……より正確にはレイに向かって頭を下げる。

「申し訳ありません、その……どうしても……」

「いや、分かっている。それを承知の上でベスティア帝国に来たんだし。気にしないで欲しい」

レイの言葉に、オンブレルは感謝の視線を込めて一礼すると、案内を再開する。

そんなレイの態度に、何故《なぜ》か唖然《あぜん》とした様子で視線を向けてくるロドス。

訝《いぶか》しげに視線を向けるレイに、ロドスは心底意外だったと驚きの表情を浮かべつつ口を開く。

「いや。てっきりお前のことだから、あの貴族たちに喧嘩を売るんだと思ってたんだよ」

「お前は俺を一体何だと思ってるんだ？　場所を問わず喧嘩を売るように見えるのか？」

無言のままにそっと目を逸らすロドスの仕草を見れば、ロドスがレイに対してどのような想《おも》いを抱いていたのかというのは明らかだった。

レイもそれを理解したのだろう。ジト目を向けつつ口を開く。

「よし、そんな考えなしの俺だ。朝の訓練をもう少し厳しくしても問題はないな」

レイの言葉にロドスは慌ててちょっと待てと叫ぶが、レイは笑みすら浮かべて肩を竦める。

「俺は考えなしらしいからな。訓練も同じように考えなしになってもしょうがないだろ？」

「いやいやいや。それとこれとは話が別だろ」

今ですらもかなり厳しい訓練なのだ。この状態でさらに厳しくなってしまったらどうなるか。下手をすれば、闘技大会前に自分の身体《からだ》が限界を迎えるのでは？　そんな思いを、背筋に走る冷たい感触と共に全力で無視したロドスは意図的に元気な声を出す。

「ダスカー様、早く待合部屋に向かいましょう。少し喉《のど》が渇いたので、何か飲みたいですね」

「いや、それはレイの言葉に緊張したからじゃないのか？」

呆《あき》れたように呟いたダスカーだったが、オンブレルに視線を向ける。それだけで意図が伝わったのだろう。一連のやり取りを面白そうに眺めていたオンブレルがすぐに案内を再開した。

しばらく歩き、やがて目的の部屋に到着したのだろう。扉の前でオンブレルが一礼する。

「こちらでもう少々お待ち下さい。用意が出来ましたらすぐに連絡が来ることになっています。何かありましたら中におりますメイドにお申しつけ下さい。……先程は大変失礼致しました」

改めて先の貴族たち、シュヴィンデル伯爵とその一行の態度を謝罪するオンブレルに、ダスカーは問題ないと首を横に振る。

「戦争をしていたんだから仕方がない。俺はあまり気にしないし、レイも気にするような繊細な神経は持っていない。それに、お前の失態でもないんだからお前が謝る必要はないさ」

そうして、オンブレルをその場に残したダスカー一行は、早速部屋の中に入るのだった。

「奴が……深紅、か」

そんなレイたちとは少し離れた場所で、通路を歩きながらシュヴィンデル伯爵は呟く。

だが、その口調に宿っているのは怒り……はもちろんだが、戸惑いの色も濃い。

自分の娘の婚約者を殺した憎い仇《かたき》。そんな相手だけにどんな顔をしているのかと思えば、かなり小柄で、整ってはいるがどちらかと言えば女顔と表現した方がいいような顔立ち。

とてもではないが、話に聞いていたような力を持っている相手には思えなかった。

一瞬そう考えたシュヴィンデル伯爵だったが、すぐに首を横に振る。

(奴のせいでウィアは……あの娘《こ》は悲しみのあまり部屋に閉じ籠もってしまった。奴のせいで！)

愛娘《まなむすめ》の泣き喚《わめ》く姿を思い出すと、再びシュヴィンデル伯爵の胸中には怒りが湧《わ》き上がってくる。

それは周囲の貴族たちも同様だったのだろう。レイの外見は、噂《うわさ》されているような強大な戦闘力を持つとはとても思えなかったが、それでもレイが家族や友人、恋人を殺したのは事実であると。

「行くぞ。奴の顔はこの目で確認出来た。なら、次にやるべきことは奴らの情報を少しでも集めることだ。鎮魂の鐘が失敗する可能性は低いだろうが、準備はしておくべきだろう」

そう、いざとなれば自らの騎士団すらも使って奴らを襲撃してみせる。そんな内心の思いは露《あら》わにせず、ただ決意だけを固めてシュヴィンデル伯爵は通路を進むのだった。


「このお菓子、美味《うま》いな」

エルクが感嘆の声を上げながら、お茶請けとして用意されたクッキーを口にする。

さすががベスティア帝国の皇帝が住んでいる城というべきか、用意されているお茶やクッキーといったものは、そのどれもが街中で食べるものとは違っていた。

「それにしてもこの部屋、待合部屋にしてはかなり豪華だよな」

クッキーを食べながらエルクが呟くのに、ミンやロドスは当然だと頷いた。

「ダスカー様がいるんだから、粗末な部屋に通せる訳ないだろ」

ロドスの答えには二つの意味が含まれていた。

ラルクス辺境伯という隣国……あるいは敵対国の重要人物が来るということで、不便がないように豪華な部屋を用意したのは事実だ。

だが、それは春の戦争で恨みを持っている者たちと接触させないという思惑も含んでいる。

ある意味では隔離されている。そう表現してもいいのがダスカー一行の現状だった。

当然ダスカーはそれに気が付いているし、ミンやロドス、護衛の騎士たちも気が付いている。

気が付いていないのは、呑気《のんき》にクッキーを口に運んでいるエルクとレイの二人だけだ。

この二人は何があっても生き残れる自信があるからこそ、その辺に無頓着《むとんちゃく》なのだろう。

そんな風にどことなく穏やかな空気すら流れる中、不意にクッキーを食べていたエルクがメイドに向かって話しかける。

「なぁ、姉ちゃん。闘技大会って具体的にはいつ開かれるんだ？」

「闘技大会ですか？　あと十日ほどですね」

「なるほど。ロドス、準備の方は？」

「もちろん万全だよ。何としても決勝トーナメントに残って、レイに勝つんだから」

木の実の混ざったクッキーを味わっていたレイは、唐突に自分の名前を出されて驚く。

だが、ロドスは持っていたクッキーがレイだとでも言いたげに噛《か》み砕《くだ》いていた。

「このままの状態でレイに勝てるとは思っていない。けど、何事にも絶対というのはないし、大会が進むにつれて俺だって成長していくはずだ」

「一応言っておくが、試合を通してお前が成長するように、俺も成長するんだがな？」

「それは……お、俺の方が伸び代は多いはずだ！」

自らに言い聞かせるように叫ぶロドスだったが、レイは何かを言い返すでもなく頷く。

事実、レイよりも伸び代があるかどうかはともかく、今のロドスはまだ発展途上だ。闘技大会に参加して勝ち上がれば、ここからかなり実力を伸ばす可能性が高いだろう。

「でしたら、ロドス様に賭《か》ける方は勝てるでしょうね」

そう告げたのは、話の成り行きを聞いていたメイド。何気なく告げた言葉だったのだが、レイに視線を向けられたのが意表を突かれたのか、一瞬鼓動が速くなる。

「賭け？」

「はい。毎年闘技大会では賭けが行われております。予選のバトルロイヤルでは誰が勝ち残るのかを賭けて、決勝トーナメントではそれぞれどちらが勝つかを選ぶ……といった具合に。闘技大会が大きく盛り上がる大きな理由の一つですね」

いいことを聞いた、とレイは笑みを浮かべる。別に金に困っている訳ではないが、せっかくのお祭り騒ぎを、自分も十分に楽しもうという思いが透けて見えるようだった。

ベスティア帝国には恨みの方が多い。それを思えば、自分に賭けて稼ぐのも悪くはない。

「賭けるなとは言わないが、ほどほどにしておけよ」

レイの顔を見て、大体何を考えているのかを理解したダスカーがそう告げる。

「あら？　先程も……皆様、確か観戦しにいらっしゃったのでは？」

ロドスやレイ、あるいはダスカーといった者たちの話を聞いていたメイドが尋ねるが、返ってきたのは否定の言葉だった。

「最初はそのつもりだったんだがな。闘技大会の話を聞いてからレイが出てみたいと言い出したんだよ。だから宰相と面会するときに推薦を貰《もら》うつもりだ。お嬢ちゃんも、賭けるならレイに賭けた方がいいぞ？　最低でも決勝トーナメントのかなりの所まで進むのは確実だろうし」

ダスカーの冗談染みた言葉に、メイドも笑みを漏らす。

（けど、実際にこの子……深紅が出場するとなれば、オッズはかなり低いんじゃないかしら？）

そう思うものの、立場上それを口に出すことは出来ないメイドは笑みを浮かべて誤魔化《ごまか》す。

「ダスカー様、俺もそう簡単に負けるつもりはありませんよ」

自分が置いてきぼりにされているように感じたのか、ロドスが強い視線をダスカー……ではなく、レイに向けてそう告げる。そもそも、ロドスが闘技大会に出る原因が原因だ。今は無理でも、闘技大会中に絶対にレイを追い越すという決意と共にそう口に出す。

「……ま、頑張れ」

何が原因で息子がそこまで張り切っているのかを半ば本能的に察知したエルクが、遠い目をして呟く。実際問題、自分が負けたレイを相手にロドスが勝てるとはどうしても思えない。

だがロドスの初恋相手がヴィヘラである以上は、ヴィヘラを諦《あきら》めるためにも全力を出し切った方がいいというのがエルクの正直な気持ちだった。

それはミンも同様なのだろう。遅れに遅れた、愛するべき息子の初恋。

色々と思うところはあれど、やはり力一杯頑張って欲しいと内心で考える。

そんな風に和やか……と表現出来るかどうかは微妙だが、とにかくお茶を飲み、茶菓子を食べながら時間を潰《つぶ》していると、不意に扉をノックする音が部屋に響く。

入れというダスカーの言葉に、部屋に入ってきたのはオンブレルだった。

「失礼致します。宰相の準備が整いましたので、面会の場にご案内させて頂きます」

ようやくか。そんな思いを込めて立ち上がったダスカーは、レイやエルクたちを引き連れて部屋を出る……前に一旦《いったん》足を止め、メイドに視線を向ける。

「お嬢さん、お茶とお茶菓子は美味かったよ」

深々と一礼するメイドに、他《ほか》の面々も軽く感謝の言葉を述べて部屋を出た。

「さて、ではご案内します。さすがに皇帝陛下の謁見とはいきませんが……」

「ああ。不躾《ぶしつけ》な真似《まね》をするつもりはない。……レイ、分かっているな」

今いるメンバーの中でレイにのみ注意する辺り、ダスカーの内心をよく表していた。

ダスカー個人としては、レイのざっくばらんな態度は好ましいものがある。

あまり目上の人物との会話に慣れていないという点も好ましいが、この場合はミレアーナ王国の代表に近い意味で来ている以上、迂闊《うかつ》な真似は出来ない。

ダスカー一行はオンブレルの案内に従って城の通路を進み、城内の貴族たちからの注目を浴びながらしばらく進んだところで、オンブレルの足が止まった。

オンブレルの近くには扉があり、護衛と思《おぼ》しき騎士の姿が二人。

「ここで宰相が待っております。ただ、会談をする前に皆様が持っている武器をお預かりします」

その言葉に無言で頷《うなず》くエルク。一国の……それも、長年敵対している国の宰相と会うのだ。それなのに武器を持ってとは、いかないのが普通だろう。

護衛の騎士やロドスは持っていた長剣を、エルクは雷神の斧《おの》、ミンは杖《つえ》を手渡していく。

レイも当然武器の提出を求められたのだが、まさかデスサイズを渡す訳にもいかず、さらにはミスティリングは言うに及ばずだ。結局は懐に予備として持っていた短剣を手渡すだけですませる。ミスティリングについては知らなかったのか、あるいは知っていて意図的に見逃したのか分からなかったが、預けろと言われることもなかった。

「ペーシエ・ガット様、ラルクス辺境伯御一行をお連れしました」

「うむ、入れ」

オンブレルの言葉に部屋の中から返ってきた言葉は、どこかくぐもった声音。

その声の調子に多少首を傾《かし》げつつも、ダスカー一行はオンブレルの開けた扉の中に入る。

最初に目に入ったのは、ソファに座って何らかの書類を見ている人物。当然その人物がオンブレルの口にしていた宰相、ペーシエ・ガットなのだろうが、その外見は随分と特徴的だ。

座っているので正確な身長は分からないが、巨漢でないのは明らかだった。恐らくはレイとそう大差ない程度の身長しかないにもかかわらず、体重は間違いなくレイの二倍……下手をすればそれ以上はある。端的に表現すれば、その人物はかなり太っている人物だった。

頭部は禿《は》げており、鼻の下にはヒョロリと伸びた髭《ひげ》が生えている。一見するとどこか道化師のような雰囲気すら感じさせる相手なのだが、書類を見ているその目だけは違う。

まるで猛禽類《もうきんるい》を思わせるような鋭い視線だが、その視線でダスカー一行を見たのは一瞬。次の瞬間には柔らかな視線に一変する。

「これは失礼した。今の時期、色々と仕事が多くて……待たせてしまって申し訳ない」

「……いえ、こちらこそ。急な会談の要望に応じて頂き、感謝の言葉しかありません」

いつもとは違う、ダスカーの丁寧な言葉遣い。普段の型破りな言葉遣いは、身内やそれに準じる者に対するものであり、今のこの状況では外向けの言葉遣いにせざるをえなかった。

ダスカーも、辺境伯という立場にいる以上このくらいの言葉遣いが出来るのは当然なのだ。

「ようこそベスティア帝国へ。さぁ、まずは座ってくれ。おい、お茶の用意を」

ペーシェの言葉に、部屋の中にいたメイドが頷き部屋を出ていく。

それを見送ったダスカーは、ペーシェに勧められるままソファに腰を下ろす。

レイやエルクといった護衛は座ることは許されず、ダスカーの後ろに立つ。それはペーシェの護衛も同様で、三人がソファに座っているペーシェの後ろに立っていた。

（強い、な）

内心で呟《つぶや》くレイ。一目見ただけで、三人がかなりの力量だというのが分かった。

戦って負けるとは決して思わないが、それでもこれまでに幾度となく戦ってきた雑魚のように一掃するといった真似は出来ない実力の持ち主。

レイの側《そば》にいた二人の騎士も、相手の力量を理解したのか気を引き締め直している。

それはペーシェの護衛三人にしても同様だった。

いや、むしろペーシェの護衛たちの方が驚きは強かっただろう。

自分たちの腕には自信を持ち、だからこそ宰相の護衛という重要な役目を割り振られている。

だがそんな自分たちでも、今目の前にいるラルクス辺境伯の護衛と敵対した場合どうにか出来るかと言われれば、難しい。特に護衛の中の一人は魔力を感じる能力があったために、レイに向けて信じられないような……それこそ、化け物でも見るような視線を向けている。

言葉ではやり取りせずとも、護衛同士ということで雰囲気や仕草だけでお互いの力量を測る。これもまた、交流の一つなのだろう。

「毎年招待状を出していたが、今までは代理ばかりで本人が来るまで随分と時間がかかったな」

「私も、噂に名高いベスティア帝国の闘技大会には是非足を運んでみたかったのですが、辺境で領主をしていますのでね。特にここ数年は騒動も多くてゆっくりと出来なかったのですよ」

「ほう？　騒動が？」

「ええ。特に去年の秋から冬にかけて、急がしく走り回っていましたよ」

「はっはっは。なに、ミレアーナ王国でも辺境の領主として名高いラルクス辺境伯だ。その程度の騒動など、気にするほどのことでもないだろう？」

お互いに笑みを浮かべての会話であり、和やかな雰囲気すら漂っている。

だが、当然ベスティア帝国の宰相とミレアーナ王国の中立派を率いるダスカーの話がその言葉通りの意味で行われるはずもなく、短い会話の中でも互いを牽制《けんせい》しあっていた。

（去年の騒動ってのは、ベスティア帝国が仕掛けてきた奴だろ。それを暗に責めたのを、向こうがその程度は何でもないだろうと受け流した。……みたいな感じか？）

ダスカーの後ろで会話を聞いていたレイが内心で首を傾げていると、やがて部屋の扉がノックされ、メイドが紅茶とクッキーを持って入ってくる。

紅茶の入っているポットからカップに紅茶を淹《い》れ、そのまま二人の前に差し出すメイド。

それを見ていたペーシェはダスカーに向かって笑みを浮かべて口を開く。

「好きな方を選んでくれ」

ダスカーが向かって右側のカップを手元に引き寄せると、それを待っていたかのようにペーシェは残っているカップを手元に引き寄せ、クッキーを口に運び、それを紅茶で飲み込む。

カップをダスカーに選ばせ、紅茶とクッキーは自分が先に口に入れる。毒が入っていないということを示すための行為だったが、どこかわざとらしく感じたのはレイだけではないだろう。

自分はここまでそちらに配慮していますよ、とあからさまな形で見せつける行為。しかしその行為がなければ、ダスカーも紅茶やクッキーに手を伸ばすようなことはしなかっただろう。

細かな言動に幾つもの意味を込めたやり取りをしながら、二人は言葉を交わす。

まずはお互いに前置きの意味もあってか、当たり障りのない世間話としてギルム近辺に現れるモンスターや、帝国で作られているマジックアイテムといった内容を話していたのだが、話題が今回の闘技大会になったところでダスカーが本題を口に出す。

「闘技大会ですか。実はその件についてお願いしたいことがあるのですが」

「ほう？　わざわざミレアーナ王国からおいで頂いたラルクス辺境伯からの頼みだと思えば、無下にも出来んな。必ずしも要望を聞けるとは限らないが、聞かせて貰おう」

「助かります。実は護衛として雇った者の中で、数名が是非闘技大会に出てみたいと言ってましてな。その辺を宰相殿のお力で何とかならないかと」

ダスカーの口から出た言葉に、今までは穏やかと言ってもいい光を宿していた目が鋭くダスカーの後ろに黙って立っている護衛たちを一瞥《いちべつ》する。

「まさか全員……ではないのだろう？　具体的には誰が出場希望なのかを聞いても？」

「ええ、まずはレイ。いえ、宰相には深紅といった方が分かりやすいでしょうね」

自分の名前が呼ばれたレイが、一歩前に進み出るとペーシェに向かって小さく一礼した。

「ギルムの冒険者、レイです」

深紅という言葉に、ペーシェの視線が鋭くレイに向けられる。

ベスティア帝国の宰相という立場にある以上、ペーシェは深紅を知っていた。春の戦争での生き残りからの聞き取り調査により、その容姿や体格が噂とは全く違うことも知っている。

だが……それでも、やはり実際にその目にしてみれば、これが戦争で帝国軍にあれほどの被害を与えた人物なのかという疑念が大きい。

身長は低く、子供ではないが大人とも言い切れないような年齢。

顔立ちにしても、とてもではないが腕利きで異名を持つような冒険者の凄《すご》みは感じられない。

レイの隣に雷神の斧と呼ばれている、見るからに強そうなエルクがいたことも、ペーシェの思いに拍車をかけていただろう。

「お主が深紅、か。噂《うわさ》は聞いているし、戦争に参加した者たちからの報告も聞いているが……こうして直接見ると、信じられんというのが正直なところだな」

ペーシェの言葉を聞いたレイは苦笑を浮かべる。自分の容姿についてはすでに半ば諦めているレイだったが、それでもこうして真っ向から言われれば思うところがあったらしい。

そんなレイの様子を見て何を思ったのか、ペーシェはやがて小さく頷き口を開く。

「いいだろう、深紅の闘技大会への参加、儂《わし》が責任を持って手をつくそう」

ペーシェの口から出たレイの闘技大会参加の言葉を聞き、ダスカーは内心で安堵《あんど》する。

レイの闘技大会参加が認められるというのは半ば想定していた。

深紅という異名は、良くも悪くもベスティア帝国では非常に有名だ。

その深紅が闘技大会に参加するとなれば当然目立つし、箔《はく》がつく。

闘技大会というイベント上、それだけ目立てば国の利益になるのも確実である。深紅というネームバリューがあれば、これまで以上に闘技大会への注目度が上がる。賭けもより活発になり、その結果として帝国に入ってくる金も増えるだろうと。

「それで、決勝トーナメントについてだが……」

説明しようとしたペーシェの言葉を遮るように、ダスカーが口を開く。

「いえ、出来れば予選から参加させて欲しいというのがレイの希望なのです。可能ですか？」

「……予選から、か」

予選からという言葉を聞き、答えに詰まるペーシェ。

この国の宰相としては、より注目度の高まる決勝トーナメントの場でレイの参加を表明したいという気持ちがある以上、予選から出たいと言われてもすぐには返事が出来ない。

それは予選の形式が問題だった。バトルロイヤル。つまり数十人を闘技場の中に入れ、その中で勝ち残った三人が決勝トーナメントに進む資格を得る、というものだ。

つまり、一対多という状況が容易に生じる。特にその予選の中に深紅という人物がいると知れば、間違いなくレイの参加している予選ブロックは荒れるだろう。

それだけの被害をレイはベスティア帝国に与えているのだから。

闘技大会の舞台は、古代魔法文明の遺産によって死ぬことは基本的にはない。だが、即死するような致命傷の場合はいくら古代魔法文明の遺産であっても死を覆すことは出来ない。

そして深紅が相手となれば、間違いなく即死を狙《ねら》うような者が出てくる。

そうなると、レイも相応の態度で挑むのは間違いがない訳で……

（さて、どうしたものか。危険は大きいが、その分利益もまた大きいのは事実）

ペーシェは素早く損得勘定を行い……やがて、その丸々と太って肉のついている顔で頷く。

「よかろう。予選からの参加を認める」

最終的には危険さを利益が上回り、レイの予選からの参加が許可される。

もし何かがあっても、闘技大会なのだから腕の立つ者たちは大勢いる。帝国に所属している者たちもいるし何よりも……

（奴にかかれば深紅を狙ってきた者がいても、あるいは深紅自身が暴れても……雷神の斧が一緒になってもどうとでも対処可能だろう。色々と使いにくい男だが、こういうときは役に立つ）

ペーシェの脳裏をよぎるのは三十代ほどの、帝国を含め世界に三人しか存在しない男の姿。

苦々しさと頼もしさという相反する思いをペーシェが抱いたとき、ダスカーの声で我に返る。

「そうですか、助かります。……レイ」

レイに視線を向けるダスカー。その視線の意味を理解したレイは、ペーシェに頭を下げる。

「ありがとうございます。闘技大会に参加出来るのは、私も嬉《うれ》しいです。この恩は闘技大会で活躍することで返させていただきます。……それと」

まだ何かあるのか？　そんな風に視線を向けてくるペーシェに答えたのはダスカーだった。

「ええ。実は今お願いしたばかりで恐縮ですが、こちらにいる雷神の斧のエルクの息子もレイと同様に闘技大会への参加を希望していまして」

レイが下がるのと入れ替わるようにロドスが前に出て、頭を下げる。

「……なるほど。構わんよ」

レイの時に比べるとあっさりと頷くペーシェに、ロドスが微《かす》かに奥歯を噛《か》み締《し》めた。

自分とレイに向けられる態度の差は、闘技大会に参加したときの影響の差だと理解したためだ。

だが、ここでそれを口に出すほどにロドスも己の立場を理解していない訳ではない。自分の参加が許可されたことに満足して元の位置に戻る。

「それにしても、深紅と雷神の斧の息子か。面白い組み合わせだが……どうかな？　いっそ雷神の斧も闘技大会に出るというのは。そちらの深紅の名前が有名になったのは今年になってから。それに比べ、雷神の斧《おの》の名前は前から知られていただけに、興味を持っている者も多い」

「ははっ、面白そうですな。ですが、そうすると私の護衛がいなくなってしまいますから」

「その点は構わんよ。いざとなったらベスティア帝国の方から護衛を派遣しても構わんし」

「いえいえ、さすがに自分の護衛までそちらに頼る訳にはいきませんよ」

「その二人だけではなく、護衛の騎士もいるのだろう？」

「確かにいますが、それでもエルクたちには敵《かな》いませんから」

お互いに笑みを浮かべて言葉を交わしているが、ダスカーとしてはエルクやミンを自分の護衛から外すというのは絶対に避けるべきことだった。

もしもエルクたちすらも護衛から外して帝国からの護衛を受け入れた場合、自らの生殺与奪権をベスティア帝国に委《ゆだ》ねるということに他《ほか》ならない。

暗殺者を護衛として派遣してくるかもしれないし、暗殺を企《たくら》んでいる者を意図的に見逃しつつ、護衛の騎士の行動を妨害するだけでもいい。それだけでダスカーは死に、ミレアーナ王国の三大派閥の一つでもある中立派は大きく力を減らすことになるのだから。

もちろん護衛を任されていながら、みすみす他国の貴族を殺されてしまうというのは非常に外聞が悪い。だが、その外聞もダスカーが何かを仕掛けようとしたのを止めたと言い張られれば、怪しいとは思いつつも証拠を出せないミレアーナ王国側は引き下がるしかない。

それに、帝国内で起こることであれば、証拠はいくらでも捏造《ねつぞう》することが出来るのだから。

当然両国間の対立は深まるだろうが、長年の敵対国である以上、それは今更な話だろう。

エルクという異名持ちの冒険者が護衛として側にいるからこそ、そんな心配はしなくてもいいのだ。自分から自らの死刑執行書にサインをするような真似《まね》をダスカーがするはずもない。

「ふむ、そうか。儂としては噂の雷神の斧《おの》の力も見てみたかったし、闘技大会を見に来た観客にも是非見て欲しかったんだが」

「次回の大会であれば、エルクもその腕を振るうのに否やはないでしょう。今回の闘技大会では、エルクの息子が出場するのですから、十分注目に値しますよ」

「残念だが仕方ない。今回は深紅が闘技大会に参加してくれるというのだ。嬉しい誤算だった」

ペーシェも、エルクをダスカーから引き離すのは可能であればという思いだったのだろう。

ダスカーに断られると、それ以上は強く勧めずに話題を変え……ダスカーとペーシェが色々と腹の探り合いを行いつつも、会談は終了することになる。

◆◇◆◇◆◇

悠久の空亭は、ベスティア帝国の中でも最高級の宿だけあり、中庭もかなりの広さを持つ。

現在、その中庭には宿泊者の護衛としてついてきた者たちや、個人としての名声で、あるいは後援者と共に宿に泊まっている者たちが身体《からだ》を動かすべく集まっていた。

この宿に泊まれる人物の護衛として帝都まで来た者たちなのだから、当然全員が世間ではベテランや凄腕《すごうで》と言われるだけの実力を持っている。他にも個人でこの宿に泊まれるだけの実力を持っている者や、後援者がいる者ということは、皆それだけの実力があるのだが……

そんな人物たちが、揃《そろ》いも揃ってレイとロドスの模擬戦を呆然《ぼうぜん》と眺めていた。いや、眺めることしか出来なかったというのが正しいだろう。最初はこの場所で身体を動かすために集まってきた者たちも、レイやロドスの実力を見定めようという思いがあったのは間違いがない。

だがその戦いぶりを見ていれば、いやでもお互いの実力差を理解させられる。

それだけの実力を持っているのが、この場にいる者たちにとって不幸だった。

到底敵わない相手がいると承知の上で、闘技大会に参加せざるをえないのだから。

この場にいる以上は当然自分の実力に自信があっただけに、その衝撃は激震となって見学している者たちに降りかかっていた。そんな衝撃を受けた者たちが取るべき道は二つ。

「ちっ、やってられるか馬鹿らしい。ほら、戻ろうぜ。あんな奴らと同じ場所で訓練していたら、俺たちの動きまで変な影響を受けちまう」

吐き捨て、模擬戦を繰り広げているレイとロドスを苛立《いらだ》たしげに睨《にら》みつけて去っていく集団。

「さあ、やるぞ。闘技大会が始まるまで少しだが時間があるんだ。その少しの時間で俺たちはまだ強くなる。今は無理でも、少しでもあいつらに追いつくために訓練あるのみだ」

今はレイやロドスに負けていても、いずれ必ず追いついてみせると訓練に熱を入れる集団。

割合としては前者の方が多かったのだが、どちらが将来性が高いかと言えば明らかだろう。

結果的に、その模擬戦を見てロドスはともかくレイと当たったら絶対に勝てないと実力の差を感じてしまい、闘技大会を辞退する者も数名出ていた。

「うおおおおっ！」

連続して突きを放ち続け、その全《すべ》てを回避されていたロドスは、最後の一撃だと気合いを入れ、全力を込めて突きを繰り出す。避けやすい頭部ではなく、もっとも回避しにくい胴体を狙って放たれた突きは、レイが半身になることにより回避される。

その最後の一撃の突きで止まった長剣だったが……次の瞬間、突きの姿勢のまま強引に横薙《よこな》ぎの一撃に変化した。

その唐突な一撃にはレイも驚いたが、それも一瞬。無造作に両手を伸ばすと、自分の脇《わき》に迫る長剣の刀身を挟み込むように受け止めた。いわゆる、真剣白刃取り。

「んなっ！」

ロドスにとっても自信のある一撃だったのだろう。その一撃をまさか素手で止められるとは思っていなかったのか、間の抜けた声が口から漏れる。

「はい、残念と」

刀身を握りしめたまま強引に引き寄せ、唖然《あぜん》としていたために武器を手放すという決断が出来なかったロドスは、そのまま体勢を崩して無防備な身体を晒《さら》し、次の瞬間には顎《あご》先数ミリの位置にレイの右拳《こぶし》が存在していた。

刀身を掴《つか》んだのに何故《なぜ》？　そう思って視線だけを下に向けるが、そこにあったのは動きを止められた自らの長剣。

「……参った」

これ以上ないほどの完璧《かんぺき》な負け。それを理解したロドスの口から出された言葉に、レイも顎先に突きつけていた右拳を引っ込める。

「最後の攻撃は悪くなかったと思うぞ。ただ、そこまで持っていくのに突きを多用しすぎた」

ロドスから離れながら告げたアドバイスに戻ってきたのは、不満そうな言葉だった。

「いくら何でも、あんなとんでも技に対応出来るかよ」

とんでも技と言われてレイは少し考え、すぐに先程の真剣白刃取りを思い出す。

「いや、別にそれほど難しい技じゃないぞ？　もちろん簡単だとも言えないけど。……ただ、実戦での使い勝手はよくない」

「何でだ？　素手で相手の武器を無力化出来るんだから、凄く便利な技じゃないか」

ロドスの声が中庭に響き、離れた場所で訓練を行っていた者たちが密《ひそ》かに内心で同意する。

下手に訓練するよりも模擬戦を見ていた方が糧となると判断し、中庭にいたほとんどの者が注目していたのだが……刃が潰《つぶ》れたものといっても、長剣を素手で止めるのは予想外すぎた。

それゆえに、あの技術を自分のものに出来れば絶対に役立つ。そう判断したのだが、何故かその技を披露したレイは実戦で使いたくないと言い、その理由に皆が興味深げに注目する。

「今回は刃が潰れているって分かってたから使ったけど、もしこれが本当の長剣だったりしたら、タイミングが少しずれただけで掌《てのひら》や手首が斬《き》り飛ばされるぞ？　それに魔剣だったりした場合、下手に刀身に触れたらそこから炎とか氷とか雷とかでダメージを受けかねないし」

聞いてみれば納得といった理由だった。もちろん相手との技量が隔絶していれば話は別だろうが、その場合でも魔剣の類《たぐい》を持っている相手がいないとも限らない。

「ま、そんな訳で模擬戦だからこそ出せた技だな。けど、今まで使っていなかった技を使わせたんだから、間違いなく腕は上がってきているぞ」

レイの口から出るのは珍しい褒め言葉に、ロドスが笑みを浮かべる。実際、レイを一瞬ではあっても焦らせたのは事実なのだから、その辺は褒められて然《しか》るべきだろう。

「闘技大会まではまだある。それまでに何とかレイに一矢報いてやるからな」

現在はまだお互いに大きな差があるが、それでもロドスはエルクの息子だけあって、日に日にその力を伸ばしている。レイも追い抜かせるつもりは全くないが、それだけに日々成長しているロドスという存在は興味深いものがあった。

宿の客が起きてきた音がしたのを聞き、近くに用意してあった布をロドスに放《ほう》り投げる。

「ほら、そろそろ朝の訓練は終わりだ。朝食の準備も出来ているだろ」

「ん？　ああ、そろそろそんな時間か」

顔にびっしりと浮かんでいる汗を拭《ぬぐ》いつつ、ロドスが空を見上げる。

秋晴れ。そう表現するのが正しいのだろう快晴で、本来であれば秋の初めということもあってまだ気温が高くなるのだろうが、今はまだ朝のためかかなりすごしやすい気温だ。


「じゃ、先に食堂に行っててくれ」

短く言葉を交わし、ロドスと別れるレイ。

何故真っ直《ます》ぐに食堂へ向かわないかは、ロドスの姿を見れば一目瞭然《いちもくりようぜん》だろう。

ここが普通の宿であれば、汗を掻《か》いたまま食堂に向かっても全く問題はない。

だが、この宿はベスティア帝国でも最高級の……すなわち、エルジィンの中でも他に類を見ないほどの宿だ。泊まっているのも相応以上に地位のある貴族や大商人で、そんな場所に汗臭いままで向かえばロドスの雇い主であるダスカーが侮られることになるだろう。

それゆえにロドスは身だしなみを整える必要があった。……レイは汗一つ掻いていなかったため、ドラゴンローブを軽くはたいて埃《ほこり》を落とすだけですんだのだが。

◆◇◆◇◆◇

「あんたが深紅だと見込んで、頼む！　俺たちにも稽古《けいこ》を付けてくれ！」

目の前で深々と頭を下げている冒険者と思《おぼ》しき三人組に、レイは困惑の表情を浮かべる。

今いるのは悠久の空亭の食堂で、頭を下げている冒険者たちとレイ、面白そうに成り行きを見守っているダスカーとエルク、一瞬視線を向けるもすぐに読書に戻るミン、他人事《ひとごと》のようにパンを口に運んでいるロドスや護衛の騎士といった者たち以外にも、多くの貴族や大商人たちがいる。

そんな中で大きく頭を下げている者たちがいれば目立たないはずがなく、食堂の中にいるそれらの人物やその護衛たちから大いに視線を浴びていた。

「ダスカー様？」

「知らん。お前はまだ一応俺の護衛ってことになってはいるが、闘技大会に出場するってことで実質的にはもう護衛じゃないんだ。その辺はお前の判断で行動しろ」

もっともなことを言っているが、その目に浮かんでいる愉快そうな視線が全てを物語っていた。

宿ですごし始めてから数日。いくら快適な宿であっても、ずっと宿の中にいなければならないダスカーも退屈していたのだろう。レイやロドスは闘技大会に出場するので、実質的には護衛を外され、残り二日となった闘技大会に向けて身体の調子を整えている。

ダスカー以外に悠久の空亭に泊まっている貴族も、物見遊山として帝都を見学したりして時間を潰し、あるいはこの機会にと他国の貴族との交流を深めていた。

だが、ダスカーは長年ベスティア帝国と敵対してきたミレアーナ王国の貴族だ。ここで接触すると目を付けられるだろうという判断もあり、ほとんどの貴族が自分からは接触してこない。

他に泊まっている商人も、ミレアーナ王国の辺境にあるというギルムは稀少《きしょう》な素材等があって興味深いのだが、商売をする相手としてはとにかく遠すぎる。

あるいは他の貴族に倣って帝都を見物するにしても、色々な意味で狙《ねら》われているダスカーとしてはその身を無意味な危険に晒すつもりはない。

いくらエルクのような腕利きの冒険者が護衛をしていても、自分から危険な目に遭いたいなどと思うような奇特な精神は持ち合わせていないのだから。

結果的にダスカーは宿の中で閉じ籠《こ》もり、数人の奇特な人物からの面会に応じることや、レイではないが鈍《なま》った身体を鍛える程度しかやることがなかった。

つまり、有り体に言えば暇を持て余していたと言ってもいい。

それはダスカーの護衛として雇われているエルクも同様で、そんな二人にしてみれば今回のレイに対する訓練希望者、あるいは弟子入り希望者というのは格好の暇潰《ひまつぶ》しに他ならなかった。

明確に言葉にはしないが、レイに向ける視線は如実にその意思を表す。

「……ロドス、お前はどう思う？」

ダスカーとエルクの二人には聞いても無駄だと判断したレイは、現在自分が練習相手を務めているロドスに尋ねるが、レイはロドスなら断ると予想していた。

自分よりも上の実力者との訓練は、当然身につくものも多い。つまりロドスにしてみれば、レイと訓練をすればするほどに自らの技量が上昇するのだから。

それを期待してロドスに会話を振ったといっても過言ではない。だが……

「俺は別に構わないぞ」

ロドスの口から出てきたのは、予想外なことに他の者の参加を認めるという言葉だった。

自分の予想とは違った返事に、レイのロドスを見る目がジト目になる。

そんな目を向けられたロドスは、言い訳するように口を開く。

「いや、確かにレイとの訓練は身になっている……と思う。けど、レイだけと訓練をしていても、自分が強くなってるか分からないんだよ。だから、たまには他の相手と戦ってみたいんだ」

ロドスの口から出た説明には、レイにしても納得するしかない。

幾度となく繰り返されるレイとロドスの模擬戦。そのたびに少しずつではあっても確実に強くなっていくロドスに合わせ、レイもまた少しずつ加減を弱めていく。

しかもご丁寧なことに、ロドスが強くなった分と同じくらいに。

つまり、ロドスは実際に強くなってはいても全くその実感がないのだ。

レイからの言葉と、剣を振るうときの速度や鋭さといったものしか自分の成長を実感出来るものがない。『他人と戦って勝ってみたい』という思いが湧《わ》き上がってもしょうがないだろう。

（やりすぎたか？　負け癖がつくのも不味《まず》いのは事実だ。そうなると……こいつらとロドスを戦わせて自信を付けさせるのも、また一興か。こいつらも訓練になるなら文句はないだろうし）

内心で考えを纏《まと》めると、未《いま》だに頭を下げている三人に向かってレイは口を開く。

「俺も闘技大会には出場する身だ。ロドスの訓練も、ほとんど趣味というか、何となく成り行きでやってるだけでしかない。そもそも人に教えるのは得意じゃないしな。お前たちの訓練を引き受けた場合、基本的にロドスとの模擬戦が多くなる。それでもいいのなら引き受けよう」

「本当か！」

ほとんど反射的と言ってもいいような速度で、三人の中でレイに訓練を付けて欲しいと声をかけてきた人物が頭を上げる。

その表情に浮かんでいるのは間違いなく喜びの色で、喜色満面と表現するべき笑みだった。

「ありがとう、腕試しに闘技大会に出場するつもりだったんだが、あんたみたいな腕利きに訓練を付けて貰《もら》えるのなら、ここまで来た甲斐《かい》があったってもんだ。なら早速訓練を……」

「ルズィ、まだ食事中よ。それにまだ自己紹介もしてないじゃない。慌てすぎ」

男の後ろにいた、髪を短く切り揃《そろ》えている女が窘《たしな》めるようにルズィと呼ばれた男に告げる。

最後の一人、レイと同年代か若干年上といった杖《つえ》を持った男も、女に同意するように頷《うなず》く。

「そうですよ。慌ててもいいことはありません。常に冷静でなければ闘技大会で勝ち残ることは不可能でしょうし、何より依頼も失敗するかもしれませんからね」

他の二人に続けて言われ、ルズィは恥ずかしさを誤魔化《ごまか》すように後頭部を掻き、口を開く。

「そうだな、色々と性急だった。訓練は食事が終わってからでもいい。その間に自己紹介をしたいんだが、構わないか？」

「……そうだな、そうしてくれ」

周囲にいる他《ほか》の客からの物珍しそうな視線、あるいは自分も昔は似たようなことをしたというような思い出深い視線。ここがベスティア帝国である以上、レイやダスカーに含むものがある視線もあるが、悠久の空亭に来た当初に比べると大分少なくなっていた。

「まずは自己紹介だな。それぞれ自分の名前と得意な武器やパーティでの役割を教えてくれ」

促しつつも、レイはスープとパンを食べるのを止《や》めない。

野菜スープは長時間煮込まれた野菜や肉が溶け、解《ほぐ》れたところに、改めて追加の野菜や肉を入れるという非常に手間暇のかかったものだ。小麦粉の類を使っていないのにスープの粘度が高いことが、どれだけ手間暇をかけられているのかを証明している。

パンも帝国で一般的に食べられている黒パンだが、一般的な黒パンと違って非常に柔らかい。

特に黒パン特有の酸味とスープが非常に合い、いつまでも食べていたいと思わせる味だ。

下級貴族では泊まれないような高級な宿だけあって、料理を作っている者の技量は非常に高く、今までレイが食べた料理の中でもトップクラスに美味《うま》い料理だった。

当然そんな料理をレイがストックしないはずがなく、料理長に要望して巨大な鍋《なべ》一杯に作って貰ったのをミスティリングの中に収納してあるのは言うまでもないだろう。

食事を続けるレイの前で最初に口を開いたのは、修行を付けて欲しいと頼んできたルズィ。

「俺はルズィ。武器はクレイモアだ。このパーティ、『風竜の牙《きば》』のリーダーをやっている」

年齢としては十代後半から二十代前半。ロドスと同年代くらいだろう。金属のハーフプレートを装備しており、その身体は見るだけで鍛えられていると分かる筋肉が詰まっていた。

その背には、ルズィの言葉通りに普通よりも大きめのクレイモアの姿がある。

ルズィの言葉に頷いたレイは、次に女の方に視線を向ける。

「私はヴェイキュル。武器は短剣の二刀流で、速度を活《い》かした戦いを得意としているわ。このパーティのシーフでもあるわね」

腰の両脇《わき》にある鞘《さや》から一息で短剣を取り出して手の中で回転させると、そのまま鞘に戻す。

一連の動きを見ただけでも、短剣の扱いに慣れているのは明らかだった。

先程のルズィにかけた言葉を聞けば分かるように、かなり気の強い性格であるらしい。

次、と最後の一人に視線を向けるレイ。

「最後は僕ですね。僕はモースト。この杖を見て貰えば分かると思いますが、魔法使いです。得意な属性は風と水。一応このパーティの中では一番冷静に物事を判断出来る性格ですね」

長さ一メートルほどの杖を持ち、レイとほぼ同年代の少年が表情をほとんど変えずにそう告げる。

自分で言った通り、冷静さを持ち味としているのだろう。また、レイの目から見てもモーストが着ているローブはかなりの高級品であることが分かった。

（魔法使いのローブで高級品。恐らく何らかのマジックアイテムか）

三人の戦闘方法や役割はバランスがよく、理想的だ。前衛を務めるルズィに、後衛で魔法を使うモースト。シーフのヴェイキュルは臨機応変に二人のフォローが可能だろう。

「なるほど、バランスのいいパーティだな」

レイの口から出た褒め言葉に、ルズィが胸を張って笑う。

その表情は、自分のパーティ『風竜の牙』に対して自信を持っていることの証《あかし》でもあった。

だが、その笑みも次にレイの口から出た言葉で消えることになる。

「けど全員で闘技大会に出るとなると、色々と問題があるな」

「なっ！　褒めたと思ったら、いきなりそれかよ！」

「落ち着きなさいよ、ルズィ。深紅の言葉は事実よ。あんたはともかく、一撃の重みに欠ける私と、魔法を発動させるのに詠唱を必要とするモースト。どっちも予選ならともかく、一対一で正面から戦うとなると、本戦のトーナメントで勝ち残るのが難しいのは事実よ」

「僕は純粋な魔法使いなんですから、一人で戦わないといけないとなると不利になります」

リーダーのルズィはともかく、他の二人は現状を理解していると知り、感心するレイ。

「それにしても、よく俺に稽古を付けて貰いたいと頼む気になったな。一応これでもベスティア帝国内では悪名が広がっているんだが」

「悪名？　ああ、戦争のことか。気にする奴《やつ》が多いのも分かるが、戦争で殺した殺されたってのを責めても切りがないだろ。大体、あの戦争だって仕掛けたのはこっちなんだし」

「それに、私たちの関係者は誰も戦争に参加していなかったってのも大きいわね」

(なるほど。自分たちに被害が出ていないからってのもあるが、プロ意識も強いのか)

「話は分かった。なら早速このあと訓練をする予定だから、それに付き合って貰おうか。ああ、それと俺のことはレイでいい。深紅ってのは大袈裟《おおげさ》すぎるからな」

秋の日差しという印象とは全く違う、強烈な日差し。季節が秋に移り変わったのだが、それでも残暑と呼ぶべき暑さは中庭で身体《からだ》を動かしている者たちの体力を容赦なく消耗させていく。

「はああああぁぁああぁぁぁあっ！」

「そんな一撃、食らうかよ！」

普通よりも大きいクレイモアが、空気を砕くかのような勢いで振り下ろされる。

ルズィの表情に余裕はない。訓練が始まってから、攻撃の全《すべ》てが回避されているのだから。

模擬戦を始める前に言われたように、寸止めを前提としての一撃だ。それゆえに本当の意味での全力ではないが、全ての攻撃を回避され続けている身としては面白いはずもなかった。

だが、今度こそという思いを込めて振るわれたクレイモアの一撃も大きく空を切る。頭に血が昇っていたためか、振るわれた一撃のあとには隙《すき》が生まれ……

次の瞬間には、剣先が自分の首筋でピタリと止まっているのを見て、信じられないという思いで相手を見返す。……そう。長剣を手にしたロドスを、だ。

「うわぁ、ルズィがああも手玉に取られるなんて。オークも一刀両断する力はあるんだけど」

模擬戦を観《み》るヴェイキュルも、信じられないと言いたげに髪を掻《か》き上げつつ呟《つぶや》く。

『風竜の牙』の中でも最大級の攻撃力を持つルズィだけにその攻撃力は信頼していたし、大抵の相手には負けないと思っていた。今回訓練を頼んだレイはともかく、そのレイから訓練を付けて貰っている……自分たちと同じ立場のロドスがここまで強いとは、完全に予想外だった。

「相性もあるな。一撃必殺を得意としているルズィは、モンスターを相手にすれば強いんだろう。

だが、人を相手にする場合は一撃の威力だけではどうにもならない。それこそ攻撃を回避し、あるいは命中させるための技量が必要になってくる」

ヴェイキュルの近くで今の一戦を見守っていたレイが告げると、同じく側《そば》で話を聞いていたモーストが不思議そうに口を開く。

「確かに僕たちの主な敵はモンスターでしたが、それなりに盗賊の類《たぐい》とも戦っていますよ？」

「盗賊の中にもある程度腕の立つ奴はいるだろうが……俺と模擬戦を重ねてきたロドスと同じような実力の持ち主がいるとでも？」

「それは……いえ、確かに僕たちの驕《おご》りでしたね」

「そうだな。だが、闘技大会本番前に気が付けたんだからよかったんじゃないか？　それはともかくとしてだ。ルズィ一人だと相性の問題もあって厳しいようだから、次はヴェイキュルとルズィの二人とロドスで模擬戦だ」

レイの口から出たその言葉に、ロドスの口から驚愕《きょうがく》の声が上がる。

「おい、ちょっと待てよ。さすがにいくら何でも二人を相手にするのは……」

「多数を相手にする訓練も必要だろ。特に予選がバトルロイヤルなんだから、なおさらな」

レイの言葉にも理があると認めたのだろう。ロドスは何か言いかけるも、結局は黙り込む。

「分かったようだな。なら俺はモーストと訓練をするから、模擬戦を始めろ」

「……分かったよ」

「次こそ負けねえからな！」

「私があの二人の間に入っていくの？　不安しかないわね」

それぞれが呟きながら離れた位置で模擬戦を始めたのを見送り、次にレイは側にいたモーストに視線を向ける。

「そんな訳で俺たち魔法使い組は魔法使い組で訓練といこうか」

「魔法使い、ですか。そういえば深紅という名前が有名になったのは、巨大な炎の竜巻を生み出して帝国軍に莫大《ばくだい》な被害を与えたからでしたっけ。魔法発動体は何を使っているんですか？」

自分の杖にかなりの自信があるのだろう。モーストは杖を撫《な》でながらレイに尋ねる。

実際、モーストの持っている杖は五十年近く生きたトレントの枝から作られた物で、魔法発動体としての性能は折り紙付きだ。だが、レイはそんなモーストに向けて首を横に振る。

「魔法使いである以上、魔法の強化を最優先に考えるのは当然だ。……俺の場合はローブこそ着ているものの、実際には中距離から近距離の戦闘を得意としている魔法戦士というのが正しいけどな。そして、そんな俺だからこそお前にアドバイス出来ることがある」

「何をですか？」

「まず、魔法使いに限らず弓を使っている者にも言えることだが、遠距離からの攻撃を主にしている奴は基本的に接近されると弱い。それは俺が言うまでもなく自分でも分かってるだろ？」

その言葉に頷くモーストの体格は、レイとそれほどの差はない。多少大きい程度だろう。

そんなモーストの思いを表情から読み取ったのだろう。ドラゴンローブに包まれていた右手を前に差し出す。握手を求めるその仕草にモーストは内心で首を傾《かし》げつつも応じ……そして走る激痛。

「ぐうっ！」

まるで掌《てのひら》が砕かれるかと思うような激痛に、モーストの口から苦痛の悲鳴が漏れる。

それを確認したレイは、すぐにその手を離す。

「今のは極端な例だが、痛みがあると咄嗟《とっさ》に魔法は使えない。それに、魔法を使うにも詠唱が必要となる。『風竜の牙』は前衛、中衛、後衛とバランスよく揃っているから、普段なら問題はないんだろうが……闘技大会に出るとなると、接近されたときの対策は必要になる」

レイの言葉に、モーストはまだ痛みの残る手を振りつつ、恨めしそうな視線を向ける。

「分かってますよ、それくらいは。言葉で言ってくれれば分かりやすいものを……」

「実際にその身で体験してこそ、だしな。弓とかは使えるか？」

「いえ。そっちは全く。というか、近接戦の対策なのに弓なんですか？」

納得出来ないといった表情で告げてくるモーストに、首を横に振るレイ。

「別に弓を近接用に使えとは言わないさ。ただ、魔法使いが弓を使えるというのは単純に攻撃手段が二倍になるってこともあってかなり便利なんだよ」

そう告げるレイの脳裏をよぎるのは、ランクDへのランクアップ試験を共に受けたエルフのフィールマ。弓と共に魔法を使いこなす攻撃手段の多彩さには、レイも驚いたほどだった。もっとも、通常の魔法ではなく精霊魔法だったが。

「言ってることは分かります。けど、弓を射るには両手を使う必要がある訳で、そうなれば杖が持てません。魔法使いの僕にとってこの杖を手放すというのは自殺行為ですよ」

レイのような身体能力があれば、弓と杖の両方を使ってもどうにかなるかもしれない。だがモーストは純粋な魔法使いで、一般人に比べれば冒険者として高い身体能力を持ってはいるが、それでもルズィやヴェイキュルのような肉体派の相手には到底及ばない。

（クロスボウの類でもあればいいんだが……エルジィンでは見てないしな）

ない物ねだりをしても仕方がないと、小さく首を横に振る。

「そうなると片手で使える武器で、なおかつ場所を取らない物か。なら、やっぱりこれだろ」

呟き、レイがミスティリングから取り出したのは短剣。

「え？　い、今のって……もしかしてアイテムボックスですか⁉」

「その辺は知らなかったのか。それよりも、ほら。これをやるよ」

「えっと、その……えー……この短剣、貰《もら》ってもいいんですか？」

アイテムボックスの衝撃から何とか立ち直ったモーストが尋ねるが、レイは問題ないと頷く。

そもそも、モーストに渡した短剣はレイが集めているようなマジックアイテムの類ではなく、モンスターの素材剥《は》ぎ取り用に持っている物のうちの一本にすぎない。

「どこにでも売ってる短剣だから、気にする必要はない。取りあえずこの手の武器ならローブの中にも隠しておけるだろ？　あとは敵が接近してきたときに使ってもいいし、あるいは……」

再びミスティリングから取り出した短剣を素早く投擲《とうてき》する。

それほど力を入れずに行った投擲のために、狙《ねら》った木の幹に短剣の切っ先が僅《わず》かに刺さって動きが止まったが、それでもモーストは驚きで目を見開く。短剣の投擲自体はそれほど珍しいものではない。現にヴェイキュルがやっているのを幾度か見たことがあった。

「魔法使いでこの手の技能を持っている人というのは……珍しいですね」

「だからこそ、有効なんだ。魔法使いだから武器を持っていないだろうって意表をついてな。投擲は習熟するのに時間がかかるし、ここで練習したら宿から苦情が出るかもしれないけど」

そう告げ、レイは木の幹に突き刺さっている短剣を抜き、切っ先をモーストに向ける。

「教えるのは慣れてないから、実戦あるのみだな。習うより慣れろだ。かかってこい」

こうして、モーストは魔法使いでありながらシーフもかくやと思われる短剣捌《さば》きをするレイとの模擬戦を行うのだった。……モーストとしては、出来れば魔法の訓練をしたかったのだが。

こうして時間はすぎていき、闘技大会の開催日を迎えることになる。

◆◇◆◇◆◇

「これは……何と言うか、物凄《ものすご》い人数だな」

帝都の外れに用意された闘技場の、選手控え室でのレイの呟きだ。

その隣では、ロドスもレイに負けないほどに驚きつつも口を開く。

「ベスティア帝国中どころか、周辺諸国からも参加者が集まる闘技大会だ。そりゃあこれだけの人数になってもしょうがないだろ」

どこか落ち着かないまま周囲を見渡し、自分たちに視線を向けてくる者が思ったよりも多くないことに安堵《あんど》したロドスは、自らの中にある動揺を消し去るかのようにそう告げる。

「それより俺が驚いたのは、闘技大会の開会式が行われないってことだな」

「ああ、それか。これだけの人数がいれば、開会式をやるにしても無駄に時間がかかるからな。本戦でもある決勝トーナメントで開会式をやるってのにも納得出来なくはないさ」

ロドスの言葉通り、闘技大会の開会式は本戦のトーナメントが開始されてからとなっている。

見学に来る皇帝や皇族、貴族たちの身の安全を考えての処置という面もあるし、予選は基本的にレベルが低いという面もあった。だからこそ試合が荒れて賭《か》けが大いに盛り上がるという一面もあり、それを目当てにしている者もかなり多いのだが。

当然レイも賭けには参加しており、エルクに頼んで自分が勝ち抜くのに金貨数枚を賭けている。

なお、ダスカーやエルク、ミンもまた闘技大会の見学に来て、それぞれがレイやロドスといった面《メン》子《ッ》に賭けている。

「しかもこの部屋にいるので全員じゃないんだろ？　ルズィとかがいないし」

「だろうな。こうして見ると強いのから弱いのまで交ざってる。この状態でトーナメントをやれば、無駄に時間がかかっちまうから、バトルロイヤルって予選形式は間違っていないのか？」

レイに向かって話しかけたのだが、その言葉は近くにいた数人の参加者たちに聞こえる。

不幸なことに、この控え室にいる面々はもうすぐ予選が始まるということで血気に逸《はや》り、それだけにまだ年若い二人が訳知り顔で話している内容を聞き流すことが出来ない。

それも片方が小柄で、ローブを着ている魔法使いにしか見えないとなればなおさらだろう。

舐《な》められている。そう感じた二十代ほどの男が、座っていた場所から立ち上がってレイとロドスに近づいていく。

「おい坊主共、随分と一丁前な口を利いてるが、ここがどこだか分かっているのか？　お前たちが来てもいいような場所じゃないぞ？　いや、そっちの戦士の坊主は駄目元の腕試しってことなら分からないでもないが、ローブを着ている方。お前は明らかに場違いだろ」

自分の胸くらいまでの身長しかないレイに向けてそう告げる。周囲にいる他の参加者たちも、予選が始まるまでの暇を持てあましていたのだろう。格好の暇潰《ひまつぶ》しを見つけたと囃《はや》したてる。

「坊主は頑張っても予選負けだろ。とっとと帰って母ちゃんのおっぱいでも吸ってろ」

「いやいや、あいつの母ちゃんは今頃俺の家のベッドで寝てるからそれは無理だって」

「ぐはっ、お前、そりゃ女の趣味悪すぎだ」

口々に告げる参加者たちだが、中にはレイやロドスの実力を見抜く者も当然いた。そのような者たちは未《いま》だに囃したてている参加者たちへ哀れみにも似た視線を向けつつ、これから起こるだろう騒動に巻き込まれないように距離を取る。

騒動に巻き込まれるのはごめんでも、レイやロドスの実力は確認したい。そう考えたのだろう。

一応名目としては、闘技大会の出場者同士が試合前に争うことは禁止されており、下手をすれば参加資格を失う場合すらある。

だがそれらが適用されるのは、あくまでも本戦のトーナメントからだ。予選のバトルロイヤルは荒くれ者が無数に集まってくることもあって、その辺のルールは有名無実と化していた。

その結果、大会が行われる度に何人かが予選が始まる前に棄権する事になるのだが、本戦に出る実力があれば問題なくやりすごすだろうという認識の下、是正されることもない。

「何か気に障ったか？」

レイが自分を睨《にら》み付けつつ近づいてくる相手に、全く何の気負いもないまま尋ねる。

軽く見られていると捉《とら》えた男は、コメカミに血管を浮き上がらせながらレイに向かって手を伸ばす。ローブを掴《つか》んで引き寄せ、フードに隠されている顔面を殴って立場の上下を痛みと共に教え込むつもりで伸ばされた手だったが、レイが半身を後ろに引いたために、その手は空中を掴んでいた。

「ぷっ、見ろよおい。舐めた真似《まね》をした奴に、より舐められるようなことをしてやがるぜ」

「おいおい、あまりからかってやるなよ。ああ見えて緊張で一杯一杯なんだからよ」

周囲から聞こえてくる、自分を揶揄《やゆ》するような声。

レイのローブを掴もうとして失敗した男は、その屈辱に耐えつつ身体を震わせ……

「用がないならもういいか？　予選が始まるまではゆっくりしていたいんだが」

そんな言葉が自分が恥を掻く原因となったレイの口から出ては、もう我慢出来るはずもない。

「ふざけるな、このクソガキがぁっ！」

振るわれる拳《こぶし》。闘技大会に出場するだけのことはあり、拳を振り上げるというような真似はせず、構えたまま真《ま》っ直《す》ぐに身体の捻《ひね》りを使って得た力を使い拳を突き出す。

格闘を得意とする男ではあったが、この場合は相手が悪い。ただでさえ格闘を得意とするヴィヘラとの戦闘経験があるレイだ。いくら腕に覚えがあっても、力不足と言うしかなかった。

自分の顔面に伸びてきた拳を、掌で叩《たた》き落《お》とす。拳ではなく掌だったのは、せめてもの温情か。

「なっ⁉」

今の一連のやり取りだけで、目の前に立つ子供がかなりの実力者だと理解出来たのだろう。本来であれば、この男も頭に血が昇りやすい質《たち》ではあっても、相手の実力を理解すれば大人しく退《ひ》く程度の思慮深さは持っていた。

だが……この場合は場所が悪い。

ベスティア帝国最大の催し物でもある闘技大会で、周囲にいる者の多くは実力者。

今ここで退けば、道化師以外の何ものでもない。

もうすぐ行われる予選では他の参加者から格好の獲物として集中的に狙われ、それだけではなく、闘技大会以降の仕事でも色々と問題が起きる可能性すらある。

つまり、目の前にいる相手との力量差を理解しつつも、絶対に退く訳にはいかなかった。

「ちぃっ、クソがぁっ！」

叩き落とされた腕を手前に引き戻し、連続して放たれる無数の拳。

先程の一撃のように身体全ての回転からもたらされる力を込めるのではなく、速度だけを重視した連撃。ボクシングで言うジャブのような攻撃を息吐《つ》く間もなく放ち続ける。

その素早い拳の連撃は、男が口だけではないことの決定的な証でもあった。

レイもその速度には驚く。格闘を得意としているヴィヘラとは幾度か対戦したが、ヴィヘラはその高い身体能力を活《い》かして威力の高い一撃を叩き込んでくるという戦闘スタイルだ。

もちろんその速度は決して遅い訳ではなく、今レイの前にいる男よりも上だろう。だが、一撃の威力を落としてまで攻撃の速度を上げる戦法は、レイにとっては珍しい経験だった。

「なかなかの攻撃速度だ」

感心したように呟《つぶや》くレイだったが、男が両手で繰り出してくる無数の拳撃を全《すべ》て右手の掌ではたき落としているというのは変わらない。

ここまで来ると、控え室にいる他《ほか》の者たちも男の実力云々《うんぬん》よりも前に、レイが高い実力を持っているというのを認めない訳にはいかなかった。最初にレイの実力に気が付いて距離を取っていた者たちは、少しでもレイの弱点や癖といったものを見つけられないかと注意深く観察している。

「さて、そろそろいいな。ゆっくり眠れ」

自分の拳が全てはたき落とされるという事態に、信じられないという表情を浮かべていた男はレイの言葉を聞いて奥歯を噛《か》み締《し》める。レイの一撃が繰り出されることを察知したからだ。そして、その一撃を自分が回避や防御することは不可能だということを。

振るわれた拳をはたき落とし、レイが身体《からだ》を前に進めようとし……

「何をやっている！」

そんな声が控え室に響き渡り、選手たちが皆視線を声のした方に向けると、そこにいたのは大会の運営委員であることを示す制服を着た三十代ほどの男。いくら選手同士の揉《も》めごとが黙認されているとはいっても、運営委員の前で戦いを続けることは出来なかった。

「……ちっ、命拾いしたな」

レイに向かってそう告げる男だったが、その額には大量の汗が浮かんでいる。

まだ日中で気温はかなり高く、闘技大会に参加する選手が大勢いる控え室。そしてつい先程まで連続して拳を放ち続けていた。それを考えても、男の額に浮かんでいる汗は異常な量だ。

男も分かっていたのだ。あのまま続けていれば、間違いなく自分が倒されていたことを。

額に浮かんでいる汗は、その証拠だった。

それでも負け惜しみのように言葉を吐き捨てたのは、半ば虚勢の意味が強かったのだろう。

男も自分のことだけにそれが分かっているのか、レイを憎々しげに睨み付けてその場から離れ、控え室の奥に向かう。

このままレイの前にいれば、間違いなく自分の虚勢が剥がれると理解しているがゆえに。

男が離れていったのを見て、レイもまた構えを解く。

そんなレイの横では、ロドスがどこか呆《あき》れたような視線をレイに向けていた。

このあとでバトルロイヤルという、色々な意味で疲れるだろう戦いがあるというのに、ここで乱闘騒動を起こすレイの気が知れなかったためだ。

何もここで無駄に体力を消耗しなくても……そう思うロドスだったが、レイ自身の体力がどれほどのものなのかを思い出せば、すぐに心配するのが無駄だと悟る。

ロドスとルズィ、ヴェイキュル、モーストの四人と連続して模擬戦をし、そのすぐあとで四人全員を相手にしての模擬戦をやっても、ほとんど息を乱さないのだ。それだけに、どれほどの体力があるのかはロドスにも想像出来なかった。

「あまりはしゃぐようだと出場資格を取り消すこともあるから、ほどほどにしろよ」

溜息《ためいき》を吐きながら運営委員がそう告げる。

本戦のトーナメントでもなく、まだ予選の段階だ。血の気の多い者たちが大量に集まっているのだからと軽く注意するだけに留《とど》め、改めてこの控え室に来た用件を告げる。

「予選Cブロックが開始される。これから名前を呼ばれた者はついてこい」

その言葉に、レイを始めとして控え室にいた者たちは皆が静まり返って自分の名前が呼ばれるのを待つ。順番に予選に参加する者の名前が呼ばれていき……

「レイ」

自分の名前が呼ばれたのを確認してレイが一歩前に進み出る。

レイ、という名前を聞いた何人かが反応を見せるものの、名前自体はそれほど珍しい訳でもない。それに、噂話《うわさばなし》では深紅は巨漢となっているためか、レイと深紅を結びつけるような者はいなかった。どことなく怪しんでいるような者は何人かいたのだが。

その後も次々にCブロックの予選に参加する者の名前が呼ばれていくのだが、その中にロドスの名前はなかった。

レイを始めとしてCブロックの予選に参加する者たちは、運営委員の男のあとについていく。

「……無事に予選を通過出来ると思うなよ」

先程までレイに向かって無数の拳を繰り出していた男が横を通り抜けざまにボソリと呟くのを聞き、レイは呆れの視線を向けるのだった。

第三章

秋晴れの下、闘技場の中心部分にある舞台の上に五十人近い人数が集められていた。

それだけの人数が集められているにもかかわらず、全員が自由に動けるだけの余裕があるのを見れば、舞台がどれだけ広いのかを理解するのは難しくはないだろう。そんな舞台の上で、予選Cブロックの参加者たちはお互いに牽制《けんせい》し合いながら試合開始の合図を待つ。

舞台を中心に備え付けられた闘技場の中は、観客たちの歓声で溢《あふ》れかえっている。

まだ闘技大会予選の一日目であるにもかかわらず、観客席はほぼ満員に近い。

いや、予選一日目だからこそ、これだけの観客が集まっているのだろう。

誰が勝ち残るのかの賭けも予選の段階から始まっているのだから、それを目当てにしている者も多い。あるいは、単純に強い存在を見てみたいという者も多いだろう。

普段は冒険者や兵士、あるいは騎士や傭兵《ようへい》として活動している者たちだ。街中でその強さを直接目にすることは出来ない。見られるとすれば、それは何らかの理由により喧嘩《けんか》騒ぎになったときだろうが、そのような者たちは大抵自分で言うほどの実力を持っていない者の方が多い。

また、今のうちに強い者を見定めようとしている貴族の手の者もそれなりにいる。

有名になる前に仕官させる、青田買いの場でもあるのだ。

多種多様な観客たちの注目が集まる中、その声が周囲に響き渡る。

『さぁ、予選Cブロックがいよいよ開始されます。前のA、Bブロックで行われた予選では、華麗なるレイピアの使い手、氷の貴公子の異名を持つランクB冒険者のエクセンブルムや、その腕力で多くのモンスターを殴り殺してきたと言われているクラッシャーの異名を持つアドレッドを始めとした参加者たちが素晴らしい活躍を見せてくれました。他にも有名ではないものの、確かな実力を持った人物が多くいたのは、観客の皆さんもその目で確認出来たでしょう』

闘技場内に響く声を聞き、レイは舞台の上で不思議そうな表情を浮かべるが、すぐに納得する。古代魔法文明の遺産であり、致命傷でなければ死なないような、レイには理解出来ないシステムがあるのだ。なら、解説や実況者の声が場内に響き渡るシステムがあってもおかしくはないだろうと。

先程控え室で自分を睨み付けてきた男からの視線を感じつつ、内心でそう思う。

いや、周囲から向けられている視線はその男のものだけではない。他の控え室から合流した参加者たちや、同じ控え室から移動してきた者たちもその多くがレイに視線を向けている。

その視線の理由が何かというのは明らかだった。

(どう考えてもこれだろうな)

右手に持っているデスサイズに視線を向けるレイ。

レイの身長を超える大きさを持つ大鎌《おおがま》は、見ているだけでも圧倒的な威圧感を周囲に与える。

そして当然のことだが、大鎌のような使いにくい武器を好んで使う者は基本的にはいない。

何よりもベスティア帝国内において、大鎌を使う冒険者というのは、春の戦争において猛威を振るった深紅を思い起こさせる。だが、流れている噂は深紅は巨漢であるというものが大多数であり、ゆえにCブロック出場者たちはレイをどのような人物と判断すればいいのか迷う。

ただし、中には流れている噂を真っ正直に信じている者もおり……

「おい、坊主。いや、嬢ちゃんか？　どっちでもいいけど、そんな見かけ倒しの武器を持ってどうしようってんだ？　そんなでかい武器、それこそ噂の深紅でもなきゃ使いこなせないだろ。はったりも、やりすぎれば馬鹿馬鹿しく見えるんだぜ？」

そう告げたのは、身長二メートルを超える男。髪の毛は短く切り揃《そろ》えられ、レザーアーマーからはみ出ている部分にはこれ見よがしに筋肉が盛り上がっている。

男の持っている武器はハンマー。それこそ、レイがいなければ間違いなくこの場で一番目立っていただろう大きさを持っていた。

そんな男に視線を一瞬向けるも、レイは相手にするのも馬鹿《ばか》らしいと視線を逸《そ》らす。

それが男の気に障ったのだろう。周囲に聞こえるような大声で怒鳴りつける。

「はったりが見破られたからって、言葉も出ないのか？　あぁん⁉　今すぐ出場を辞退すればまだ恥を掻《か》かなくてすむんだから、大人しく俺の言うことを聞け！」

男の言葉に、同感だと頷《うなず》く者、哀れみの視線を向ける者、馬鹿馬鹿しいと笑う者。色々な態度を取る者がいたが、控え室での一件を見ている者たちの中には、顔色を変えている者も多い。

レイが言葉だけの男ではなく、実力を持っていることを自分の目で確認していたためだ。

『さらに、さらに、さらに！　何と聞いて驚け、見て驚け！』

闘技場内に響くその声は、観客たちの興奮を煽《あお》り立てるようにテンションを上げていく。

『大物が闘技大会で飛び入り参加するというのはよく聞かれる話だが、今回も当然その飛び入りがいる。誰だと思う？　俺はこれを聞いたときに正直、信じられなかった。信じたくなかったと言ってもいいかもしれない』

その煽りに、観客たちだけではなく舞台上にいる選手たちまでもがざわめく。

当然だろう。本戦のトーナメントに出場出来るのは、このバトルロイヤルの中で最後まで勝ち残った三人のみ。五十人中三人となれば、非常に狭き門だ。

そんな狭き門を潜《くぐ》り抜ける戦いに、実況者がここまで勿体《もったい》ぶるような大物が参加してきたのだから、他の参加者たちにしてみれば勘弁して欲しいというのが正直なところだろう。

それぞれ、誰がその大物なのかを見極めるように注意深く周囲に視線を向けている。

先程までレイに絡んでいた男も、今はもうレイは無視して周囲の選手たちを見回していた。

レイと控え室で一緒だった者たちの何人かは、まさか……とレイに視線を向けている。

本能的にレイが自分たちとは違う格上の相手だと理解しているのだろう。

舞台の上で緊張が高まり、観客席からは期待が高まる。

そんな緊張と期待が最高潮になった、そのとき。実況の声が闘技場内に響き渡った。

『その大物の飛び入り参加者の異名は……深紅！』

その言葉が周囲に響き渡った瞬間、観客や選手含めて一瞬沈黙し、次第にざわめき始める。

『そう、ベスティア帝国に住んでいる者なら誰もがその噂は聞いているはずだ。春にセレムース平原でミレアーナ王国との間に起きた戦争で、帝国が敗北した原因を作った冒険者。

その強大な魔力で炎の竜巻を生み出し、身の丈以上の長さを持つ大鎌を使うという人物。

一戦しただけで深紅という異名を付けられた冒険者。……その深紅がベスティア帝国の闘技大会に殴り込んできたぞ！　嘘《うそ》だろ？　って思ったのは俺だけじゃないはずだ。闘技場に来ている皆《みんな》も、当然信じられないだろう？　分かる分かる、その気持ちは十分すぎるほどに分かる』

実況の声が響く中、舞台の上にいる予選参加者たちの視線はレイに向けられる。

身の丈以上の大きさのデスサイズを片手に持つ、レイの姿に。

それは先程までレイに絡んでいた巨漢の男や、控え室でレイに絡んできた男も同様だった。

『巷《ちまた》に広がっている深紅の噂は数あれど、有名なのは巨漢で見上げるほどの背丈を持っているような男というものだ。けど見ろ、見ろ、見ろ、見ろ！

そう、今舞台上にいる大鎌を持っている奴はローブを纏《まと》った一人だけ。その人物はどう贔屓目《ひいきめ》に見ても、巨漢と表現出来る背丈じゃない。むしろ小柄と表現した方がいい！』

実況の言葉に、舞台上の選手だけではなく闘技場にいる観客たちもレイに視線を集中させる。

視線が自分に集まっているのを感じたレイは、右手で持っていたデスサイズを持ち上げ……周囲にいた他の選手が距離を取り、観客たちも息を呑《の》む中で肩に担ぐようにデスサイズを持つ。

『さて、さて、さて！　噂の深紅がこんなに小柄だとは俺も思わなかった！

だが、それでも深紅であるという事実は変わらない！　この深紅がどんな活躍を見せるのか、観客の皆も楽しみにしていてくれ。ああ、ただ安心して欲しい。知っていると思うが、舞台の上は古代魔法文明の遺跡の力で特殊な空間になっている。即死じゃない限りは舞台の外に出れば回復出来るから、本当の意味で命を落とす奴《やつ》はいない』

その言葉が周囲に響く中、舞台の上にいたレイ以外の参加者たちが安堵《あんど》の息を吐《つ》いたように見えたのは、決してレイの気のせいではないだろう。

『言うまでもないが、相手を故意に即死させるのは禁止されている。そんな真似《まね》をしたら闘技大会失格となるだけじゃなく、罪にも問われるから注意してくれよ』

追加で放たれた実況の言葉は、レイに……レイだけに向けられていたものなのだろう。

ベスティア帝国内での深紅の評判を考えれば当然かもしれないが。

『さて、観客も選手も暖まってきた。そろそろ試合開始だ。審判、よろしく頼む』

聞こえてくる言葉とは裏腹に、舞台の上にあるのは重苦しい沈黙のみ。

一瞬の静寂が舞台の上に満たされ……舞台の側《そば》に姿を現した審判が大きく叫ぶ。

「Cブロック予選、開始！」

その言葉と共に、舞台の上にいた参加者たちは半ば自棄《やけ》になったかのように大きく叫ぶ。

ただし、その攻撃の向かう先にいるのはレイではなく他の参加者たち。

レイに攻撃すれば、自分が負けるのは間違いない。

それも、レイの持っている大鎌を見る限りでは、大怪我《おおけが》を負って。

舞台から出れば傷がなかったことになるとしても、逆に言えば舞台の上にいる限りは受けたダメージ相当の痛みを感じるということなのだから。

もしかしたらこの場にいる全員でレイに挑めばどうにか出来るかもしれない。そんな考えは当然他の参加者たちの脳裏をよぎったが、誰が好き好んで最初にレイに襲いかかるというのか。

それならレイに手を出さないという選択肢を、ほとんどの者が選んだのだ。予選で勝ち残れるのは一つのブロック三人までで、一人だけではなかったというのも影響しているのだろう。

振るわれる長剣が手足を斬《き》り裂き、振り回された棍棒《こんぼう》が胴体に命中して一撃で気絶し、あるいは素早く突き出された槍《やり》が相手の肉体を貫く。ハルバードの一撃を盾で防ぎつつ弾《はじ》き、バランスの崩れたところに鎧《よろい》を着た身体を叩《たた》きつけるかのようにタックルして吹き飛ばす。

近接戦闘に巻き込まれないように離れた場所で弓を使っていた者もいたが、連続して何本も矢を射るのを他の参加者たちが見逃すはずもなく、すぐに接近されて胴体を斬り裂かれていた。

深紅という予想外の人物の登場に観客たちは一時的に静まり返ってはいたが、いざ戦いが始まればそれぞれお気に入りの選手や、自分が賭《か》けた選手の応援に熱中する。

出場者リストの名前にレイとあっても、その名前自体はそれほど珍しい訳ではないから賭けている者はほとんどいない。

その数少ない面々が、ダスカー一行やレイの素性を知っている者たちだった。

普通であれば、ベスティア帝国内で幾つも行われている闘技大会で有名になった選手や、有名な冒険者といった者たちに賭ける者が多いのだが……そのような者にしてみれば、今回のレイのようにイレギュラーがいるというのは嬉《うれ》しくない出来事だっただろう。

「……何もしないって訳にはいかないか」

自分に向かってくる相手が誰もおらず、何もせずに勝ち上がるだけでは目立たない……ベスティア帝国上層部の注意を引けないと判断したレイは、デスサイズを手に足を踏み出す。

レイが動いたのを見た瞬間、舞台上で戦いを繰り広げていた中でも、レイに対して特に意識を割いていた者たちが即座に反応する。

とはいえ、それはレイに向かって攻撃を仕掛けるといったものではなく、現在戦っている相手との戦闘を続けながら少しでもレイから離れるという反応だが。

そんな者もある程度いる中、最大限にレイを警戒していたのは二人だった。

控え室でレイに絡んだ男と、舞台の上でレイに絡んできた男。二人共がレイに対して絡んだという事実があるだけに、レイから注意を外すことは出来なかったのだ。

「うおおおおおっ！」

自分の胴体に振るわれたメイスの攻撃を後ろに跳躍して回避し、目の前をメイスが通りすぎたのを確認した瞬間前に飛び出し、顎《あご》を砕くかのようなアッパーを繰り出して吹き飛ばす。

それで一安心とはいかず、すぐにその隙《すき》を突くかのように近づいてきた男の振るう短剣を回避。

だが短剣を持っている男の技量は男の予想以上だったらしく、素早く切り返された一撃によりレザーアーマーの胸元を斬り裂かれる。

「ちっ、隙を突くしかない小物が」

忌々しげに吐き捨てた男の言葉に、短剣を持っていた小柄な男は嘲笑《ちょうしょう》を浮かべるだけで、言葉を返す様子もない。再び振るわれる短剣の連続攻撃を回避しつつ、男は再びレイに視線を向け……

「なっ⁉」

気が付くと、つい数秒前にはいたはずの場所にレイの姿はない。

一瞬の動揺ではあったが、短剣を持つ男にとっては十分な隙だった。

……そう。本来なら、その一瞬の隙を突いて刀身を相手の身体に埋め込んでいたはずだ。

（……あれ？）

だが、何も出来ないままに男の意識は闇《やみ》に沈み、そのまま舞台の上に崩れ落ちる。

何が起きたのかも理解出来ないままに。

何が起きたか理解出来なかったのは気絶した男だけで、周囲にいた他の参加者たちは違う。いつの間にか、短剣を使っていた男のすぐ後ろにレイの姿があったことに気が付いたのだ。

当然最初にそれに気が付いたのは、短剣の男と戦っていた徒手空拳《としゅくうけん》の格闘を得手とする男。控え室で軽くではあるが拳《こぶし》を交えた――一方的に攻撃して回避され続けていただけだが――のが功を奏したのだろう。すでに倒れ込んだ短剣使いの事は意識の外にやり、控え室にいたときとは比べものにならないほど真剣にレイの様子を窺《うかが》いながら間合いを計る。

（深紅の武器は圧倒的に間合いの広い長柄の武器だ。つまり取り回しが難しい。懐に入ってしまえばどうとでも対処は可能なはず！）

内心で自分に言い聞かせ、レイがデスサイズを振るうのを待つ。

この考え自体は間違っていない。槍やハルバード、ポールアックスといったような長柄の武器を相手にする場合には一般的に考えられるものだろう。

……そう、間違ってはいないのだ。それが普通の武器であったのなら。

レイがデスサイズを振るう予兆を決して見逃さないように、全体の動きを注意深く観察する。

本来であれば、バトルロイヤルで一人だけに集中している状態は決して褒められたものではない。隙を見せれば、周囲の者たちが我先にと攻撃してくるのだから。

だが今回は違う。深紅という厄介な相手を倒せるかもしれない……そこまでいかなくても、傷を負わせることや、隙を作ることは出来るかもしれない。

そうすれば、この場で最も厄介な深紅を倒せる可能性が出てくる。

周囲にいた者たちは、暗黙の了解でレイに挑んでいる男に対しては攻撃せずに様子を窺う。

もしも自分が深紅を倒すことが出来れば、間違いなく大金星だからだ。

その場合、決勝トーナメントまで残れなくても、十分な名声を手に入れることが出来る。

そんな思いでいた周囲の者たちは、次の瞬間にはただ唖然《あぜん》とすることしか出来なかった。

男の方に一歩を踏み出して突き出されたデスサイズ。格闘をやっているだけに身軽さには自信のある男だったが、その予兆を感じ取ることは出来ず、気が付けば地面に崩れ落ちている。

何が起きた。そう呟《つぶや》こうとして言葉が出せず、息すらも思うように出来ないことに気が付く。

痛み……というよりは衝撃。鳩尾《みぞおち》に感じる重い感触が、呼吸を妨害する。

(何が……起き、た?)

内心で疑問を抱きつつ、男の意識は闇に呑み込まれたのだった。

『わあああああああああああああああぁっ！』

闘技場内に響き渡る大勢の歓声。

舞台の上で活躍しているのがベスティア帝国では不倶戴天《ふぐたいてん》の敵に等しい深紅でも、その強さを見ればそんな細かいことはどうでもよかった。

身内を殺された者たちにしてみれば、ふざけるなと言いたいのだろう。だが、この場にいる観客の中でもレイの強さに歓声を送っている者たちは、そんなのは全く関係ない様子だった。

「ばっ、おい、今の動き見えたか⁉」

「……あの大鎌の石突きで鳩尾を突いた、のか？」

舞台の上で顔見知り同士なのだろう二人が背中合わせになりつつ、他の参加者からの攻撃を捌《さば》きながら言葉を交わす。

（予選の組み合わせは完全に運だから、こいつと一緒になったのは最悪だと思ったが……こんな化け物を相手にするとなれば、むしろ運がよかったのかもな）

槍を持っている男は内心でそう考える。自分一人、あるいは全く見知らぬ相手と共にレイと戦うことになるよりは、知り合いの冒険者と共に立ち向かった方が絶対に有利だからだ。

「行くか？」

「もうか？　出来ればもう少し相手の手の内を見たい」

女が長剣で斬りかかってくるのを、バトルアックスで弾き返しながら異論を唱える。

「人が減れば不意を突くのも難しくなるし、こっちの動きも悟られる……ぞ！」

長剣の女とやり合っている隙を突こうとしていた相手を牽制《けんせい》するように槍を突き出しながら、男が言葉を紡ぐ。

「このっ、話しながら戦うなんて……私を舐《な》めないでよね！」

鋭い突きを放つ女だが、バトルアックスを最小限に動かすだけでその突きを弾く。

そんな女の隙を突くかのように、槍の男が放った一撃が長剣を上空に弾き飛ばし、唖然とした女の腹にバトルアックスを持っていた男の膝蹴《ひざげ》りが叩き込まれ、舞台の上に崩れ落ちる。

舞台の上に崩れ落ちた女をそのままに、周囲を警戒していた槍の男がレイの動きに気が付く。

「気をつけろ、どうやらまたやらかすようだ。何かあってもすぐに行動に移れるようにしておけ。隙が出来れば一気に行くぞ。躊躇《ちゆうちよ》して好機を逃したくはない」

「……分かった、どうやらその方がいいようだな。他の連中も同じ考えのようだし」

呟くバトルアックスの男は、舞台の上を素早く一瞥《いちべつ》する。

戦闘が始まってから十分ほど。舞台の上に立っている者の数は三分の二ほどにまで減っていた。

舞台上の半数以上がレイの様子を窺っている中……デスサイズを手に、レイは口を開く。

『炎よ、集えよ集え。汝等《なんじ》は個にして群。群にして個。我が声を以《もつ》てその姿を現せ』

その言葉と共に、デスサイズの先端に一メートルほどの炎の球が生み出され……

レイを観察していた者のうち、それが何かを悟った何人かが顔を引き攣《ひ》《つ》らせ、一人が叫ぶ。

「魔法だ、完成させるな！」

悲鳴の如《ごと》き叫びに一瞬固まった参加者たちだが、事態を察知してレイに向かって駆け出す。

先程までは様子見をするのが暗黙の了解だったのだが、使われるのが魔法であれば話は別だ。

振るわれる大鎌は、いくら長柄の武器でも攻撃可能範囲はたかが知れている。だが、魔法は別だ。

種類にもよるが、その攻撃可能範囲はこの舞台全《すべ》てを覆っても、なおあまりあるだろう。

この予選を……そして闘技大会を勝ち残るためには、ここで負ける訳には絶対にいかない。

しかし、すでにレイがデスサイズを振るって放った炎の球は空を飛んでおり、それほどの速度ではないが真《ま》っ直《す》ぐ目標に向かって飛んでいる。

……そう、予選が始まる前に舞台の上でレイに絡んできたハンマーを持った巨漢の男に。

自分に向かってくる、一メートルほどの大きさの炎の球。それを見た男は一瞬顔を引き攣らせたものの、炎の球の速度がゆっくりとしたものだと気が付くと安堵する。

魔法の発動を止めようとした数人の者たちもまた同様に、炎の球の速度に足を止めていた。見るからに遅い炎の球では、自分たちが思うほどの威力があるとは思えなかったためだ。

そうであるのなら、わざわざ自分から深紅と呼ばれている相手に向かう必要はないだろうと。

魔法はともかく、戦士として相当の力を持っているのは目の前で見せられて実感していた。

「へっ、深紅だ何だって言われていても、結局はこの程度の魔法しか使えないのかよ。炎の竜巻を作り出したとかいう話もあったけど……」

男の言葉を聞く価値もないと判断したレイは、最後まで言わせることなく魔法を発動させる。

『咲き誇る炎華』

魔法が発動した、その瞬間。一メートルほどの大きさの炎の球は爆散し、無数の小さな炎の塊となって周囲にその牙《きば》を剥《む》く。

不幸中の幸いか、この闘技大会では相手を即死させるような攻撃は禁止されている。

現にレイも、魔法に込めた魔力は驚くほどに少ないものだった。

命中した相手の肉体が炭と化すのではなく、火傷《やけど》ですむ程度の魔力で。

それでも無数の炎を浴びせられては、ハンマーを持った男にしてみればたまったものではない。

むしろ火傷を何ヶ所も負い、一撃で気絶した格闘家の男よりも悲惨な結末だった。

いくら舞台の上から出れば回復するとはいっても、それはあくまでも身体の傷のみだ。心に負った傷は別である。無数の火傷を負い、持っていたハンマーを放《ほう》り投げて痛みのあまり舞台の上を転げ回っている男は、間違いなくトラウマをその心に刻み込まれているだろう。

セレムース平原で炎の竜巻を生み出し、あるいはベスティア帝国軍の兵士を斬り殺したレイを見て恐怖と共に深紅と名付けた者たちのように。

また、炎の散弾とも呼べる攻撃を食らったのはハンマーの男だけではなく、その周辺にいた者たちも同様だった。全部で二十人近くが火傷の痛みに苦しみ、舞台から飛び降りて降参するという道を選択する。

『凄《すご》い、凄い、凄い！　これが深紅の神髄か！　放たれた炎の塊が細かくなって参加者たちに襲いかかり、一気に脱落させたぞ！　生き残った参加者たちは、運がよかった！　Cブロックの予選はやはり大本命の深紅が勝ち残り、残り二枠を争うことになるのか！』

闘技場に響く実況の声に眉《まゆ》を顰《ひそ》めつつ、デスサイズを携えたレイは舞台の上を一瞥して呟く。

「……さて。本戦に出場出来るのは全部で三人だったな。となると……あと十人ってとこか」

不思議とその声は、舞台の上にいる者たち全員の耳に届いていた。

他にも観客席の前の方にいた者たちも同様だっただろう。

その声が聞こえた者は、何の前触れもなく背筋にゾクリとしたものを感じる。

「次、行くぞ。忠告だが、痛い目を見たくない奴はさっさと舞台の上から降りた方がいい」

レイの口から出た言葉に、思わず数歩下がる生き残りたち。

だが、ほとんどの者は退《ひ》くに退けない状態で、先程の実況の声にあったように何とかレイ以外の二人の枠に滑り込もうと考えを巡らせ……その一瞬の隙が、致命的な時間となる。

『炎よ、全てを燃やし尽くす矢となり雨の如く降り注げ』

呪文を唱えると、レイの背後に浮かぶのは炎の矢。その数、約五十本。

ただし、先程同様に込められている魔力は大分少ない。

この魔法を初めて見る者には理解出来なかっただろうが。

「っ⁉　止めろぉっ！」

レイの背後に浮かぶ炎の矢を見た参加者の数名が叫び、レイに飛びかかってくるが……すでに魔法の発動を止めるのは不可能だった。

『降り注ぐ炎矢！』

レイの言葉で魔法が発動され、五十本ほどの炎の矢が一斉に放たれる。

まさに掃射とでも呼ぶべき速度で放たれた炎の矢は、レイに向かってきていた者たちに命中しては炎に包み込む。それでも炎の矢が身体《からだ》を貫通したり、一撃で身体そのものを燃やしつくさなかったのは、先程同様に魔法の発動に関する魔力を大きく減らしていたためだろう。

……結果、炎の矢による掃射が終わったあとで舞台に立っているのは、レイ。そして魔法の発動を止めようとして進み出ていたがゆえにレイの近くにいた二人の参加者のみだった。

しん、と静まる闘技場内。舞台の上ではレイがデスサイズを手に周囲を見回し、偶然炎の矢の掃射範囲外にいた二人が今目の前で起こった光景に目を奪われ、呆然《ぼうぜん》と舞台の上で倒れている他《ほか》の参加者たちに視線を向けている。

信じられない。それがまだ舞台の上に立っている二人の参加者が抱いた正直な気持ちだろう。

「……予選はこれで終わりだと思うが、どうしたんだ？　まだやれってことか？」

静まり返っている中に響くレイの声を聞いた審判は、ようやく我に返って大声で宣言する。

「Cブロック予選終了！　本戦出場者は、レイ、アウスト、ドルフの三名とする！」

闘技場内に響く審判の声。それでようやく他の者たちも我に返ったのだろう。最初は小さく、次第に大きな歓声が上がり始めた。

『わあああああああああああああああああ！』

歓声が響く中、大会の運営委員が三十人ほど舞台に上がっては倒れている参加者たちを舞台の外に運び出し……舞台から降りると、見るも無惨だった火傷の跡があっさりと消滅する。

だが、それでもその場ですぐに起きて歩ける者は少ない。

身体の傷は癒やせても、心の傷は癒やせない。それが如実に表れていた。

『凄い……何だ、何なんだこれは一体！　これが深紅、これぞ深紅、これこそが深紅！　俺も長年実況をやっているが、ここまで派手な攻撃を予選で見ることは滅多にないぞ!?　正直、俺個人としては微妙な思いもあるんだが、この強さだけは認めざるをえない。

他二人の予選通過者は色々な意味で運がよかったとしか言えないこの予選、終わってみれば深紅の実力が異名に名前負けしていなかったことが証明された！　というか、何で巨漢だという噂《うわさ》が流れていたのかが分からない！』

レイの魔法を見て興奮したのだろう。これ以上ないくらいのハイテンションで叫ぶ実況の声に、レイは不思議そうに首を傾《かし》げる。自分の使った魔法は派手だった。だが、同じような魔法を使える者がいないとは思えないのに、何故《なぜ》ここまで持てはやされるのかと。

そんなレイの疑問を見て取ったのだろう。本戦への出場が決まった二人のうちの片方……ハルバードを手にした男がレイに声をかける。

「魔法を使うには当然詠唱が必要だ。けど、これだけの人数が集まっている中でそんな隙を見せれば真っ先に潰《つぶ》される。だから予選では魔法を使わないか、使っても詠唱の短い……つまり、威力があまり高くないものってのが相場なんだよ。なのにあんたは派手な魔法を使っただろ？」

モーストに対しては接近されたときの対抗手段として短剣を持つように告げていたが、それでも対応しにくい場合があると知り頷《うなず》くレイ。

「ま、それはともかくとしてだ。俺としては、あんたのおかげで無事に本戦に出場が決定したんだから、嬉《うれ》しい限りだよ。ほら、そっちにいる奴も何か言いたそうだぜ？」

ハルバードを持った男の視線を追ったレイは、自分をじっと見つめている男に気が付く。

強く、力の籠《こ》もった視線。だが、悪意の類《たぐい》は感じられない。

そのままお互い、数秒ほど無言で視線を交わしていると、やがて舞台の上に倒れていた他の参加者たちを運び出し終わり、審判が三人に近づいてくる。

「予選はこれで終了となる。本戦は、予選の全ブロックが終わったあとで改めて宿泊先に連絡がいくと思うが、出場届けをするときに宿泊先をきちんと明記してあるな？」

審判の言葉に三人がそれぞれ頷き、問題がないと知った審判は確認するように口を開く。

「一応知らせておくが、もし途中で宿の変更等があった場合は闘技場の職員や闘技大会の運営委員に知らせてくれ。では、これにて予選Cブロックを終了とする」

忙しいのだろう。レイたちに短く告げると、審判はそのまま去っていく。

その後ろ姿を見送り、レイもまた舞台を降りようとした、そのとき。

「次は……負けない」

つい先程まで自分と見つめ合い……あるいは睨《にら》み合っていた男の声が、ボソリと聞こえてきた。

この闘技大会に出場するために鍛えてきた男にしてみれば、レイのお情け――あるいは運――で本戦の出場を決めたのは屈辱だったのだろう。

(若いねぇ)

ハルバードを持った男は、内心で呟く。経緯がどうあれ、結果が出ている以上は自分には特に文句はない。だが、自分や深紅と同様に予選を勝ち抜いたあの男は違うのだろうと。

「そうか、なら本戦で当たることを楽しみにしている」

レイはそれだけを告げ、舞台から降りる。それを見送る男二人と合わせて全員が本戦への出場を決めたというのに、そこには明確な勝者と敗者の図式が存在していた。


「ほら、お前の取り分だ」

エルクに笑みと共に渡されたのは、袋一杯に入っている金貨や銀貨。

レイがエルクに金を渡し、自分自身に賭《か》けて得た金だ。

「……予想以上の金額になったな」

袋の中身を見て驚くレイに、エルクは当然だと頷き、その隣にいたダスカーが口を開く。

「まさか深紅が参加しているとは、誰も思わなかったんだろ。周りを見てみろ、お前に向けられる恨み辛《つら》みの視線がかなりあるぞ」

その言葉に周囲を見回すと、レイに向けられる視線には恨みがましいものが多い。

現在レイたちがいる場所は貴賓用の観客席だ。当然、レイに恨みがましい視線を向けているのもベスティア帝国から招待された者たちなのは間違いない。

だがそれも、不思議とこれまで帝国内で向けられた視線とは違い、粘着的と表現出来るような憎悪の視線ではないことに気が付く。

そんなレイの様子に気が付いたのだろう。男たちの馬鹿《ばか》な会話に関わるのも面倒だと本を読んでいたミンが、周囲にいる他の者たちには聞こえないように小さくレイに説明する。

「ここにいるのは招待された人たちで、ベスティア帝国の貴族じゃないんだよ。つまり、身内を殺された恨みはない。……絶対とは言えないが」

ミンの説明を聞いたレイは、安堵《あんど》する。気にしていなくても、やはり憎悪の視線を向けられるのは気持ちのいいことではないのだ。

「ま、何だかんだ言っても稼いだレイが羨《うらや》ましいって奴《やつ》らがほとんどだよ」

あるいは自分が連れてきた冒険者や、後援している冒険者が負けたとかな、とミンの言葉に続けるようにして話すエルク。そんな裏事情を聞かされれば、レイも納得するしかない。

「どうやら次の予選ブロックが始まるようだな」

持っていた本を閉じながらミンが呟《つぶや》く。

先程がCブロックの予選だったのだから、次に行われるのはDブロック。

そして、Dブロックの予選にミンが注目するのには理由がある。

「お、ロドスが出てきたな。さて、うちの馬鹿息子はどこまでやれるのやら」

そう。エルクが口にしたように、Dブロックの予選にはロドスの姿があった。

そのエルクが、不意にダスカーから少し離れた場所に座ったレイに視線を向ける。

「で、実際どうなんだ？　ここしばらくルズィとかいう奴らと一緒に訓練してたみたいだけど」

「そう、だな。こんなことを言うのはちょっと癪《しゃく》だが、お前の血を引いているだけあって才能は本物だった。日に日に能力が伸びているのは事実だ」

息子が褒められたのが嬉しかったのだろう。エルクの口元には抑えられないような笑みが浮かぶ。

そんなエルクの隣では、その妻のミンもまた同様に嬉しそうな笑みを浮かべていた。

親馬鹿め。レイはそんな風に思いつつも、表情には出さず言葉を続ける。

「で、予選だが……どうだろうな。振り分けは完全に運だから、対戦相手の中に強者がいればちょっと厳しいかもしれない。ただ、本戦に出られるのが三人だから、強者が三人以上纏《まと》まっていなければ大丈夫だと思う」

レイが説明している間に、注目選手の実況はすでに終わっていたのだろう。審判の合図と共に、舞台の上では予選が開始された。

「頑張れ、ロドス」

ミンの呟きを聞きながらレイが舞台に視線を向けると、そこでは先程以上の混戦が行われている。

Cブロックの予選では、良くも悪くもレイという飛び抜けた存在がいた。

そのレイを警戒して、他の参加者たちも混戦を勝ち抜く上でいくらかの注意を常にレイに向けざるをえなかった。だが、今回のDブロックはそこまで突出している存在がいないがために、現在レイたちが見ているような全力の混戦となっているのだろう。

この光景が本来の闘技大会で行われている予選の姿で、Cブロックが異例だったと言うべきか。

「いけっ、そこだ！　あ、馬鹿。後ろから狙《ねら》われているぞ！」

エルクの応援の声が聞こえているかのように、後ろから槍《やり》を突き出した男の攻撃を、前で斬《き》り合っていた男の真横に飛び込んで背後に吹き飛ばし、盾とする。

盾とされた男の胴体に槍の穂先が突き刺さって抜けないのを見たロドスは、槍を中ほどで切断して武器を封じた上で男の頭部を剣の柄《つか》で殴って意識を奪う。

「安全重視のためなんだろうが……エグいな」

呟いたのはダスカーだが、言葉とは裏腹に口元には笑みを浮かべていた。

舞台の上から降りれば、古代魔法文明の遺産により身体に負った傷は消える。

しかし、消えないものもある。心に刻み込まれた恐怖であり、あるいは武器や防具の損傷だ。

つまり、今ロドスに槍を切断された男は身体の傷は消えるが、武器はそのままとなる。戦場となる場で使える武器をそのままにしておくのが危険だとしても、中々に苛烈《かれつ》な対処だった。

「お、あっちもあっちで凄いぞ」

ロドスの活躍に目を向けがちだったエルクやミンは、ダスカーの言葉にその視線を追う。

その視線の先にいたのは、弓を持った男のエルフ。

弓を使う者自体は、レイの戦った予選ブロックにもいた。だが今ダスカーが注目しているエルフの方が明らかに腕は上で、さらには魔法まで使っている。

「精霊魔法か？」

呟いたのはレイ。ランクアップ試験で一緒になったエルフ、フィールマを思い出す。

弓と精霊魔法を使う女のエルフだったが、記憶の中の技量と照らし合わせても視線の先にいる男のエルフの方が数段技量が上のように思えた。

視線の先ではどんどん混戦のまま戦いは続き、最終的に舞台の上に立っているのはロドスとエルフ、そしてシーフと思しき男の三人のみとなり、その場で予選は終了する。

「いよっし、よくやったロドス！」

エルクの喜びの声を聞きつつ、レイは軽傷で勝ち抜いたロドスを褒めてやろうと思うのだった。

悠久の空亭にある食堂の一画で、ダスカー一行がそれぞれ祝杯を挙げていた。

祝杯の理由としては、当然今日行われた闘技大会の予選を突破したことで、主役はレイとロドスの二人……だけではなく、何故かルズィたち『風竜の牙《きば》』の三人もいる。

数日とはいっても、レイやロドスと共に汗を流したという理由でダスカーが招待したのだ。

貴族の……それもミレアーナ王国の三大派閥でもある中立派を纏《まと》め上げているダスカーがいるということでヴェイキュルやモーストは遠慮していたのだが、ルズィは全く気にした様子がないままにダスカーの招待に応じ、他の二人も渋々ながら祝勝会に参加することになった。

「いや、それにしてもロドスから聞いてたけど、お前のパーティは中々やるな」

「そうだろ、そうだろ。こう見えてもランクCパーティとしてはそれなりに知られているからな。もっとも、ミレアーナ王国には俺たちの名前は届いてないだろうけど」

冷えたエールと、串焼《くしや》きやシチュー、内臓や豆の煮込みといったものを味わいつつ、ルズィはエールとエールの入ったコップを乾杯してぶつけ合う。

「いやいや、ちょっと待ちなさいよ。相手はミレアーナ王国でも有名なランクA冒険者の雷神の斧《おの》よ？　何だってうちのルズィはあんなに普通に会話してるのよ」

「言うだけ無駄ですよ、ヴェイキュル。ルズィだからでいいじゃないですか」

狼狽《ろうばい》した様子のヴェイキュルに、モーストはすでに諦《あきら》めた様子で言葉をかける。

三人がパーティを組んでから二年近く経《た》つのだが、それでもパーティリーダーであるルズィの言動には突っ込まざるをえない。

「ま、うちの父さんは礼儀とかは気にしない人だからな。よっぽどふざけた真似をしない限りは特にどうってことはないさ」

そう告げながらエールの入ったコップを手に、ロドスは二人に声をかける。

差し出されたコップに自分のコップをぶつけ、乾杯したヴェイキュルが笑みを浮かべる。

「あ、ロドス。予選突破おめでとう」

「課題は残る勝ち方だったけどな。そっちもパーティ全員揃《そろ》っての予選突破だろ？」

「あははは。そうは言ってもね。ルズィは危なげなく勝ち残ったけど、私はなるべく人に見つからないように行動して、他の人の戦いの隙を突いて勝ち残った感じだし……モーストはねぇ」

意味ありげなヴェイキュルの言葉に、モーストは水で薄めた果実酒を口に運ぶ。

「あれも勝利のためには当然の選択ですよ」

「魔法使いが勝ち抜くには、どうしても壁役が必要だからな。他の奴と手を組むのはそんなにおかしくないだろ。別に参加者同士で組んではいけないってルールはないんだし」

ロドスが口にしたように、モーストが予選突破の際に行ったのは、身体《からだ》が大きく防御力に自信のある者を仲間に引き入れることだった。

その前衛が防衛している間にモーストが魔法を唱えて敵を討つ。

「あははは。ロドスさんの言う通り、今回は問題ありませんでした。ただ、あくまでもバトルロイヤルだったから出来たんですよね。こうなると本戦のトーナメントはどうしたらいいものか。いっそ、僕もレイさんみたいに大鎌《おおがま》でも振り回してみるとかした方がいいんですかね？」

「そんな訳ないでしょ……って、ねぇ、ちょっと。あんたもしかして……」

普段のモーストが口にするとは思えない言葉に、ヴェイキュルはモーストが持っているコップを奪い取って匂《にお》いを嗅《か》ぐ。そこから漂ってきたのは、間違いなくアルコールの匂い。

「あっちゃぁ……やっぱり。ちょっとみたいだからいいけど、あんた酒には弱いんだから注意しなさいよね」

「ん？　モーストも酒に弱いのか？」

意外なことを聞いたと尋ねるロドスに、ヴェイキュルは首を傾《かし》げる。

「何、もしかしてあんたも酒に弱いクチ？」

「いや、俺じゃなくてレイだ。もちろん一杯や二杯飲んだからといって、すぐに倒れるほどじゃないけどな。レイはどうしても酒を美味《うま》いとは感じられないらしい」

「うわ、人生の三割は損をしてるんじゃない？」

「さすがにそこまではいかないが、この美味さを分からないのは残念だな」

「仕事が終わったあとの一杯は堪《たま》らないわ。この宿なら、冷えたエールを飲めるしね」

上機嫌でエールを飲み干している二人に、モーストは呆《あき》れ気味の視線を向ける。

「そんな苦いのが美味しいとは思えませんけどね」

「全くだ。美味くないものをわざわざ飲むのは馬鹿らしいよな」

独り言のつもりで呟いた声に返答があり、ビクリとするモースト。

後ろを振り向くと、そこには鶏《とり》のもも肉を皿の上に乗せたレイの姿があった。

香草をたっぷりと使用して、蒸し焼きにされているのだろう。モーストのところまで食欲をそそる香りが漂ってくる。直接焼いた訳ではないので、表面がパリッとしている訳ではなくしっとりとしているのが見ただけでも分かった。

「そうですね。酔っ払って他人に絡んだりする人なんか、見ていて情けないです。……特にうちのルズィとか」

エルクと一緒に笑い合っている自分たちのパーティリーダーに視線を向けて告げるモーストに、レイは同感だと頷き、鶏のもも肉が乗っている皿を掲げる。

「ま、今日はご苦労さんってことで」

「え？　いいんですか？」

モーストは、この料理が宿の食堂で出されている中でもそれなりに高価だと知っていた。特別に育てられている鶏に、稀少《きしょう》な香辛料や香草が使われているのだから、当然だろう。

だがそんなモーストの言葉に、レイは全く気にした様子もなく皿を差し出す。

「魔法使いがバトルロイヤルの予選を勝ち抜いたんだ。このくらいの役得はあってもいいだろ。一応俺も分類的には魔法使いに入るしな」

「魔法使いって……魔法戦士でしょう？　普通の魔法使いは大鎌を使ったりはしませんし」

「ふーん、ならこれはいらないのか？　モーストがいらないなら、俺が食うが」

「あ、すいません。嘘です。レイさんは十分に立派な魔法使いです」

一転して翻る意見にレイは笑みを浮かべ、皿をモーストの前に置く。しかし、これだけいい匂いのしている料理に、同じテーブルで飲んでいたヴェイキュルやロドスが気が付かない訳がない。

「あ、ずるい。何でモーストだけ美味《おい》しそうなのを食べてるのよ」

「そうだそうだ、俺にもよこせ」

「うるさい、これは魔法使いに対する祝いの品だ。お前たちみたいな戦士やシーフが勝ち残るのとは訳が違うんだからな」

「贔屓《ひいき》よ、贔屓」

「全くだ。大体、お前はいつも俺に厳しすぎないか？」

すでに十分に酔いが回っているのだろう。普段のロドスならまず口にしないだろう弱音を口にしつつ、テーブルを幾度となく叩《たた》く。

「そんなことはないから、静かにしろ」

祝勝会とはいっても、あくまでも悠久の空亭の食堂で行われているものなのだ。食堂を貸し切りにしている訳でもなく、他にも大勢の客の姿がある。

他の客も、大部分が今回の闘技大会に関係する用事で帝都に来ている者たちだし、自身が闘技大会に参加している者もいる。中にはレイたちと同様に祝杯を挙げている者も多い。

だがレイたちが予選を突破したということは、逆に予選を勝ち残れなかった者もいる。

いや、人数的に考えれば予選で負けた者の方が多いだろう。そんな者たちの前で本戦に進んだ者たちが陽気に騒ぎ、ロドスのように周囲に憚《はばか》ることなく大声を上げればどう映るか。

当然面白くない者も多く、不愉快そうな視線を向けている者も数人いた。

それでも絡んでくる者がいないのは、レイたちがミレアーナ王国のダスカー一行であると知られており、さらに祝勝会の中にダスカー本人がいるからだろう。

同時に、本戦に出場した者が五人もいるというのも抑止力になっている。予選から本戦に出場出来るのは六十人。そしてここにいるのは五人。本戦出場者の約一割がここにいるのだから。

「んあぁ？　大丈夫だって。何かあっても本戦に出場する俺が何とかしてやるからさ。はっはぁ！」

「きゃーっ、素敵！　でも私だって負けてないわよ！」

二人が嬉《うれ》しげに叫び、その場で立ち上がる。そんな二人……より正確にはヴェイキュルを見ていたモーストが、口に運んでいた鶏もも肉の蒸し焼きを皿の上に戻すとレイに視線を向ける。

「あ、駄目ですねこれは。レイさん、悪いですけどヴェイキュルを押さえるのを手伝って貰《もら》えますか？　このままだと色々と面倒なことになりますから」

最初は何を言っているのか分からなかったレイだったが、ふと頭の上に落ちてきた何かを何気なく手に取る。それは衣服。それも、数秒前まで見覚えのあった衣服だ。

「おい？」

もしかして。そう思って顔を上げると、そこに映ったのは予想通りの光景だった。

黒いランニングシャツのようなものを着ているヴェイキュルの姿。

つい先程までそこにあった服は、現在レイの手元にあるために存在しない。

そこまでくれば、レイにとっても何が起きているのかを理解するのは難しくなかった。

「レイさん、頼みます」

「あー……まぁ、しょうがないか」

祝勝会に参加している者たちは、ほぼ全員が酒を飲んで騒いでいる。

現状で素面《しらふ》なのは、レイやモーストを含めて数名のみ。普段であれば羽目を外しすぎないミンですらワインに舌鼓を打っているのは、やはりロドスが本戦に出場を決めたからだろう。

ヴェイキュルが試合で着ていたレザーアーマーでも身につけていればまだよかったのだろうが、ここは食堂。しかも祝勝会の場だ。そんな場所で鎧《よろい》を身につける者は、普通いない。

「ほら、暴れるな！」

「何よ、これから私のいいところを見せてあげるんだから、別にいいじゃない。レイも見たくない？　その年齢なら、少しは女に興味あるでしょ？」

「ないとは言わないけど、酔っ払っている相手に対してはちょっとな」

言葉を返しつつ、黒のランニングシャツに手を伸ばすヴェイキュルの手を押さえる。

そしてレイが押さえ込んだところで、モーストが杖《つえ》をヴェイキュルの頭部に振り下ろす。

周囲に鳴り響く打撲音。

（いや、さすがにそれはどうなんだ？）

一撃で意識を失い、そのまま床に倒れ込むヴェイキュルを眺めつつ、レイは内心で呟《つぶや》く。

短剣を持たせるのではなく、杖術《じょうじゅつ》でも覚えさせた方がいいのではないか。

モーストの杖捌《つえさば》きに、そう思ってしまったレイはおかしくないだろう。

（そういえば、ミンも杖を武器に使ってたな。しかもエルクを一撃で沈めるほどの威力で……）

そんな風に考えていると、モーストが床に倒れたヴェイキュルにレイが持っていた服をかける。

「全く、酒に弱い癖に飲みすぎるのはどうにかならないものなんでしょうかね？」

呟きつつ、視線が向けられたのはロドス。一連のやり取りを見守っていたロドスは、一瞬にして酔いが覚めたかのように幾度となく無言で頷《うなず》く。

もちろん本気を出せば、あの程度の一撃を回避するのは難しくない。だが、それはあくまでも普通であればだ。酔いが回っている状態で回避出来るかと言われれば、思わず口籠《くちご》もってしまうような速度と威力を持った一撃だった。

特にミンから似たような攻撃を幾度となく受け、あるいはエルクに振り下ろされるのを見てきたロドスとしては、本能的に『回避してはいけない』という習慣が刻み込まれている。

そんなロドスの気持ちを理解した訳ではないだろうが、モーストは笑みを浮かべて口を開く。

「何も祝勝会で騒ぐなとは言いません。ですが、節度を持って楽しんで下さいね？」

その言葉に、ロドスは再度無言で頷くことしかできなかった。

◆　◇　◆　◇　◆　◇

闘技大会の予選が終了してから二日ほど。もう数日でいよいよ本戦のトーナメントが開かれるというときに、レイは帝都の中を一人で歩いていた。

本来であれば昨日のうちに街に出たかったのだが、エルクとミンが祝勝会で酒を飲みすぎ、軽い二日酔いに。あくまでも軽い二日酔いで、少し無理をすれば動けたのだが、ここで無理をする必要もないだろうと、昨日はレイがダスカーの護衛をすることになった。

ダスカーは安全上のことを考えると宿の外に出ることは出来ないため、部屋の中ですごすか、中庭で身体《からだ》を動かすかといったくらいしかすることがない。

中庭で身体を動かす際には護衛の騎士やレイがいざというときに備えるということもあったが、結局何もないままに一日がすぎ、今日は二日酔いから復活したエルクやミンが護衛に戻り、レイはお役ごめんとなったのだった。

中庭でルズィたちと身体を動かしてもよかったのだが……どうせならこの機会に帝都で売っているマジックアイテムを探してみようと思い立ち、こうして一人で街中を歩いている。

(やっぱりセトがいなかったり、デスサイズを持っていなかったりすれば分からないんだな)

レイもそれなりに顔立ちは整っているが、ドラゴンローブのフードを被《かぶ》ればそれも隠される。ドラゴンローブ自体は強力極まりないマジックアイテムではあるが、隠蔽《いんぺい》の効果によって並の人間にはそれを見破ることは出来ない。つまり、現在のレイはどこにでもいる一般人……とまではいかないが、駆け出しの冒険者くらいにしか見えていなかった。

「この通りを真っ直《まっす》ぐに進んで突き当たりを左に曲がって、そこから三軒目だったな」

出かけるときにモーストから聞いた話を頼りに、道を進んでいくレイ。

モーストたちの主な活動地域は帝都近郊ではないが、それでも何度か帝都まで来ており、その際にモーストはマジックアイテムを売っている店に行ったことがあった。

その一つを訓練を付けた謝礼代わりに教えて貰っており、現在はその店に向かっている。

闘技大会の予選は、前日に全《すべ》て終了している。その影響もあって、昨日までは闘技場に集まっていた者たちも帝都見物を行うべく街中に溢《あふ》れており、通行人の数は驚くほどに多い。

同時に、その通行人を目当てにした商人も今が稼ぎ時と客を呼び込む声を上げる。

「おう、嬢ちゃん。いや、坊主か？　どうだ？　指輪でも買っていかないか？　お前さんがつけてもいいし、恋人に贈っても喜ばれること間違いなしだぞ」

道端で商品を広げている露店商から声をかけられ、多少興味を覚えて並べられている商品を一瞥《いちべつ》するが、並べられている商品が明らかに粗悪品と知ると呆れの視線を向ける。

指輪や腕輪、足輪、ネックレスといった装飾品が多かったのだが、そのどれもがレイの目から見ても宝石の色がくすんでいたり、細工が稚拙なものだったからだ。

その手の審美眼がないレイに見破られるような物なのだから、粗悪品なのだろう。

観光客でもこれを買う者がいるのかと首を傾げつつ、露店商の前から離れる。

露店商も興味を引くのが無理だと判断すれば、すぐ別の客に声をかける。

そんな対応を何度かこなしつつ、モーストに教えられた通りに道を進み、目的の店を発見した。

表通りにある店だが、不思議なほどに客の姿がない。当然だろう。他の店と違い客の呼び込みのような真似《まね》をしておらず、一見の客は来るなといった店の佇《たたず》まいだ。

「……ここでいいんだよな？」

店の様子を見て、ここでいいはずだと確信しつつも思わず首を傾げる。

だが、このままここで迷っていてもどうしようもないだろうと判断し、店の扉に手を伸ばし……瞬間、何かを感じたレイは、素早く扉の前から跳び退《の》く。同時に何かが扉を突き破るように飛んできて、レイの目の前を通りすぎて数度も地面をバウンドしながらその動きを止めた。

それを見た通行人たちの反応は真っ二つに分かれた。片方はこの場を逃げ出すようにあとにし、もう片方は地面に倒れている四十代ほどの中年の男に心配そうに声をかける。

心配そうに声をかけた者たちは闘技大会に合わせて帝都にやって来た者たちで、さっさと逃げ出したのはこの店の店主の性格を知っていた者たちだった。

次の瞬間、店の中から三十代ほどの瘦身《そうしん》の男が水の入ったバケツを持って姿を現す。

「二度と俺の店に来るんじゃねぇっ！」

その叫びと共に、瘦身とは思えぬほどの力強さでバケツの中に入っていた水を倒れている男に向かって勢いよく振りかけ、男の近くにいた者たちは揃《そろ》って逃げ出す。

そんな光景を男の横で眺めつつ、レイは扉を突き破って男が飛んでくる光景に既視感を覚える。

（……ああ、ヴィヘラと初めて会ったときか）

あのときはヴィヘラに吹き飛ばされたシルワ家所属の冒険者が蹴《け》り飛ばされ、殴り飛ばされて今目の前で起きているのに似た光景を作り出していた。

だが、ふと気が付く。あのときはヴィヘラの膂力《りょりょく》によって男が吹き飛ばされたが、自分の隣にいる瘦身の男にそんな真似が出来るのか、と。

（俺よりも身体が細いんだから、普通は無理だ。……そう、普通ならな）

そう考えつつバケツを持った痩身の男に視線を向けていると、男の方も自分の隣にいるレイに気が付いたのだろう。胡乱《うろん》げにレイに視線を向け……次の瞬間、目を大きく見開く。

「お前……一体……」

その態度は、レイの魔力を感じることが出来た者たちに似たものだったが、決定的に違うものがある。その目に浮かんでいるのは畏怖《いふ》に近いが、レイを見てのものではないということだ。レイの方を見てはいるが、レイではない。……すなわち、レイの着ているドラゴンローブを見ての表情の変化だった。だがその驚きも一瞬。

すぐに表情を取り繕うように小さく咳《せき》をし、自分が出てきた店の中に視線を向ける。

「入れ。ここにいるってことは、俺の客だろ？」

予想外の展開であるが、レイがそれを断ることはない。そもそもマジックアイテムを手に入れるために来たのだから、その店の店主……あるいは関係者からの誘いを断る訳もない。

店の中に入っていった男のあとに続くレイ。

入って最初に見たのは、悪い意味での予想外な光景。マジックアイテムが大量に並んでいる……とまでは思っていなかったが、それでもある程度は並んでいると思っていた。

しかし、レイの視界に入ってきたのはマジックアイテムどころか何も置かれていない棚だけで、それ以外にも一切アイテムの類《たぐい》が置かれていない。

「ははっ、驚いただろ。店だってのに、商品が何もないってんだから」

何を言えばいいのか分からないレイに、店主と思《おぼ》しき男は笑みを浮かべて口を開く。

「事業に失敗してな。友人が金策に走り回ってくれたんだが……結局間に合わずにこの有様だ」

男が浮かべている表情に後悔の色は全くない。むしろすっきりとした表情すら浮かべている。

「そうか、マジックアイテムの品揃えがいいと聞いてきたんだが……残念だ」

「悪いな。ああ、別にマジックアイテムがない訳じゃないぜ？　ただ、潰《つぶ》れるのならその前に買い漁《あさ》ろうって奴《やつ》が多くてな。しまいには夜中に忍び込んでくる奴までいる始末だ」

数秒前の笑みとは全く違う、人の悪い笑みを口元に浮かべる男。先程の男にバケツの水をかけていたのでも分かるように、どうやらただの痩身の男という訳ではないらしいとレイは納得する。

「だが、残ってるマジックアイテムは友人に渡す約束をしちまったんだよ。そういう訳で商品を売れないのは悪いんだが……この件はここまでとして、だ」

一旦《いったん》言葉を止めると、数秒前までとは全く違う鋭い視線をレイに……いや、先程同様にレイの着ているドラゴンローブに向ける。

「お前さん、何者だ？　そのローブ、とんでもないマジックアイテムだろ？　それに、その靴はスレイプニルの靴だ。とてもじゃないが、お前さんのような年齢の子供が手に入れられる装備じゃねえ。見たところ貴族って訳でもないようだし」

「……分かるのか。このローブには隠蔽の効果もあるのに」

レイの表情に浮かんでいたのは、純粋な驚き。これまでドラゴンローブの効果を見破った者はほとんどいない。だというのに、まさか一目でそれを見破られるとは思っていなかった。

つまり、今目の前にいるのは目利きの出来る者ということになる。それがマジックアイテムを売る商人としての目か、錬金術師のような作り手としての目かは分からないが。

「これで飯を食ってきたんだからな。で、このマジックアイテムの詳細は聞いてもいいのか？」

「効果は教えられないが、名前だけならいいか。ドラゴンローブ。それがこのマジックアイテムの名前だ」

レイの口から出た名前に、店主の男はピクリと反応する。

ドラゴンローブ。それが何を意味しているのかは、考えるまでもなく明白だったからだ。

「ドラゴンを素材に？　竜騎士が乗っているような……いや、違うな。飛竜の素材でも強力なマジックアイテムは作れるが、それでもここまで強力な隠蔽効果を付けるのは難しい。となると……」

小さく唾《つば》を飲み込む音と共に、そっと口を開く。

「本物の、竜種……」

竜騎士が乗っている飛竜、場所によってはワイバーンと呼ばれている存在も竜種なのは間違いない。だが、この場合の竜種というのは、正しい意味でのドラゴンを示す。

「少し……触ってみても？」

「ああ、構わない」

許可を得てそっと手を伸ばしてドラゴンローブに触れるが、一瞬後には違和感に気が付く。

「これは竜の革だけではない？　この感触は……」

ドラゴンローブの表と裏。その両方に触れ、丁度その間に挟まれるようにしてある存在。硬いようで硬くなく、硬くないようで硬い。そんな矛盾した思いを感じる手触りに、男はかつて一度だけ古い友人に触らせて貰ったものを思い出す。

あらゆる生き物の上位に位置する存在、竜種。その素材を使って作られた装備品を。

「竜の鱗《うろこ》、か？」

言葉には出さないが、レイの目が驚きによって見開かれる。

竜の鱗というのは、当然その身体に比例するようにして大きくなるのが普通だ。それを魔力や錬金術によって加工し、強化したものが、ドラゴンローブの中に仕込まれているのだった。

「信じられん、これほどの……それこそ、国宝となっていても……」

唖然《あぜん》としつつ呟く店主だったが、その際にレイの手……正確には右手に視線を向け、再び動きを止める。その右手首に嵌《は》まっていた腕輪が何なのかを理解してしまったためだ。

「アイテム……ボックス、だと？」

信じられない物を見た。そんな視線を向けてくる店主だったが、やがて一分ほどで我に返る。

「いい物を見させて貰《もら》った。ここまで凄《すご》いのを持っているのに、この店に来る意味はあるのか？」

「元々マジックアイテムを集めるのが趣味でな。だからここに期待してたんだが……」

そう呟いた、そのとき。再び店の扉が開かれる。

「これは……どうしたんだ？」

姿を現したのは、三十代から四十代といった年齢の男。

その男を見たレイは、ほとんど反射的に跳躍して距離を取る。

そんなレイの動きに、店主が巻き込まれなかったのは幸いだったのだろう。

だがレイはそんなことを気にする様子もなく、店に入って来た男との距離を取りつつ警戒の視線を決して外さず、じっと睨《にら》み付けた。

店主は何が起こっているのかが分からず、店の中に入って来た男に声をかける。

「おい、お前さんこいつに何かしたのか？　せっかくのマジックアイテムを見る機会だってのに、邪魔しないでくれよ」

そう声をかけられたのは、店に入ってきた男だ。店主とは顔見知りなのだろう。憮然《ぶぜん》とした表情で溜息《ためいき》を吐《つ》く。

「俺はただ店に入ってきただけだぞ？　お前も、何だって俺をそんなに……ほう」

店主の言葉に心外だといった表情を浮かべた男は、レイに視線を向けると何かに気が付いたように驚きの表情を浮かべる。その視線に宿っているのは、予想外の存在に出会えたという驚きと好奇心、警戒といったものが複雑に絡み合っている感情。

視線を向けられているレイは、その全身で警戒を露《あら》わにしている。……そう、目の前にいる男がただ者ではないと半ば本能的に察知したためだ。

男の方もそれに気が付いたのだろう。やがて唇に弧を描くと口を開く。

「ちょっと話でもするか？」

「……俺がお前と、か？　冗談にしても笑えないな」

「もちろん冗談じゃない。分かるんだろう？　お前にも」

何かを誤魔化《ごまか》すかのような言葉に、レイも相手が何を言っているのかを理解する。

自分に向かって問いかけ……いや、確認するかのような言葉に頷《うなず》くしかない。

「そう……だな。どうやらその方がいいらしい」

だが、自分には理解出来ない何かを分かり合っている二人を前に、店主だけは不満そうな表情を浮かべて抗議の視線を向ける。レイは一流や超一流のマジックアイテムを身につけているのだ。マジックアイテムを売っている店の店主としては、後学のためにも是非もっと触れておきたかった。

「悪いな、マイン。だが、こっちも譲れないんだ。……お前もそうだろう」

男の言葉に、躊躇《ちゅうちょ》なく頷くレイ。そんな二人の様子を見て、これ以上は邪魔になるだけだと判断したのだろう。マインと呼ばれた店主は忌々しげにしながら男に視線を向ける。

「ったく、カスカーダのせいでせっかくの時間が台なしだ。いいよ、分かった。ここは俺が退《ひ》いてやる。それでいいんだろ？　ただし、この借りはあとできっちりと返して貰うからな」

顔見知りの店主に小さく謝罪の言葉を口にし、カスカーダと呼ばれた男はレイに特に何も言わないまま店を出る。レイもまた特に何かを口にすることなく、男を追って店を出る。

残念そうな表情を浮かべたマインを店に残したまま。


「ここならいいだろう」

男がそう告げたのは、裏通りに入って十分ほど歩いた場所にある小さな建物だった。

風が吹けば崩れるほどに古くはないが、新しいとはとてもではないが言えない一軒家。

その中に入っていく男に、レイは大人しくついていく。本来ならこのような馬鹿《ばか》な真似をするようなレイではないのだが、今はただ目の前にいる人物が気になっていた。

視線を合わせただけで臨戦態勢に入ってしまうほどの力を感じさせる男。

(エレーナ、ヴィヘラ、それに……エルク)

自分がこれまで戦ってきた者たちの中でも、強敵と表現出来る存在の者たち。そんな者たちに勝るとも劣らぬ強さをその身に宿す男に、興味を抱くなという方が無理だった。

もちろん相手が敵対的な言動を取っていないというのも、大人しくついてきた理由だろう。

もしも最初から敵対的な相手であったら、それこそ帝都の中であっても全力で炎の魔法を行使していたはずだ。レイの目から見て、目の前の人物はそれほどの実力を備えた相手に思えていた。

「入ってくれ。言うまでもないが、お前と敵対する気はない。少なくとも今のところは……な」

その言葉を信じ、建物の中に入る。綺麗《きれい》に片付けられているのに驚き、レイは男に案内された小さな部屋、それこそ六畳程度の広さの部屋にある椅子に座るように促される。

椅子をテーブルから少し離した場所に移動させ、腰を下ろす。

もし何かあったとき、すぐに対応出来るようにとの考えからだったのだが……それを見た男は特に気にした様子もなく、腰からぶら下げている袋の中から水差しとコップを取り出す。

それを見たレイが、思わず動きを止めたのに気が付いたのだろう。口を笑みで小さく歪《ゆが》め、冷えた水の入ったコップをレイに手渡す。

「どうした？　アイテムボックスはお前にとっても珍しいものじゃないだろ？　深紅がアイテムボックスを持っているってのは、ある程度の情報通なら知っている話だからな」

「……やっぱり、それもアイテムボックスか」

完全に自分のことを知られている。一瞬そうも思ったが、そもそも闘技大会に出場してあれだけ目立ったのだ。街中を歩いているときのようにフードを被《かぶ》っているのならまだしも、フードを下ろしても気が付かない、先程のマインと呼ばれた店主の方が例外なのだ。

「現存しているのは限りなく少ないと言われているアイテムボックスを持っている者同士が、こうして出会うことになるとはな。面白い出来事だとは思わないか？」

「そうだな、相手がお前でなければ面白かったかもしれないな」

あからさまに自分を警戒の目で見ているレイに、男は落ち着かせるように口を開く。

「そこまで警戒するな。……いや、この状態だと警戒するのは当然か。ちょっと待ってろ」

首の後ろに手を回す男。その男の行動にドラゴンローブの中で短剣に手を伸ばすものの、次の瞬間に起きた出来事はレイの目を見開かせるには十分なものだった。

髪の色が茶から緑に変わり、目尻《めじり》が上がりより鋭い目つきに、口や耳、頬《ほお》の肉付きがそれぞれ多少ではあるが変化し、年齢も三十代後半から四十代前半だったものが三十代前半くらいになっており、総合的に見ると数秒前の顔とは全く違う別人に変わっている。

「どうだ？　俺が姿を変えている理由が分かったか？」

小さく唇の端を曲げ、笑みを浮かべて尋ねてくる男。

だが、レイは男の言っている意味が分からずに思わず首を傾《かし》げる。自信のある口調で言うからには、有名人なのだろう。だがレイは男とは完全に初対面で、顔を見たこともなかった。

「……そうか、俺も思ったより名前が売れてないのか」

自分の顔を見れば、説明せずとも誰なのかが分かる。そう思っていただけに、男は若干ながらもショックを受けている。そんな男の様子に未《いま》だ警戒を解かないレイだったが、少しは悪いと思ったのだろう。どこか慰めるように口を開く。

「ベスティア帝国の事情には詳しくないんだ。ここに隠れ家を持っているってことは、恐らく帝国の人間だってのは想像がつくが」

「そうだな。そういう事情ならしょうがないか。なら改めて自己紹介させて貰おう」

気を取り直すように小さく首を振り、男は言葉通りに改めてレイに視線を向ける。

その目を真《ま》っ直《す》ぐ正面から見た瞬間、レイの胸中に湧《わ》き上がる危機感。

目の前にいる男は危険だと感じ……同時に、自分へここまでの危機感を与える人物の正体に不意に気が付く。そう、自分が脅威を覚える相手がそう多くないのは事実。つまり……

「ベスティア帝国の高ランク冒険者、か」

「そうだな、それは間違っていない。ベスティア帝国のランクS冒険者ノイズだ。カスカーダってのは変装しているときの偽名だな」

男の……ノイズの言葉を聞いたレイが、唖然とする。

ランクS冒険者。それは、このエルジィンにも三人しか存在しない最高峰の冒険者だ。

レイが所属しているミレアーナ王国にも一人いると聞いていたし、同様にベスティア帝国にもいるとは聞いていた。だが、その人物が実際に目の前にいるとなると、話は別だった。

「……なるほどな。ランクS、か」

呟《つぶや》きつつ、改めてノイズと名乗った男に視線を向ける。魔力を読むといったような能力は持っていないレイだったが、それでも目の前にいる男からは特殊な何かが伝わってくる。

理屈ではない。本能の部分が、目の前の男はとてつもなく強い相手だと教えているのだ。

だが、そんなレイを見てノイズはコップに入った水を口に運ぶ。

「そんなに警戒するな。ただ、ちょっと……そうだな、お前と話をしてみたかっただけだ」

「話、ね。恨み言じゃなければいいんだが」

レイの口から出たその言葉に、首を傾げるノイズ。

何を言っているのか分からない。本気でそう思っているのは、傍《はた》から見ても明らかだった。

(ランクSの冒険者がそこまで感情が顔に出やすいってのはどうかと思うけどな)

そう考えるレイだったが、ノイズの口から出た言葉はレイの疑問を肯定するものだった。

「何故《なぜ》俺が恨み言を？　春の戦争の件だろうが、それに俺は一切関係ない。恨む理由がないぞ」

「だが、お前の知り合いが死んだりはしたんだろう？」

「それは事実だ。だが、それは冒険者として依頼を受けて、その中での出来事だ。冒険者が自分で依頼を受けて失敗した、それだけだろう？　何故俺がそこで怒らなければならない？」

心底不思議そうに尋ねてくるその言葉を聞いたレイは、何となく理解する。

目の前にいる人物は、完全に仕事とプライベートを分けているのだと。

もちろん本当に親しい友人や恋人、家族といった者が死んでいたりすれば話は別かもしれないが、今は自分に対して恨みの類《たぐい》を抱いてはいないのだ。

（仕事とプライベートを完全に分ける。それはつまり、親しい相手でも仕事とあれば敵対することがある。そういうことにならないか？）

つまり、友人であっても仕事で対立した場合は私情を挟まない。そういうことなのだろう。

それでも、今は向こうに敵対するつもりがない。それを理解出来たために安堵《あんど》し……ふと、握られていた拳《こぶし》の中に汗が滲《にじ》んでいることに気が付く。

（無意識に恐れていた？　……ここまで相手が強いと認識したのは、グリム以来か）

ゼパイルに憧《あこが》れてリッチロードとなった者を思い出す。しかし、友好的だったグリムと違い、目の前にいるノイズは今はともかく将来的に敵にならないとは限らない。

それだけに、言葉には慎重を期す必要があった。

「そうか、怒っていないようで何よりだ。それより、ランクSの人物が使っているにしては、あまりそれらしくない場所だな」

「ん？　ああ、ここは隠れ家の一つでな。人目につかず誰かと会うときに使っている。家具とかはあまりないが、大事な物のほとんどはこっちに入っているからな。お前もそうだろう？」

腰の袋に手を当てながら尋ねてくるノイズの言葉に、レイも頷く。多少まだ身体《からだ》が強張《こわば》ってはいたが、それを表情に出すような真似《まね》はしていない。……少なくとも本人はそう考えていた。

「そうだな。こういう職業をしていれば、いつ何があるか分からないし」

実際、レイも基本的に必要な物はほぼ全《すべ》てミスティリングの中に収納している。

宿屋に泊まっても、外に出すのは普段の生活で使う物で、なくなっても構わない物だ。その件で宿の住人に驚かれた覚えもある。

「だろ？　特に冒険者というのは、いざというときが多いからな」

「……まぁ、それならそれでいい。で、結局何で俺をこんなところに連れ込んだんだ？　この期に及んで、まさか話をするのだけが目的じゃないんだろ？」

「ふむ、違うともいえない。今年になっていきなりミレアーナ王国に現れた異名持ち。それがどんな人物かを俺の目で確認して、話してみたかった」

酔狂な真似をと思いつつも、目の前に座っている男から悪意や害意の類は感じられない。

「多少有名程度の冒険者ならまだしも、異名持ちともなれば情報収集するのは当然だ。特に今回は目の前に実物がいるのだからな」

「俺もランクS冒険者と話が出来る機会なんて今後あるかわからないな」

話したかっただけと分かってから警戒は少なくなったものの、握られている手の中には汗があり、背中にも幾度となく冷たいものを感じていた。

ノイズからはまるで数千年を経た巨木を見たときのような圧迫感を受ける。そんな状態でありながら、レイはランクSの人物と直接会話をすることが出来るという幸運を決して逃すまいとしばらく話し続けた。

途中で本当に話すこと以外に他意はないようだと気付いたが、ようやく話が終わってノイズと別れたときには、体力には自信のあるレイですら酷《ひど》く消耗していたのだった。

……何か意味ありげに自分に視線を向けていたのは、若干気になったのだが。

ノイズと別れてから、レイは精神的な疲れを癒やそうと帝都の街中を歩いていた。

先程の店では結局マジックアイテムを購入することは出来なかったので、何らかのマジックアイテムを売っている店を見つけたいという思いがあったのも事実だ。

それだけマジックアイテムに固執するのは、ノイズという存在との出会いが非常に衝撃的だったからだろう。

精神的な疲れを、自分の趣味のマジックアイテムを見たり、触ったり、購入したり……それ以外にも、他《ほか》にどのようなマジックアイテムを売ってるのかを聞いたりして癒やそうとしたのだ。

「とはいえ……マジックアイテムを売ってる店は予想していたより少ないな」

屋台で買ったドライフルーツを食べながら、レイは残念そうに呟く。

生の果実と比べて、圧倒的に甘さが増したドライフルーツを味わいつつ、歩く。

そうして歩いていると……不意に裏道の方から声が聞こえてきた。

聴覚を含めたレイの五感が普通よりも非常に鋭敏だからだろう。もしレイが普通の人間と同じくらいの五感しか持っていなければ、聞き逃していたはずだ。

剣呑《けんのん》な雰囲気が漂っている……端的に言えば、相手を脅しているような、そんな声。

一瞬どうするべきかと迷ったレイだったが、精神的な疲れをどうにかするためには暴れてみるのもいいかと判断し、声の聞こえてきた方に向かって進む。

幸いにして、声を発していた者たちは裏通りに入ってすぐの場所にいた。

脅している者にしても、ここで相手から金をせびって、すぐにその金を使って遊びたいと、そう思っての行動だったのだろうが……それが結果として、最悪の結果をもたらす。

もっと奥で恐喝していれば、レイに見つかるといったようなことはなかっただろう。

だが、残念なことに……すでにレイの姿はそこにあった。

それも普段とは違って、精神的な疲労を吹き飛ばすために、暴れる気満々で。

「うるさいな。一体何の騒ぎだ？　周囲の迷惑を考えて行動しろよな」

そう言いながら裏路地に入ったレイが見たのは、五人の男が一人の男を囲んでいる光景。

そこまでは、レイの予想通りだった。だが……違ったのは、囲まれている男は周囲にいる男たちを前にしても、特に怯《おび》えているようには見えなかったことか。

一瞬、強いのか？　とも思ったが、多少は身体を鍛えているようではあるものの、それでも強いようには思えない。

もしかして実力を隠しているのか？　と思わないでもなかったが、それもまた違う。五人の……それも喧嘩《けんか》慣れをしている者と戦えば、まず間違いなく勝つことは出来ないといった程度の技量しかない。そんな状況であるにもかかわらず、全く恐怖していないのだ。

強い訳でもなく、この状況を打破出来る何かを持っているようにも思えない。

それでも恐怖を感じていないのは何故だ？　そんな疑問を持つと同時に、不思議と……それこそ、レイ本人ですら分からないくらい、その男のことが気になってしまう。

（とはいえ、あの男と話をするなら、まずはこっちをどうにかしないといけないか）

男を囲んでいた五人のうち、三人がレイに向かって近付いてくる。

レイの背は小さく、五人の男は全員がレイよりも背が高い。

背の高さと強さはイコールではないが、男たちにしてみれば、レイのような自分たちよりも小さな……それでいて正義感の強い相手はどうとでも出来るつもりなのだろう。

「おい、こらガキ。正義の味方になりたいのは分かったから、そういうのは子供同士でやれ」

「正義の味方か。俺には全く似合わない言葉だな。ただ……それでも、お前たちがみっともない真似をしているのは分かる。金が欲しいなら働け。お前たちでも冒険者にはなれるだろ」

男たちにとって最大の不幸は、レイがドラゴンローブのフードを被っていたことだろう。

そのおかげで、レイの顔をしっかりと確認することは出来なかった。

……そう、それこそ現在行われている闘技大会で鮮烈なデビューを果たし、さらにベスティア帝国においては悪い意味で広く名前の知られている人物だとは、気付けなかったのだ。

そしてレイの正体が分からないからこそ、男たちは苛立《いらだ》ち……拳を振るう。

半ば反射的な一撃がレイに向かって振るわれるが、当然のようにそのような一撃がレイに当たるはずもなく、あっさりと回避され、逆にカウンターとして拳に鳩尾《みぞおち》を埋められる。

レイもかなり手加減をしていたので、男は呻《うめ》き声を上げつつも骨の一本も折るようなことはないまま、地面に崩れ落ちて意識を失った。

「ばっ！　何でこんなガキがコダールを⁉」

コダールと呼ばれた男と共にレイの前に立《た》ち塞《ふさ》がった二人のうち、片方の男が叫ぶ。

もう一人も、レイが何をしたのかは分かっても理解出来ないといった様子で黙り込む。

「実力差は分かっただろ？　それでもやるのなら、俺は大歓迎だけど……どうする？」

フードで顔の全ては見えないが、口元は見える。

その口元に浮かんでいるのが獰猛《どうもう》な笑みだと見てとり……多少暴力に慣れてはいても、結局のところ冒険者になるような度胸もない者たちだ。すぐにその場から逃げ去っていく。

唯一レイが今の男たちを褒めてもいいと思ったのは、レイの一撃で気絶した男を置いていくようなことはせず、他の仲間と一緒になって運んでいったことか。

レイが知る限り、こういうときは大抵が仲間だろうがなんだろうがその場に置き去りにする者が多いのだ。それを思えば、逃げていった者たちは仲間思いだと判断出来る。

「さて、それで……何がどうなってこんなことになったんだ」

絡んでいた男たちの姿が消えたのを確認し、レイはその場に唯一残っていた男に尋ねる。

尋ねられた男は、自分が間一髪のところで助けられたと、そう理解はしているものの、特に嬉《うれ》しさを見せたりはしないまま、口を開く。

「どうやら、僕がぶつかったときに骨が折れたらしくてね。その治療費を欲しがってたんだ」

「骨が折れたって……そんな古臭い手段に引っかかったのか？」

そう告げるレイの言葉には、呆《あき》れの色が強い。

チンピラが使いそうなよくある手段だ。そんなのに引っかかって恐喝されそうになっていたのだから、レイに呆れるなというのが無理だろう。

そう思いつつ、レイは改めて目の前にいる人物を見る。

年齢は二十代半ばといったところで、美形でも不細工でもない平凡な顔立ち。

特徴的なのは茶色の髪だろうが、このエルジィンにおいて赤や青、紫、それ以外にも様々な髪の色がある以上、茶色というのはそう珍しいものではない。

いや、日本にいたときですらも、茶色の髪というのは珍しいものではなかった。

「どうしたんだい？　僕の顔に何かおかしなものでもついてるのかな？」

何故自分の顔をじっと見ているのかといった疑問を口にする相手に、レイは首を横に振る。

「いや、何もついてない。ただ、あの状況でも全く怯えた様子がなかったのが、少し気になってな。お前本人はそこまで強そうには見えないし……」

そこまで言って周囲の状況を探るレイだったが、特に気配らしい気配はない。

「護衛がいるようにも思えない。お前、もし俺がここを通らなかったらどうするつもりだった？」

「さて、どうするのかというのは、特に決めてなかったよ。……そんなに変かな？」

笑み……それも満面の笑みではなく、薄い笑みを浮かべながらそう言ってくる相手に、レイは心の底から疑問を持ち、そして同時に不思議なくらいに興味を抱く。

「変かと言われれば変だな。深くは気にしないけど。それで、お前はどうしたんだ？　これから暇だし、もしどこかに行くのなら送っていくぞ」

普段であれば、レイは絶対にこのようなことを口にしたりはしない。

いや、困っているのが子供だったりすれば話は別かもしれないが。

それでもレイがこのようなことを口にしたのは、実際に目の前にいる人物に好奇心を抱いたというのもあるし、それ以外にも精神的にリラックスしたかったというのもあるのだろう。

その辺りの理由から、レイは普段なら絶対にしないような行動を取ったのだ。

レイの言葉は、男にとっても予想外だったのだろう。薄い笑みを消し、軽い驚きの表情を浮かべてレイを見て……やがて口を開く。

「いいのかい？　そうしてくれれば、僕としては助かるけど」

「ああ、俺は構わない。ちょっと気分転換もしたかったし」

そう告げるレイの言葉に、男は先程まで浮かべていた笑みとはまた違う笑みを浮かべる。

「ありがとう。ああ、そう言えば自己紹介がまだだったね。僕はクロス。よろしく」

「クロスか。俺はレイだ。よろしく頼む」

自己紹介をしてきたクロスに、レイもまた自己紹介する。

そして……当然の話だったが、レイの名前を聞いたクロスは、驚きの視線を向けた。

「レイ？　え？　レイってもしかして……深紅のレイかい？」

「正解だ。……ああ、そう言えば俺はベスティア帝国では恨まれてるんだったな。俺と一緒に行動したくないのなら、それでもいいけど。どうする？」

レイの問いに、クロスは少し考える。やはりベスティア帝国において、レイという名前は強い反発を……忌避感を持たれてしまっているのだろう。

もしかしたら、俺と一緒に行動するのを止《や》めるかもしれないな。

そう思うと、レイは不思議なことに……本当に自分でも何故《なぜ》かは分からなかったが、残念に思う。

とはいえ、そうなったらそうなったで仕方ないと、クロスに視線を向け、口を開く。

「俺と一緒に行動していると、面倒に巻き込まれるかもしれないけど」

「構わないよ。……いや、僕としてはむしろ歓迎するところさ」

レイの言葉にクロスがそう告げ、握手を求めて手を伸ばす。

そんなクロスの様子に、レイは笑みを浮かべてその手を握り返す。

「それで、送っていくのはどこなんだ？　見たところ、随分と育ちがいいように思えるけど」

着ている服はその辺で売っている物だが、クロス自身はどことなく育ちのよさが見て取れる。恐らく大きな商会か、もしくは貴族の家の者ではないかというのが、レイの予想だった。

「実は、その……せっかくだから、少し頼みがあるんだけど、構わないかな？」

「頼み？　どうせ今は暇だし、無茶な頼みじゃなければ引き受けてもいいけど？」

クロスにとっては、駄目で元々といった感じで尋ねてみたのだろうが、レイはそれに対してあっさりと同意する。実際に今は特にやるべきことがないのは間違いないからというのもあるが、それでも何故かクロスの頼みを聞いてもいいかと思ったのだ。

あっさりと頼みを受け入れたレイの言葉に、クロスは笑みを浮かべる。

……素の状態でも笑みを浮かべているクロスだったが、今は本当に嬉しそうだと分かる笑み。

「言っておくけど、本当に無茶な頼みは無理だぞ。……それで、一体どんな頼みだ？」

「うん、実は僕の目的地は決まってるんだけど、約束の時間までは結構あるんだ。だから、出来ればそれまではこの辺りを一緒に見て回ってくれないかなと思って」

「それは……いや、けど俺は深紅だって言っただろ？　ベスティア帝国の人間じゃないんだ。つまり、この辺りについては詳しくないぞ？」

レイも街に出たのは今日が初めてだ。隠れた名店なんかは当然知らないし、ましてやどこの店が本当の意味でお勧めなのかといったようなこともわからなかった。

だからこそ、今のこの状況でクロスにそんなことを言われるとは思わなかったのだ。

もし言われるとしたら、何者かに狙《ねら》われているので護衛を頼みたいとか、そのようなことだとばかり思っていた。……深紅の異名持ちだと考えれば、それは全く不自然ではない。

元々荒事を得意としているレイだけに、その手のことを頼まれるのは当然という認識が本人にもあったのだろう。それ以外だと、大食い競争に出るとか、そういうのか。

もっとも、レイが大食いだという話は、ギルムならともかく、そこまで広まっていない。その強さと比べるとその辺りの情報が広がりにくいのは当たり前だが。

「構わないよ。僕だけじゃなく、レイも楽しめるということだろう？　であれば、それは僕としても望むところだしね」

そう言われれば、この辺りをあまり知らないレイも当然のように頷《うなず》く。

「分かった。なら、その辺を見てみるか。……それで、クロスが最終的に向かう場所はいつくらいに到着すればいいんだ？　そんなに時間がないなら、長くは遊んではいられないけど」

「ああ、その辺は心配いらないよ。暗くなる前に目的地に到着すればいいし」

目的地を誤魔化《ごまか》すクロスに、レイは疑問を抱く。

その目的地を今ここで口にしないのは何故なのか、と。だが、薄い笑みを浮かべているクロスにそれを聞いても、恐らく答えないだろうというのは予想出来る。

「そうか。その場所までどれくらい時間がかかるのかは分からないけど、遅刻しないように気をつけろよ。一応、時間を確認するって意味なら、俺が懐中時計を持ってるけど……どうする？」

クロスが希望する時間になったら教えようか？　そう告げるレイだったが、返事は首を横に振るというものだった。レイが懐中時計を持っているということそのものに驚いたようだったが。

なお、この懐中時計は迷宮都市エグジルからギルムに戻る途中に襲撃してきた盗賊を倒して手にいれたマジックアイテムで、その性能はかなり高い。何しろ、時間の止まるミスティリングの中に入れておいても、取り出せば即座に正しい時間を示すのだから。

レイが日本にいたときに使っていた目覚まし時計は、電波によって毎日時刻調整してくれるという機能を持っていたが、この懐中時計のマジックアイテムはその性能を超えている。

「いや、いいよ。せっかく時間に縛られるといったようなことがなくなったんだ。なら、今はその自由を十分に楽しみたい。レイも、そうは思わないかい？」

同意を求めるように尋ねてくるクロスの問いに、レイはどうだろうなと首を傾《かし》げる。

時間に追われる云々《うんぬん》といったようなことは、レイは気にしたことはない。

いや、依頼のときにその辺を気にすることはあるのだが、今のように遊び歩いているときは……強いて言えば、宿に戻るのが遅くなりすぎないようにしているといったところか。

「クロスがそう言うならいいけど。……じゃあ、行くか。どういう店に行きたい？」

もっと時間について細かく言われると思っていたのか、クロスはレイの言葉に驚き、次の瞬間には笑みを浮かべながら口を開く。

「そうだね。出来れば屋台の料理を食べてみたいな」

「は？　それだけでいいのか？　もっと他の……どこか行ってみたい場所とかは？」

クロスの要望はレイにとっても予想外だったので、そう尋ねる。

だが、そんなレイに、クロスは当然といった様子で頷く。

「レイにとっては珍しくはないのかもしれないが、僕にとっては屋台の料理というのは、今まで食べたくても食べることができなかったんだ。それを食べられる機会を逃す訳にはいかないさ」

冗談でも何でもなく、本気で言っているのがレイには分かった。

（時間を気にしないとか、屋台の料理を食べたいとか……もしかして、クロスって俺が思っていたよりも大物だったりするのか？　まぁ、それは別にいいけど）

突っ込んだことを聞こうかという思いがレイにもない訳ではなかったが、それを聞いてもクロスは何も答えないだろうという予想があったし、もし答えれば結局のところそれでこの気分転換の時間が終わってしまうような気がしたので、それ以上何かを聞くような真似《まね》はしない。

代わりに、表通りに移動し……そんなに離れていない場所にある屋台を発見する。

「あの屋台で何か買っていくか？　見たところ、串焼《くしや》きだからそんなに外れはないと思うし」

実際には店によっては肉の下処理が甘くて肉が硬かったり、血の臭《にお》いが残っていたり……もしくは調味料の代金を少しでも節約しようと塩味が足りなかったり、焼いている店主の技術が足りず、焦がしたり生焼けになったりといったようなことになったりもする。

当然だが、そのような屋台は店主が早急に腕を上げなければ、すぐに潰《つぶ》れてしまう。

だが幸いなことに、レイが見つけた屋台はそこまで腕が悪い訳ではないようだった。

「クロス、あの串焼きは結構美味《うま》そうだぞ」

人が行列を作るといったようなことはないが、それでもレイが見た……いや、漂ってくる肉の焼ける匂《にお》いは、食欲を刺激するには十分な破壊力を持っていた。

元々決して燃費がいいという訳ではないレイは、その匂いを嗅《か》いだ時点で買うと決めた。

クロスの方は？　と思って視線を向けると、どうやらレイの意見に賛成らしい。

「串焼きか。初めて食べるよ。この匂いを嗅ぐ限りだと、期待出来そうだね」

またしてもクロスの口から出た初めて食べるという言葉に、レイは驚く。

食べたくても食べられなかったとさっき言っていたが、まさか初めてとは、と。串焼きはどのような街や村でも店が出ているもので、商会のお坊ちゃんでも一度くらいは食べたことがありそうなものだ。

一瞬、貴族なら串焼きを食べたことがなくても不思議ではないかと思わないでもなかったが、ギルムにある領主の館《やかた》で串焼きを食べたことがあるレイとしては、納得出来ない。

もっとも、ギルムがあるのは辺境であり、一般的とは言いがたいが。

「なら食べてみるか。初めて食うのなら、どんな料理でも試してみた方がいいだろ」

そう言い、レイはクロスを連れて屋台に向かう。

「いらっしゃい。今日はオークのいい部位が入ってるからお勧めだよ」

店主は屋台に真《ま》っ直《す》ぐ近付いてくるレイとクロスを見て、そう声をかける。

フードを被《かぶ》っているお陰で、レイをレイだと認識していないのは、騒がれないという意味で非常に助かった。

「オークの肉は美味いんだよな。……けど、よくオークの肉を仕入れられたな」

ギルムにおいては、オークはそこまで珍しいモンスターではない。

だが、それはあくまでも辺境にあるギルムだからの話であって、辺境ではない場所でオークを見つけるのは……不可能ではないかもしれないが、難しいのは間違いない。

オークはその性質から女を好んで襲うので、辺境以外でもそれなりに見ることは出来るのだが、ここはベスティア帝国という大国の首都だ。

当然のように周辺にいるモンスターは軍や冒険者によって根こそぎ討伐されており、オークのように色々な意味で危険なモンスターもそれは同様だった。

闘技大会に合わせてオークの肉を仕入れるのなら、資金的に余裕のある食堂やもっと高級なレストランであればともかく、屋台レベルの小さな店だとよほどのコネがなければそう簡単に入手出来ないだろう。

そんなレイの疑問に、屋台の店主は満面の笑みを浮かべて口を開く。

「闘技大会のおかげで、帝都に人が集まってくるのは毎年のことだからな。だからこそ、上手《うま》く金《かね》儲《もう》け出来るだけの準備をするのは当然だろ？」

説明しながらも、串焼きの焼け具合を細かくチェックし、焼けすぎないように……それでいて、当然ながら生焼けにならないようにと、調整していく。

「商売上手だな。なら、俺とクロスに一本ずつくれ。一本でいいよな？」

一応といったようにに尋ねるレイだったが、クロスはその言葉に頷く。

「毎度あり。それで、味付けは塩とタレがあるけど、どっちにする？」

「どっちがお勧めですか？　どうせなら店主のお勧めを食べた方がいいでしょう」

素直にお勧めを欲しいと口にするクロスに、店主は嬉しそうな笑みを浮かべる。

店主にしてみれば、肉の味で自分に頼ってくれるというのが嬉しかったのだろう。

屋台の店主をやっているだけあって、元々世話好きなのは間違いない。

「オークの肉の味をしっかりと味わいたいなら、塩がお勧めだな。味付けが単純な分、オークの肉の味を楽しむにはこれが一番だ。……もちろん、タレの方も悪い訳じゃないぞ。俺が長年苦労して作ったタレだから、美味いのは間違いない」

その言葉に、クロスはあっさりと塩を食べることに決める。

「じゃあ、僕は塩で。レイはどうする？　僕と同じ塩か、それともタレか」

尋ねてくるクロスに、レイは少し考え……やがてタレを選ぶ。

クロスの場合はオーク肉を初めて食べるということもあって、肉の味を直接楽しめる塩にしたが、レイはオーク肉は今まで何度も……それこそ数え切れないくらいに食べている。

そうである以上、ここは店主が苦労して作ったというタレに興味を持ったのだ。

「じゃあ、塩とタレを一本ずつだな」

レイが注文すると、店主は焼いていた串焼きの様子を見て……最後に香ばしさを加えるためだろう、火の勢いの強い場所で焼くと、その串焼きをレイとクロスに渡してくる。

串焼きを手に、レイが渡された串焼きの料金を支払おうとしたところで、クロスが口を開く。

「レイにはこれから付き合って貰《もら》うんだから、ここは僕が料金を支払うよ」

「そうか？　そこまで気にする必要はないと思うんだが……そう言うなら、奢《おご》られておくよ」

多くの依頼をこなし、モンスターの素材を大量に持ち、盗賊狩りを趣味としているレイにとって、普通の人なら一生遊んでいけるだけの……いや、場合によっては生まれ変わったあとでも遊んで生きていけるだけの金がミスティリングには入っている。

だが、クロスが感謝の気持ちから奢ってくれるというのなら、レイもそれを断りはしない。しないのだが……クロスが出した金貨を見て、屋台の店主は困った表情を浮かべる。

「兄ちゃん、すまねえが金貨のおつりはないんだよ。出来れば銅貨で欲しいんだが……もしくは、銀貨ならおつりが用意出来るんだけど、どうする？」

「え？　いや、それは……うーん……レイ、どうすればいい？」

クロスとしては、まさかおつりを貰えないとは思わなかったのか、レイにそう聞く。

「銀貨か銅貨は持ってないのか？　……いや、聞いてくるってことは持ってないんだよな？」

尋ねるレイに、クロスは大人しく頷く。

金貨は持っているのに、銀貨や銅貨を持っていないのは……とそう考えたレイは、改めてクロスの正体は貴族か商人といったところのお坊ちゃんだろうと予想する。

とはいえ、レイにしてみればクロスが何かの訳ありだというのは、十分に理解している。

そうである以上、金貨しか持っていないという話を聞いたところで、特に驚きはしない。

「悪いな、じゃあ串焼き代は俺が支払うよ。二本分」

レイがそう言って串焼きの代金を渡すと、屋台の店主は安堵《あんど》した表情を浮かべる。

このまま代金を踏み倒される……とは、クロスが金貨を持っている以上、考えはしなかっただろう。だが、おつりを用意出来ないと、面倒なことになるかもしれないとは思ったのだ。

金貨をあっさりと出すということは、それがそのままクロスの立場を意味している。

ここで何か問題にならずにすんだ店主は、感謝の意味を込めてレイに串焼きをもう二本渡す。

タレと塩、それぞれ一本ずつの串焼きをおまけで貰ったレイは、店主に頷く。

店主が面倒をかけないようにしてくれたことを感謝しているると、理解しているためだ。

クロスの性格を考えれば、ここで多少問題が起きてもそれが面倒事になるようなことはない……そう思うレイだったが、屋台の店主にとっては違ったのだろう。

人は自分の信じたいことを信じるものなのだから、レイもそれ以上は何も言わない。

「ほら、行くぞ。その金貨はもっとしっかりとした店……おつりを用意出来る店で使った方がいい」

「そうかい？　なら、そうするよ。それで、レイ。その串焼きはどうするのかな？」

クロスにとっては初めての串焼きだったためか、レイの持つ串焼きに視線を向け、そう尋ねる。

「両方の味を試したいだろ？　ほら、タレの方もやるよ」

両手に塩とタレ一本ずつ串《くし》を持ち、クロスは嬉《うれ》しそうに微笑《ほほえ》んだ。そして右手にある塩味の串からかぶりつき、驚きに目を見開く。

「美味《おい》しい！　下手な豪華料理よりも、この串焼きの方が好きだな。焼きたてだからか余計に美味しく感じるよ」

（クロスの育ちのよさを考えると、やっぱり毒味とかで温かい料理は温かいまま食べられないとか、そういう感じなのか？　……そこまで育ちがいいのかどうかは分からないけど）

「何より、こうして立って歩きながら食事をすることが出来るというのは、凄《すご》いね」

しみじみと告げる様子を見る限り、その言葉はお世辞でも何でもないように思えた。

貴族なら立食パーティくらいはあるのでは？　とレイは思うが、クロスにしてみればパーティ会場で立って料理を食べるのと、こうして街中を歩きながら串焼きを食べるというのは、似ているようでいて、違いは大きいのだろう。

「そこまで珍しいことでもないんだけどな。……ほら」

そうレイが示した方向には、サンドイッチを食べながら歩いている者がいる。

行儀にうるさい者であれば、歩きながら食べるなどという行為は絶対に許容出来ないだろう。

しかし、貴族街ならともかくここは普通の暮らしをしている者がいる場所だ。

歩きながら何かを食べていても……それこそ、誰かにぶつかったりして、相手の服を汚すような真似をしないのなら、それは問題ないと考える者が大半だった。

「ここに来る途中に見て知ってはいたんだけど……それでも、こうして改めて見ると……」

しみじみと呟《つぶや》くクロスに、レイはふとクロスにセトを見せたらどうなるんだろうと思う。

レイが見たところ、クロスは世間知らずと言ってもいい。

クロスが普段生きている場所……それこそ貴族や大商人といった者たちのいる場所でなら、クロスも余裕をもってすごすことが出来るだろう。……だが、そこにセトという存在が現れたら。

ランクAモンスターとして知られているグリフォンに、クロスがどう反応するのか。

レイはその辺に興味を抱いたが、それでも結局はすぐに首を横に振る。

考えているだけだから面白いのであって、実際にそうなったら間違いなく非常に面倒なことになるだろうと、予想出来たからだ。

何より、もしクロスがレイの予想している通りに貴族……それも男爵や伯爵といった爵位より、もっと上の爵位を持つ貴族だった場合、そのような人物とセトを会わせたとなると、問題になるのは間違いないだろう。

気に入らない相手は貴族だろうがなんだろうが、容赦することはないレイだったが、それはあくまでも相手に非があれば——レイの視点からだが——の話だ。

そうではない以上、自分から問題を起こして、その結果として貴族を相手に力を振るうというのは、レイの趣味に合わなかった。それは、相手が貴族ではなく大商人でも同じことだ。

「レイ？　どうかしたのかい？」

「いや、これからどこに遊びに行くかと思ってな。さっきも言った通り、俺もこの辺りを歩いて回ったことはないんだ。どこに何があるか分からないだろ？」

そう言われれば、レイの言葉にクロスも納得するしかない。

「なら、取りあえず適当にその辺を見て回るというのはどうかな？　もしかしたら、そのうちに何か面白い店を見つけることが出来るかもしれないし」

クロスの言葉に、レイも特に異論はないので頷《うなず》く。

何か目的がある訳ではなく、その辺を歩いて回る……ウィンドウショッピング的に散策をするのも、悪くないだろうと。……普通ならウィンドウショッピングと言えば、相手が女でデートをしながらというのが定番なのに、相手はクロスなのだが。

ただ、レイがクロスに対して何故《なぜ》か友好的な思いを抱いているということもあり、そのこと自体はそこまで問題にはならなかった。

「お、クロス。ほら、あれ。果物を売ってるぞ。ちょっと見ていかないか？」

「果実？　それは興味深いね。出来れば買いたいところだけど、足りるかな？」

「いや、何を言ってるんだよ。果実だぞ？　金貨を持ってるのなら、普通に買えるだろ」

そう言いながらも、レイは貴族向けの果実なら、金貨があっても買えないかも？　と思う。

日本にいたときも、ＴＶでは一つ数千円、もしくは数万円の果実というのを見たことがある。

もちろん、そのような果実は特別に手をかけられて育てられた物で、金に余裕のある者が購入するような果物だとは知っている。

　であれば、この世界においてもそのような果実があってもおかしくはない。

　ましてや、ここはエルジィンの中でも大国の一つたるベスティア帝国の帝都なのだから。

（それでも、そういう果物はこういう場所で売ってたりはしないだろうけど）

　そのような高級品は、それこそ貴族がくるような特別な店であったり、もしくは貴族に注文された商人がどこからか仕入れてくる……といったところだろう。

「そうかい？　僕が以前聞いた話によると、金貨数枚……いや、中には白金貨数枚の果物もあったんだけどね。どれも美味しかったから、レイも機会があったら食べてみるといいよ」

「……そうだな。機会があったら、是非食べてみたいとは思うよ」

　普通に暮らしていれば、白金貨数枚が必要になるような果実など、とてもではないが食べられる余裕はない。だが、幸か不幸かレイの場合は本人がその気になれば、白金貨数枚の果実であろうと普通に購入して思う存分食べられるだけの金銭的な余裕はあった。

　余裕があるからといって、それを実行するかどうかは、また別の話だったが。

（ダスカー様のところに行けば、そういう果実を出してくれないかな。いや、ギルムにある領主の館ではなくても、この帝都で行われるパーティとかなら、可能性はあるかも？）

　もちろん、その辺の貴族が開くパーティではそのような高級な果実が出ることはないだろう。

　だが、もっと爵位の高い……侯爵や公爵、場合によっては皇族の開くパーティなら、そのような果実が出て来るという可能性は決して否定出来ないはずだった。

　レイの場合、そのようなパーティに出ようと思えば出ることは難しくはない。

　とはいえ、ベスティア帝国の貴族でレイをパーティに招待しようとする者は、復讐《ふくしゅう》を狙《ねら》っているか、もしくは取り込みたいか、はたまた有名な深紅の異名を持つレイを見てみたいか。

そのような理由のどれかとなる可能性があり、レイも復讐を企《たくら》んでいる者のパーティに参加したいとは思わない。それこそ、毒入りの料理が出されるか、もしくは暗殺者が待ち構えているかといったようなことが、容易に想像出来るためだ。

「普通の果物なら金貨で十分に買えるはずだ。それに果物の中にはそれなりに高いのもあるから、金貨でおつりを貰うことも出来ると思うぞ。これから街中を歩いて回るなら、金貨よりも銀貨とか銅貨があった方が便利だし、両替のつもりで買ったらどうだ？」

「なるほど、それが生活していく上での知恵か」

レイの言葉にしみじみと呟くクロスだったが、金貨を銀貨や銅貨に崩すために何かを買っておつりを貰うのは、貴族でも大商人でも普通に行うことだろうと思い、レイは違和感をもつ。もちろん、金貨や……ましてや、白金貨でそのようなことをする者は珍しいが。

そこまで考え、ふとレイはクロスを見て嫌な予感を抱く。

「なあ、一応聞いておくけど……金貨はともかく、白金貨や光金貨は持ってないよな？」

「え？　持ってるけど？　いや、光金貨は持ってきてないけど、白金貨ならほら」

そう言い、懐の袋から数枚の白金貨を取り出すクロス。

それを見た瞬間、レイは自分がしくじったと判断する。

街中で金貨や白金貨を持っているのを見せれば、当然のように目立つ。

ましてや、それを持っているのがクロスのような、いかにも世間慣れしていないような者であったり、フードを被っている状態では子どもに見えるようなレイであった場合、どうなるのか……それは、考えるまでもなく、明らかだ。

（ちっ、随分と目敏《めざと》い奴《やつ》がいるな。……闘技大会の最中だから無理はないかもしれないが）

大会開催に合わせ、現在の帝都には多くの者たちが集まっている。

普段なら帝都にいないような者の中には、それこそ後ろ暗いところのある者が交ざっていてもおかしくはない。

それも本物と呼ぶべき闇《やみ》の世界の住人ではなく、チンピラと呼ぶべき者たちの方が多い。

そのような者たちは、当然のようにレイの身のこなしから相手の実力を察するという真似《まね》も出来ず、それどころかクロスと一緒にいるのが小柄な奴だから、金蔓《かねづる》でしかないと思い込む。

実際、クロスが金貨と白金貨を出してから、自分たちに視線が集まるのをレイは感じている。

中にはこんな街中で金貨や白金貨を出したということに驚いただけの者もいたが、それ以外はやはり欲望に塗《まみ》れた悪意を持っている者の方が多い。

そのような者たちの注意を集めたとなると……そう考えレイはクロスの耳元で呟く。

「ちょっと質《たち》の悪い連中が俺たちを狙っているみたいだ」

「そうかい。それは驚いたね。では、どうするのかな？」

自分が……いや、自分たちが狙われていると教えたにもかかわらず、まさか全く動揺した様子もなくそう言葉を返してくるとは思わなかったのか、レイは少しだけ驚く。

もしかして、誰かに狙われるのが日常茶飯事なのか。

そんな思いを抱くが、今はまず自分たちを狙っている相手をどうにかする方が先だった。

「このまま街中を見て回る訳にもいかない。まずは襲ってきた連中を片付ける。クロスも少し危険な目に遭うかもしれないけど、それで構わないか？」

敢《あ》えてそのように聞いたのは、クロスが狙われるということに慣れていても、実際に間近で戦う光景を見慣れているかどうかは、また別の話だからだ。

もしレイの予想が正しければ、クロスは大商人の息子ではなく貴族のはずだった。

……とはいえ、それは金の扱いに慣れていないということや、クロスの行動を見ての話であって、しっかりと何か明確な理由があっての話という訳ではないのだが。

「うん、それで構わないよ。その程度のことなら、結構慣れてるしね」

クロスのその言葉にレイは頷き、どこか人の少ない方は……と周囲を見て探す。

すると、この辺りはかなり複雑なつくりになっているのが分かる。少し離れた場所に向かえば裏道に続くような道はいくつも存在しているのだ。

であれば、今のこの状況でレイがやるべきことは決まっていた。

「クロス、そこの横道に入るぞ。面倒臭い連中は、ここで一気に片付けてしまいたい」

「随分と大胆な真似をするね。……もっとも、それでこそレイと言うべきかもしれないけど」

「そう言われても、正直なところそこまで嬉しくはないんだけどな。……行くぞ。あくまでも自然にな。クロスの金を狙ってる連中が、実は誘い出されたと気がつかないように」

罠《わな》だと気づかれれば、金貨と白金貨は惜しいが手を出さない方がいいと判断する者も出て来かねない。そうならないため、レイとクロスが狙われていると悟られないことは最優先だった。

この一回で馬鹿《ばか》なことを考えている相手を全《すべ》て倒した方が、手っ取り早い。

もっとも、倒すといっても、殺すつもりはない。

相手が殺意を抱いてきたのならともかく、金に目が眩《くら》んだだけなのだから。

もちろん、金のために簡単に人の命を奪う者がいるというのは知っている。

だからといって、自分がそのような者たちと同じようなことをするのはどうかと思うのだ。

「よし、準備はいいな？　行くぞ？」

尋ねるレイに、クロスは特に緊張した様子もないままに、頷く。

「分かった。じゃあ、行こうか。……言っておくけど、僕に武力は期待しないでくれよ？」

クロスの言葉に、レイは特に不満を抱く様子もなく頷く。

最初にクロスを見つけたときから、クロスが決して荒事が得意ではないというのは理解している。

今回のような問題が起きたときも、矢面に立つのは自分だろうと、そのように思っていたためだ。

そして……

「おい！　そこの二人、ちょっと待て！」

人のいない道に入って数分と経《た》たず、背後からそんな声がかけられる。

声のした方に視線を向けると、そこには若い男が五人、口元に笑みを浮かべていた。

その笑みは優しげな笑みといったものではなく、楽に金儲《かねもう》けが出来るといった嫌らしい笑み。

ある意味では予想通りの展開ではあったが、レイは少しだけ感心する。

何故なら……後ろから声をかけられてから少し時間をおいて、前からも同じような男たちが姿を現したためだ。つまり、男たちはレイたちを逃がさないように先回りしていたことになる。

この道に入ってから数分程度。その短い時間に回り込ませる作戦をとったのだから、男たちはこの手の行動に慣れているのだろう。

「レイ、この場合はどうするんだい？」

この期に及んでも、特に動揺したり悲愴《ひそう》な表情を浮かべたりせず、クロスはレイに尋ねる。

取りあえず荒事を前にして怯《おび》えていないという点では評価し、レイは口を開く。

「そうだな。荒事には慣れてないって話だったけど、少し耐えるくらいは出来るか？」

「それは……出来ないとは言わないけど、あまり嬉しくないね」

「それでも、俺が連中を倒す間くらいは頑張ってくれ」

「頑張ってみるよ。けど、出来るだけ早くして欲しいね」

そう告げるクロスだったが、そんな二人の会話は集まってきた男たちにも聞こえており……やがて、レイとクロスが自分たちとやり合おうとしているのだと理解し、笑う。

「ぎゃはははは。馬鹿だぜこいつら。俺たちを相手に、真っ正面からやるつもりらしい」

「おいおい、そんなに笑うなよ。俺の苛立《いらだ》ちを解消してくれるって意味でありがたいんだから」

そんな会話をしている男たちだったが、レイとクロスは特に怖がったりはしない。

レイは元々この程度の連中であれば、それこそ素手でも楽に全滅……それこそ全員を殺すも、骨の一本や二本を折る程度ですませるも、自由自在といった程度の実力差がある。

だからこそ、レイにしてみれば子犬や子猫——そこまで可愛《かわい》くはないが——が周囲でキャンキャン、ニャーニャー鳴いているようにしか思えず、とてもではないが恐怖を感じられない。

だが……それはあくまでもレイがそこまでの強さを持っているからだ。

男たちとまともに戦えば、絶対に勝てないと理解しているだろうクロスも、何故か現状に恐怖心を抱いているようには思えない。

これは、レイと一緒にいるからなのか、それとも単純に敵との間に実力差がありすぎて、自分がどうこうしても意味はないと割り切っているのか。

（いや、割り切っていても、普通なら怖いと思うよな）

そんなクロスを眺めつつも、面倒なことはさっさと終わらせてしまおうとレイは口を開く。

「いいから、さっさとかかってこい。お前たち程度の連中と戦うのは、時間の無駄だからな」

ピキリ、と。そんなレイの言葉を聞いた男たちの額に血管が浮かぶ。

元々この辺りでも評判の悪い……いわゆる、チンピラと呼ばれるような男たちだけに、面子《メンツ》やプライドというものを重要視する。そんな者たちにしてみれば、レイやクロスのような無力な獲物に侮られるというのは、決して許容出来ないことだった。

「ふざけんな、おらぁっ！」

苛立ちと同時に振るわれる拳《こぶし》だったが、当然のようにその一撃は腕力だけのものだ。

これが鍛えられている冒険者であれば、相手を殴るという行為そのものは同じでも、その一撃には体重移動や腰の捻《ひね》りによる威力増加といったようなことを行ってもおかしくはない。

だが、特に鍛えている訳でもない男に、そのような技術を期待する方が間違いだろう。

真《ま》っ直《す》ぐに振るわれた拳は……次の瞬間、レイにあっさりと回避され、その勢いを利用して、逆にレイの拳が殴り掛かってきた男の鳩尾《みぞおち》に埋め込まれる。

呻《うめ》き声を漏らしながら、地面に倒れ込む男。にもかかわらず、今この場にいる者たちは、男が足を滑らせたか何かをして転んだだけだと思ってしまう。

まさか、レイのような存在に一撃で沈められるなどとは、思いも寄らなかったのだろう。

これでレイがいかにも冒険者といったように武器を持っており、身長が高く、筋骨隆々といったような外見であれば、チンピラたちもその強さを警戒しただろう。

……いや、そのような相手に自分から絡むなどといった真似をしないはずだ。

「おお、さすが異名持ちの冒険者だけのことはあるね。僕には何をやったか分からなかったよ」

クロスが感心して呟《つぶや》き……だが、それを聞いた者たちは、ぎょっとした表情を浮かべる。

何かの聞き間違いでは？　そう思ったが、自分たちを前に全く怯《ひる》んだ様子を見せず……それどころか、落ち着いているのだから、ただ者であるはずがないと気がついたのだろう。

何よりも、レイを殴ろうとした男が地面に崩れ落ちたまま、全く立ち上がってこないというのも、レイがただ者ではないということをこれ以上ないほどに示していた。

自分に畏怖《いふ》の視線を向けてくるチンピラたちに、レイは面倒臭そうに口を開く。

「お前たち程度でどうにか出来る相手じゃないって分かっただろ？　なら、さっさと消えろ。今なら追撃はしないでおいてやるよ。……ただし、迷惑料を置いていけば」

そう告げるレイに対する反応は、真っ二つに分かれた。

クロスの言葉で、レイが冒険者……それもただの冒険者ではなく、異名持ちだと気づいた者は、レイの提案に即座に頷《うなず》く。だが、クロスの言葉が聞こえなかった者たちは、未《いま》だにレイの正体を知らない。

多少腕は立つようだが、何故《なぜ》この程度の相手からそのように言われなければならないのかといったように、苛立ちを露《あら》わに視線を向け……

「馬鹿！　いいから言う通りにしろ！」

だが、そう一人のチンピラが叫ぶと、不満を持っていた者たちもその言葉に渋々従う。

自分の持っている革袋……銅貨や銀貨がせいぜいだが、それが入っている革袋を地面に置くと、全てのチンピラがその場から逃げていく。

「ふぅ、面倒が無事に去ってくれたな。小遣いも手に入ったし」

「レイ、それは……いくら何でも……それだと、向こうと同じじゃないか」

「そうでもないぞ。これは普通だ、普通」

そう断言するレイだったが、あまりにも堂々としているためか、クロスは本当にこれが普通なのか？　と思わず信じてしまいそうになる。

とはいえ、レイは決して適当に言っている訳ではない。

少なくとも、レイの中ではこれは普通のことだった。

伊達《だて》に盗賊狩りを趣味としている訳でもないのだ。

「他人の金を奪おうとした連中だ。自分が金を奪われても、不満を言えるはずないだろう？」

「ああいう連中の場合、それこそ自分のことは棚に上げて文句を言うと思うんだが」

「言ってきたら言ってきたで、また相応の対処をすればいいだけだろ。そうすれば、また小遣いが増えて、お土産を買っていくのにも十分な資金が手に入るし」

その辺の商人どころか大商人よりも資産を持っているレイだったが、妙なところで日本にいたときの感覚を引きずっているところがある。

その割には、高価なマジックアイテムを買うのに躊躇《ちゅうちょ》したりしないのだが。

そう言いながら、地面に落ちている財布代わりの革袋を拾っていく。

だが……他人の持っている金を奪おうとしていた者たちだ。革袋の中身が銅貨……せいぜいが銀貨だけなのは、推して知るべしだろう。取りあえず銀貨だけでも手に入れることが出来たことを嬉《うれ》しく思う。

「さて、面倒なことは終わったし……次に行く場所はどうする？」

実際には、クロスの金貨や白金貨を狙っていた者は他にも多くいたのだが、そのような者たちは一連のやり取りをこっそりと眺め、とてもではないが自分たちの手に負える相手ではないと、そう理解し……非常に残念だったが、諦《あきら》めた。

今の一度の騒動で金目当ての者たちを一掃出来たレイは、面倒が消えたことを喜ぶ。

「次……そう言われても、困るね。やっぱり、適当に見て回って、興味のある場所に……というのが、一番いいと思うよ。レイもそれで構わないかな？」

「ああ、クロスがそれでいいのなら構わない。行こうか」

クロスの金を狙ってくる連中を一掃出来たということもあり、しばらく面倒はないだろうと判断し、二人は表通りに戻って色々な店を見て回る。

「お、あそこで果実水が売ってるな。しかもマジックアイテムでしっかりと冷えた奴」

もう秋ではあるが、やはり闘技大会があるからこそ、多くの客を見込んで屋台を出しているのだろう。実際、果実水を売っている屋台の前には、何人か並んでいる客の姿がある。

闘技大会が行われている最中ということで、興奮している者も多いのだろう。

その興奮を静めるために、果実水を求める者が多いらしい。

「マジックアイテムは高価だろうに。それをこのようなことに使ってるのか？」

正直に疑問を口にしたといった様子のクロスだったが、レイは当然と頷く。

「ぬるいのと冷たいのだと、当然冷たい果実水の方が売れるからな。……もっと寒くなれば、話は別だが」

そうなれば、売れるのは冷たい果実水ではなく温かい飲み物となる。

（温かい果実水ってのは……そう言えば見たことがないな。売れないのか？　それとも、温かいとなると、スープとかの方が売れやすいとか？）

ふとそんな疑問を抱くレイだったが、日本にいたときも飲み物を買うときには温かいお茶やお汁粉の類《たぐい》はあっても、温かいジュースというのは見たことがなかった。

あくまでもレイが見たことがなかっただけで、実際にはあったのかもしれないが。

「レイ、あの果実水を買いたいんだけど、構わないか?」

「ん? ああ、そうだな。俺もちょっと喉《のど》が渇いたし、果実水を買うには丁度いい金もあるし」

言うまでもなく、この場合の果実水を買う金は先程のチンピラたちから奪ったものだ。

そこまで大金ではないが、人数が結構多かったこともあり、果実水を買う程度なら全く何の問題もなく……それどころか、数杯は果実水を買えるだけの金額がある。

レイのその言葉にクロスが微妙に何かを言いたげな顔をしていたが、レイはそれを気にせず、果実水を売っている行列の一番後ろに並ぶ。

簡易エアコン的な機能のあるドラゴンローブを着ている以上、本来ならレイも暑くなったり寒くなったりすることはないのだが……その辺は、気分の問題なのだろう。

レイが並ぶと、クロスもそんなレイの後ろに並ぶ。だが、やはり育ちのためか、並ぶということに慣れていないのか、戸惑ったような表情を浮かべている。

(恐らく貴族だと、並ぶとかそういうことはしなくてもいいんだろうな)

帝都に入るときも、普通の冒険者や商人、闘技大会を見に来た者たちは、かなり長い時間並んで中に入る手続きをする必要があったが、貴族は別だった。

レイもまた、ダスカーの護衛ということで並ばずに帝都の中に入ったのだが。

「夏の果実水は想像出来るけど、秋の果実水だとどんな果物を使ってるんだろうな」

「秋の果物か。ナッタが有名だな。甘く瑞々《みずみず》しく、果実水にするには相応《ふさわ》しい」

「いや、それは難しいぞ」

クロスの言葉を否定したのは、レイではなく、レイの前に並んでいる家族連れの男だった。

子供と手を繋《つな》ぎ妻と話していたその男は、クロスの言葉が聞こえたのかそう言ってきたのだ。

「ナッタは美味《うま》いが、悪くなるのも早いし、何よりも高い。それこそ貴族や商人が行くような高級店なら用意出来るかもしれないが、こういう街中で多数の人に売るとなると、難しい」

「そういうものなんですか?」

見知らぬ相手だからということか、クロスの口調はレイに対するものよりも若干丁寧だ。

「ああ。それこそ、もしナッタで果実水を作ろうと思ったら、この店の金額だと無理だな」

断言する男の言葉に、クロスは少し残念そうな様子を見せる。

それを見れば、ナッタという果物がクロスの好物なのだと予想するのは難しくはない。

(秋の果物か。そう言われてすぐに思いつくのは、梨とブドウか?)

どちらも、日本にいたときはレイにとって秋の果物の典型と言うべきものだった。

レイ本人がスーパーで果物を買うことはなかったために、具体的にどれくらいの値段なのかというのは分からない。それに、知り合いには梨やブドウを育てている者もおり、そのような相手から傷がついていて商品にならない梨やブドウを貰《もら》うことが多かった。

結果として、スーパーで買うよりも貰い物を食べる方が多かったのだ。

レイの家でも自分の家で食べる用にナメコの原木栽培をしており、それをお裾分《すそわ》けすることがあったので、一方的に貰っている訳ではないのだが。

そんな雑談をしながらも……やがて行列は進んで行く。

コップに果実水を入れて売るだけなので、行列の進み方は速いのだろう。

「はい、銅貨五枚ね。ただ、飲み終わってコップを返してくれれば銅貨一枚返すから」

屋台の店主にそう言われ、木のコップに入った果実水を渡される。

木のコップは、洗って再利用するのだろう。

（そのまま使い回すってことは……いや、ないな）

屋台のすぐ側《そば》でコップを洗っている男が一人いるのを見て、レイは嫌な考えを消した。

秋晴れの中、果実水を飲むと……その果実水は、不思議なほどに美味い。

もちろん、先程クロスが言ったようなナッタという高級な果実は使われていないのだろう。

だが、マジックアイテムによって冷えた果実水は、爽《さわ》やかな甘みと酸味をレイの口の中一杯に広げることに成功しており……思わずといった様子で、ゴクゴクと喉を鳴らしながら飲む。

「これは……美味い。このような爽やかな飲み物は、初めて飲んだ気がする」

レイの横で同じく果実水を飲んでいたクロスも、満足そうに告げる。

貴族なら、これより美味い果実水を飲んだことがあるのでは？　というのがレイの予想だったが、クロスがそれを隠している以上、今の状況でそれを聞くのも野暮だろうと、頷くだけだ。

「ならもう一杯飲んでおくか？　見たところ、客の数も多少は減ってきたし」

コップに果実水を注いで料金と引き換えに渡すだけなので、回転率は非常に高い。

「また並んでもいいのかな？　それなら最初から何杯か頼めとか言われそうだけど」

「構わないよ。うちの果実水を美味いと思ってくれたんだから、何も文句はないさ。並んでくれ」

クロスの声が聞こえたのか、屋台の店主がコップに果実水を注ぎながらそう告げる。

店主のその言葉に、クロスは……そしてレイもまた行列の最後尾に並ぶ。

「おっと、悪いな。ここは俺が並ぶって決めてたんだよ」

だが、クロスとレイが並ぶと、不意に近付いてきた男が行列の真ん中辺りに強引に横入りする。

当然のように並んでいた者たちは不満を覚えるが……男の筋骨隆々な外見を見て、不満を口には出来ない。

果実水はコップに入れるだけですぐに次の人になるからという理由もあるだろう。

だが……そんな中で、我慢出来ない者もいる。

「おい、おっさん。皆が並んでるんだから、お前もきちんと並べよ」

そう口に出したのは、レイ。

周囲にいる他《ほか》の客たちは、何てことをと驚きの表情を浮かべる。

他の客たちにしてみれば、ドラゴンローブを着てフードを被《かぶ》っているレイは、横入りした男と比べても圧倒的な弱者に思えるのだろう。

外見だけで見れば、それは決して間違ってはいない。いないのだが……それはあくまで、外見だけで判断した場合にすぎず、レイはそんなことは関係ないと横入りした男を見る。

その男の方は、最初自分が注意されたとは思わなかったのか、周囲の様子を見て……それで、やはり自分が言われたのだというのを理解したのか、苛立《いらだ》ちの視線をレイに向け、口を開く。

「おい、坊主。それはもしかして……俺に言ってるのか？　まさか、そんなことはないよな？」

「いや、あんたに言ってるんだよ。皆が並んでるんだから、しっかりと並べ」

レイとしては、正直な気持ちを口にしただけだ。しかし、男にしてみればレイのような小柄な相手に偉そうに注意されるというのは、とてもではないが許容出来ることではない。

「坊主、お前……もしかして自分がか弱いからって、何をしても許されると思ってないか？」

「それを言うなら、あんたの方だろ。少し見た目が強面《こわもて》だからって、堂々と横入りしてもいいと思ってるのか？　普通に考えれば、そんなことは恥ずかしくて出来ないと思うけどな」

レイのその言葉に、男の顔が急に赤く染まっていく。

そして拳を握り締めながらレイに向かって一歩、また一歩とゆっくりと歩み寄る。

「ちょっ、ちょっと、いいのかい、その子を止めなくて。早く逃げた方が……」

クロスの後ろに並んでいた子連れの女が、自分の子供にこれから起きるだろう光景を見せないようにと、抱きしめながらレイの連れだと思われるクロスに告げる。

だが、レイの強さを知っているクロスは、何の問題もないと平然としていた。

「大丈夫だよ。レイはかなり強いんだ。ああいう外見だけの相手じゃどうにも出来ないし」

クロスはレイの正体を知っているし、実際にチンピラと戦っているのを直接目にしている。

それだけに、相手が筋骨隆々の大男であってもレイが負けるとは思えない。

しかし、それが分かるのはあくまでもクロスがレイの実力を知っているからだ。

他の者にしてみれば、レイは小柄な男にしか見えない。

そんな人物が正面からあのような男と戦うのは……そう思っていたのだが……

「ぐうううううっ！　離せ！　離しやがれ！　このガキがぁぁあぁあぁぁぁあっ！」

圧倒的な体格差があるにもかかわらず、悲鳴が出たのは大男からだ。

男が力の差を教えてやろうと、レイと両手を合わせて力で押《お》し潰《つぶ》そうとしたのだが、レイはその外見とは比べものにならないだけの力を持っている。

男が自慢の力でレイを押し潰そうとしても、それが不可能……であるだけではなく、力で押し負けることになるのは当然だった。

結果として、男は自分よりも身長の低いレイに押し潰されるように地面に膝《ひざ》を突き、両手をレイに握られたまま痛みに悲鳴を上げている。

離せ、離してくれ、頼むから離して欲しい。

そんな風に、最初に見たときからは全く考えられない泣き言を口にする男。

レイの実力があれば、それこそ握っている男の手の骨を砕くといったことも容易に出来ただろう。

だが、まさか行列に割り込んだ程度の相手をそのような目に遭わせるのもどうかと思い、やがてレイは握っていた男の手を離し……男は手を離された瞬間、地面に崩れ落ちる。

すでに膝を地面に突いた状態だったが、そのまま横倒しになって、芋虫か何かのように地面を転げ回っていたのだ。

周囲にいる者たちは、一体何が起きたのか最初は分からなかった。

それこそ、もしかしてレイと一緒に組んで周囲にいる者たちを騙《だま》したのか？　と思った者もいない訳ではなかったが、残念なことにこれは現実だ。

「ほら、いつまでもそこで転がっていると、他の連中の迷惑になるだろ。買うなら列に並べ。買わないのなら、さっさと帰れ。とにかく、地面からは立て」

周囲の者たちは、倒れて痛がっている相手にそこまで言わなくても……と思わないでもないが、実際に筋骨隆々の男が地面で転げ回っていて邪魔なのは事実なので、何も言わなかった。

レイを侮った男は、そんなレイの言葉に何とか立ち上がり、その場を去っていく。

もう、果実水を買うといったような気分ではなかったのだろう。

……むしろ、今の状況で大人しく行列の最後尾に並ぶといったような真似《まね》をしたら、レイにとってもそれはそれで面白いと思わないでもなかったが。

「レイ、少しやりすぎじゃないか？　いくらなんでもあそこまでやらなくてもいいと思うけど」

クロスの言葉に、今のやり取りを見ていた他の客たちは、よく言った！　と内心で同意する。

だが、レイはクロスに対して首を横に振る。

「今のこの帝都には、色んな奴《やつ》が集まってきている。そういう連中に影響されて……ああやって好き勝手にしてもいいと思う奴も増える。そして……そういう連中は、大抵自分の行動を止められなくなって、より過激な行動に走りかねない。それを止めたと思えば、悪くないだろ？」

「……それが本当ならね。けど、レイの場合は本当にそんなことを思ってやったのかい？」

違うだろう？　と、確信を得て尋ねるクロスに、レイは素直に頷《うなず》く。

「そうだな。割り込まれたのが面白くなかったからってのは、間違いなくある」

堂々とそう告げるレイの言葉に、クロスは呆《あき》れの視線を向け……そうしたやり取りをしている間にも当然のように行列は進んでいき、再びレイとクロスの番が回ってくる。

「あー……まぁ、その、何だ。色々と大変な目に遭わせてしまったり、遭ったりしたみたいだけど、お前のおかげで面倒な客がいなくなって助かったよ」

店主はそう言いながら、レイに果実水を渡してくる。

店主という立場である以上、先程のような迷惑な客がいても強くは言えないのだろう。

そんな店主の困っていたところを、レイは多少乱暴な手段ではあっても助けたのだ。

店主にとっては、それが嬉《うれ》しかったし助かったのだろう。

「気にしなくてもいい。美味い果実水を飲ませてくれた礼だしな」

そう告げ、果実水の料金を支払おうとしたところで、店主が今回の料金はいいと言ってきたが、レイはそんな店主に構わず、料金を置いてきた。

果実水を買うのに使っている銅貨は、元々は絡んできたチンピラが持っていたものだ。

そうである以上、レイがそれを使うのに躊躇《ちゅうちょ》するなどということは、一切ない。

実際に果実水は美味かったので、自分の金で払うことになってもしっかりと払っただろうが。

そうして果実水を飲み干し、木のコップを渡したところで、クロスが口を開く。

「さて、レイ。そろそろ他の場所に行こうか。今日という日はそこまで長くはないんだ。今のうちに、思う存分楽しんで悔いのないようにしておく必要があるだろうしね」

レイを先導するように先を進むクロスを、レイは特に何も不満を抱かずに追う。

今の帝都では、本当に色々と面白い何かがあっても、おかしくはないだろうと思いながら。

「レイ、あれは一体何をしてるんだ？　長剣を呑《の》み込んだが。……もしかして、美味いのか？」

表通りを歩き回り、色々な店を覗《のぞ》きつつ、買い食いをしたりしながら進んでいたレイとクロスは、やがて広場に到着する。大勢の人が集まる広場では、屋台で食べ物や果実水を売っている者もいれば、遊んでいる者もいるし、大道芸をしている者もいた。

クロスが驚いているのは、その大道芸をやっていた者の一人。

その言葉通り、長剣……正確にはレイピアと呼んだ方が相応しい細身の剣だが、そのレイピアの刀身を呑み込んでいったのだ。

「うわぁ……凄《すご》いな。よく平気であんな真似が出来るな」

そう告げるレイだったが、日本にいたときにＴＶで今のようなのをどうやってやるのかという種明かしを知っていたので、クロスほどに驚いてはいない。

あれは、口と喉《のど》、それと食道を真《ま》っ直《す》ぐにすることによって、レイピアを呑み込んでいるのだ。

言うのは簡単だが、実際にやるのは難しい。少しミスをすれば口……はともかく、喉や食道が傷ついてしまうし、その状況で咳《せ》き込んだらどうなるのかは考えるまでもない。

「レイにとってもああいうのは珍しいのか？　てっきり見慣れてると思ったんだけど」

「そうでもないぞ。こういう大道芸人ってのは人の集まる場所じゃないとなかなかいないし」

大道芸人もまた、観客からおひねりという名の代金を貰って生活している。

当然の話だが金を多く貰うためには人の多い場所で芸を披露する必要があり……そういう意味では、闘技大会が開かれているこの帝都は絶好の場所だ。

もちろん、そのように思う大道芸人は多く、結果として多数の大道芸人が帝都に集まってきている。そうなれば他に負けないようにする必要があり……切磋琢磨《せっさたくま》することになる。

こうしてレイが見た感じでは、広場の中には多くの大道芸人がいるが、観客が少ない……もしくは一人もいない大道芸人の姿もそこにはあった。そうなると、その大道芸人は芸では金を稼げず、何か別の仕事をするか、もしくは別の場所で芸をするかしなければならなくなる。

「おお。レイ。あれは凄いな。短剣が刺さらないのかな？」

レイピアを呑んでいた大道芸人に、レイから教えられたクロスが銅貨数枚を投げ銭し、次にクロスが興味を持ったのは、いわゆるジャグリングをしている大道芸人だ。

ただし、ボールでジャグリングをしているのではなく、短剣……それも刃を潰していない短剣を使ったジャグリングだ。危険なだけに、周囲にいる観客たちも真剣に眺めていた。

「あれは……よっぽどの腕がないと、掌《てのひら》を切ったり、貫いたりしてしまいそうだな」

レイの口から出た感心の言葉に、クロスも納得した様子で頷く。

「ああ。大道芸人というのはこういうことをするのか」

感心した様子を見せるクロスに、レイもまた大道芸人の行う芸を見ては、そこに銅貨や……見事だと思う芸には、銀貨を支払っていく。

そうして大道芸を見て、一体どれくらいの時間が経過したのか。

気がつけば太陽は大分傾き、夕方に近くなっている。

秋の夕焼けということもあってか、レイは全《すべ》てを赤く染めていくかのような夕焼けに目を奪われ……日本にいたときのことを思い出す。

周辺には田園地帯が多く、夕方になると、田んぼ一面が赤く……それこそ燃えているかのように真っ赤に染め上げられていくのだ。

原風景……そんな言葉を思い出すレイだったが、すぐに我に返る。

そうして隣を見ると、レイと同じく、クロスもまた夕焼けを見ていた。

「クロス、どうしたんだ？　お前も夕焼けに目を奪われているのか？」

「ああ。この夕焼けは……目に染みる。過去を思い出すこともあるのだよ」

「……クロス？」

夕焼けを見ながら告げるクロスの声色が、今までのものと違うことに驚き、その名前を呼ぶレイ。

そんなレイの態度に気がついたのか、クロスは笑みを浮かべて口を開く。

「いや、ごめん。何でもないよ。ただ……夕方になったということは、僕もそろそろ目的の場所にいかないといけなくなったと、そう思ってね。それが残念だったんだ」

クロスの言葉に、レイは納得すると同時に送っていかないといけないなと思う。

クロスが貴族……それも子爵や男爵といった爵位の低い貴族ではなく、もっと爵位の高い貴族の生まれであるというのは、今までクロスと一緒にいて、何となく理解出来た。

だからこそ、クロスが今のこの状況を残念に思っているのは、レイにも納得出来た。

爵位の高い貴族に生まれたということは、自由というものがないのだから。

極端な話になるが、朝起きてから着る服、食事、午前中は何をするのか……といったように、全ての予定が最初から決まっている。その予定を破るような真似をした場合、誰かが責任を取らされて最悪解雇されるという可能性もある。

もちろん、世の中にはそのような貴族だけではない。それこそ、レイが嫌っているような傍若無人で、貴族以外の者には何をしてもいいと勘違いしているような貴族も当然のようにいた。

だが、少なくともクロスはレイが知っている貴族らしい貴族のようには思えない。

……かといって、エレーナのような貴族ともまた違う……一種独特な雰囲気を持つ。

「そうだな。クロスもいつまでもこうしてはいられないんだろ。……ただ、目的の場所に行くまでの道では、屋台とかそういうのを楽しみながら行ってもいいんじゃないか？」

「……そうだね。レイならそう言ってくれると思っていたよ」

嬉しそうな笑みを浮かべるクロスに、レイはそろそろ広場を出ようと告げる。

クロスの向かう場所がどこなのかは分からないが、それでも屋台を見ながら進むのなら、この広場は早く出て他の場所を楽しみながら進んだ方がいいだろう、と。

レイの意見にはクロスも反対ではなかったのか、広場を出ると二人は進み始める。

「あ、レイ。あれは……面白そうだと思わないか？　それにほら、あっちも珍しい」

道を歩きながら、クロスは色々な屋台や店を見つけては、そう呟《つぶや》く。

レイにしてみれば、そこまで珍しいものではないのだが、クロスにしてみれば見る物すべてが珍しく、興味深いのだろう。それなりの時間レイとクロスは行動を共にしていたのだが、それでもクロスにとっては、この短時間で初めて見る物も多かったということか。

「迷子になるなよ。それと、人通りが多くなってるから、ぶつかったりしないようにな」

夕方になり、仕事を終えた者たちの姿も多くなっている。

闘技大会中は仕事を休んでいる者も多いが、全ての仕事が完全に休みになっている訳ではなく、そのような者たちが仕事を終えて、家に帰るべく通りを歩いているのだ。

闘技大会で皆が浮かれているときに、何故《なぜ》自分たちだけが仕事を……と、そのように思っている者も多く、中には喧嘩《けんか》騒ぎを起こしているような者もいる。

それだけに、もしクロスがそのような相手とぶつかったりすれば、間違いなく面倒事になる。

レイはその程度の面倒事は特に気にはしていないのだが、もしそうなった場合、ただでさえあまり時間のないクロスの時間が、さらに少なくなってしまう。

「レイ、向こうに本を売ってる店があるらしいけど、どうする？」

クロスが肉を売っている店主と話し終わって戻ってくると、レイにそう告げる。

本と聞かされ、レイが興味を抱くのは当然のことだ。

元々、レイは日本にいたときも漫画や小説を好んで読んでいた。だが、この世界で本は非常に高価な代物で、少なくとも一般市民が気軽に買える金額ではない。

図書館に入るのにも有料で、レイにとっては驚きだったのだ。

レイが日本にいたときは、学校の図書館は勿論《もちろん》無料だったし、市営の図書館も利用するのに特に料金は必要としなかったのだから。

とはいえ、レイは結構な額を稼いでいるということもあり、それなりに本を所有している。

ただし、レイが好むような本……漫画とは言わないが、小説の類《たぐい》もほとんどないが。

基本的には、技術書だったり、魔法に関係する本だったり、モンスターに関係する本だったりだ。

物語性のある本となれば、それこそ貴族の子供が読むような絵本くらいか。

だからこそ、ここに本を売っている店があると聞けば、興味を抱くなという方が無理だ。

ここはベスティア帝国という大国の首都たる帝都だ。ギルムでは入手出来ないような本があってもおかしくはなかった。

「分かった。なら少しだけ寄ってみるか。ただ、本当に少しだけだぞ」

ここで時間を使えば、それこそクロスが目的の場所に行くまでの時間がなくなってしまう。

それを思えば、やはりここは涙を呑んでも……早めにすませる必要があった。

クロスもそんなレイの言葉に頷き、話に聞いた店……書店に向かったのだが……

「あんたに売るような本はないよ。出ていきな！」

店に入って、どんな本が売っているのかを確認しようとドラゴンローブのフードを脱いだ瞬間、店主の五十代ほどの女に睨《にら》み付けられながら、そう叫ばれる。

最初少しだけ驚いたレイだったが、ここがベスティア帝国の帝都だと考えれば、自分に対してそのような反応をする者がいてもおかしくはないと、納得してしまう。

愉快な気分になれるはずはないが、恐らくそれは戦争において身内か誰かが死んだのだろう店主にとっても同じ。……むしろ、攻撃をしてくる訳でもなく、ただ追い返すだけだったのは良心的かもしれない。

そう自分を納得させ、本を買えなかったのは残念に思えたが、今はまずクロスを目的地まで送っていくのが最優先である以上、これはこれで悪くはないと、そう自分に言い聞かせる。

それが半ば強がりであるのは、本人も理解していたのだが。

「レイ、あんな目に遭って、そのままにしておいてもいいのかい？」

「あの店主にしてみれば、俺が仇《かたき》とかそういうのだろうしな。この程度ですんでよかったよ」

「レイがそう言うならいいけど。……じゃあ、別の場所に行こうか。他にも店はあるんだし」

レイの嫌な気分を切り替えるためにか、意図的に明るい口調でクロスが告げる。

そんなクロスの気遣いにはレイも頷き、他《ほか》にも色々な店を見て回った。

幸い、先程のようにレイに恨みを向けてくる者はいない。……もしくは、ドラゴンローブのフードを被《かぶ》っているので、レイをレイと認識出来なかったのか、特に問題はないまま時間は進む。

そして……やがて夕方から夜になりかけるという頃、レイとクロスの二人は一軒の家……いや、屋敷と呼ぶのが相応《ふさわ》しい建物の前に到着していた。

「ここか？　クロスの目的地は」

一応、といった様子で尋ねるレイだったが、クロスがこの屋敷の前で止まった以上、それは間違いないと思われた。……そして実際、クロスはレイの言葉に頷く。

「ちょっと待ってて。門番に話してくるから。……何だか怪しまれてるし」

クロスの言葉にレイが視線を向けると、その視線の先にはレイとクロスを怪しげな相手と判断したのか、じっと観察するように見ている二人の門番がいる。

レイやクロスが何か妙な動きをしたら、すぐにでも取り押さえられるように、と。

もちろん、レイはあの程度の相手に襲われてもどうということはないのだが、まさか自分の職務を頑張っている相手を叩《たた》きのめすなどといったことは……レイもやりたくはない。

クロスもそんなレイの様子を悟ったのか、レイにその場で待っているように言って門に向かう。

最後まで自分がついていった方がいいんじゃないか？　とレイは思ったが、考えてみればクロスは自分の正体を可能な限り隠そうとしていたのだ。それを思えば、ここで待っていた方がいい。そう判断したレイは、特に何をするでもなく門番とクロスのやり取りを眺める。

最初はクロスを怪しげな相手と見ていた門番だったが、クロスが何かを見せた瞬間、露骨に怪しんでいますといった表情は消え、これ以上ないほどに背筋を伸ばす。

何を見せたのかはレイには分からなかったが、それだけの効力があるものだったのだろう。

やがて門番の一人が急いで屋敷の中に戻っていき、それを確認するとクロスはその場に一人残った門番の前から離れ、レイの前までやってくる。

「どうやら問題なく屋敷の中に入れるようだな」

「ああ。とにかく、これで僕の自由な時間も終わりな訳だ」

そこで一旦《いったん》言葉を切ると、クロスは改めてレイに向かって口を開く。

「レイ、今日は一緒にいてくれてありがとう。非常に興味深かったよ。本来なら私のことはもっと怪しんでもいいと思ったのだが……しかし、君という存在のことは忘れない。もう会えない……いや、もしかしたらまたどこかで会うかもしれないが、出来れば会いたくないね」

そう告げるクロスの雰囲気は、数秒前とは一変していた。

それどころか、言葉遣いでさえも今までとは大きく違う。

「一体何でそんなことを言うんだ？　お前……何があった？」

「何もないさ。ただ、私と君は本来なら相容《あいい》れぬ者。今日は偶然……本当に奇跡的な確率によって、大きな問題にはならなかったが……」

そこで一旦言葉を切ったクロスは……いや、クロスと名乗った男は、首を横に振る。

「いや、これ以上は止《や》めておこう。だが……とにかく、君も私とはもう関《かか》わろうと思わない方がいいだろう。それが君のためでもあり……君と一緒にいる者たちのためでもある」

「俺や周囲にいる者のため？」

「そうだよ。……とにかく、レイも自分がやるべきことをやればいい。そうすれば……もしかしたら、将来的にはまた私と会うかもしれないね。……先程も言ったが、私はあまりレイと再会したくないのだがね。これは少し困ってしまったな」

そう言い、笑みを……少なくともレイから見てクロスが浮かべるような笑みではない、どこか空虚さが滲《にじ》んだ笑みを浮かべると、クロスはそのまま屋敷の中に入っていく。

レイは、追おうと思えば間違いなく追えただろう。

それこそ、この屋敷の前にいる門番は、外見こそ迫力があるが、戦闘力という意味では決して強い訳ではない。……門番をやっている者の強さがレイを基準としたものになるという時点で、それはあまりに不条理と言うべきなのかもしれないが。

だが……それでもレイは、クロスと名乗った人物を追おうとは思わなかった。

それは何か明確な理由があった訳ではなく、ただ何となくそうした方がいいと思ったためだ。

クロスと出会ったときに、一緒に行動してもいいと思った、その理由と似ている。

ともあれ、クロスにはクロスのやるべきことがあり、そしてクロスはそれをやるためにこの屋敷までやって来た。それが分かったレイは、どうするか考え……その場から立ち去る。

ここで自分が何をやっても意味はない。それどころか、クロスの言葉を考えるのなら、自分が何かをしたら、それこそダスカーたちの迷惑になるだろうと、そう思ったからだ。

門番の一人の視線を浴びながら、レイは宿に戻るべく歩き始めるのだった。


レイが屋敷の前から立ち去った頃、クロスの名を騙《かた》った男は屋敷の応接室の中にいた。

この屋敷はベスティア帝国の中でも爵位的に上から数えた方が早いドラッツェル侯爵家の屋敷なのだが、今クロスの前に座っているのは屋敷の当主ではなく、その息子のダグマイアだ。

父親から絶対に失礼のないようにしろという指示が出ており、さらには目の前にいる人物が、やんごとない身分の者しか持っていない身分証代わりの短剣を持っていたことから、ただものではないと理解するのは当然だ。当然だが……それでも、どう接すればいいのか迷ってしまう。

「どうしたんだい？　そんなに私の顔を見て。……もしかして、どこかおかしいかな？」

「いえ。そんなことはありません。見目麗しいという言葉が相応しいです」

「お世辞を言われてもね。今の私がそんな表現が相応しくないというのは分かっているよ」

クロスの言葉通り、クロスの顔は相応に整ってはいるが、美男と呼ぶほどではない。

本人もそれを分かっているので、お世辞は言わなくてもいいと口にしたのだろう。

クロスの目の前にいるのは、この侯爵家当主の息子。

それも長男である以上、将来的にはこの男が当主となるのは間違いない。

そうであるにもかかわらず、ダグマイアはクロスを前にしていつも通りの態度をとれない。

ダグマイアも、普段であれば侯爵家嫡子に相応しい態度をとっているし、客人に対してもそのように振る舞うことが出来るのだが……不思議と、今はそのような行動が出来なかったのだ。

「今年の闘技大会はかなり派手になっているようだね。やっぱり……深紅がいるからかな？」

その言葉に、ダグマイアの顔が少しだけ不満そうに歪《ゆが》む。

ダグマイアにとって、深紅という存在は愉快な相手ではないのだろう。

実際、書店で見たように……そしてレイがベスティア帝国に来てから何度も感じているように、レイのことを戦争の一件で恨んでいる者は相当数いた。

ダグマイアも、知り合いを戦争で亡くしており、だからこそレイの存在が面白くないのだ。

クロスも当然戦争の件は知っているが、レイと今日一日行動し、その性格には好感が持てた。

だからこそ、レイに対して余計な真似《まね》をしている者たちの一員であるダグマイアの前で、あえてレイのことを褒め、自分が興味を持っていると、そう告げたのだ。

ダグマイアも、クロスが敢《あ》えてレイのことを話題に出したのだと察した。


「ん？　どうかしたのかね？　急に黙り込んで……何か不都合なことでも？」

「いえ、何でもありません。それで、その……父が来るまではもうしばらくかかるそうです」

だが、クロスがどういう考えを持っているかわからない以上、下手な発言をするのは危険だ。ダグマイアは、レイの暗殺を企《たくら》んでいたことが露呈しないよう言葉を呑《の》み込んだ。

「そうなのかい？　結構時間を潰《つぶ》してきたし、ここに来たらもういると思ってたんだけどね」

残念そうな様子を見せて告げるクロスだったが、それはあくまでも言葉だけで、本当に残念に思っているとは、とてもではないがダグマイアには思えない。

ダグマイアは自分が目の前のクロスに気圧《けお》されている……いや、不思議な迫力に圧倒されているのを理解しながら、それに抗うようにして何か話題はないかと考え……やがて口を開く。

「その、喉《のど》が渇いていたり、空腹だったりはしませんか？　もしよければ何か用意しますが」

一応テーブルの上には紅茶が置かれているが、それでも何か軽食でも用意しようかと、そう言うダグマイアに、クロスは首を横に振っていらないと答える。

「ここに来るまでに、屋台に寄って色々と食べてきたからね。空腹ではないんだ」

屋台に寄ったという言葉を聞き、ダグマイアは呆《あき》れの感情を表情に出さないように頑張る。

何故なら、侯爵家の後継者たる男にとって、屋台などという場所での食事は、到底受け入れられない……それこそ、自分のような貴族がやるべきことではないと思っているのだ。

だが、目の前にいるクロスがそのようなことを言ったのだから、露骨に反対は出来ない。

であれば、今の状況ではクロスの言葉に同意しておくしかない。

「屋台の食べ物というのは、そこまで美味しいのですか？　生憎《あいにく》と私はそのような場所で食べたことがないので、何とも言えませんが……もしよろしければ、詳しく聞かせて下さい」

「そうだね。料理そのものは金貨を払うほどのものではないかな。少なくとも、貴方《あなた》が普段食べている料理に比べれば数段劣るよ」

クロスの口から出た言葉は、ダグマイアにとって当然の内容だった。

侯爵家の者が食べている料理ともなれば、材料から厳選されており、それを料理するのも一流の料理人だ。とてもではないが、屋台で出す料理と一緒には出来ないと。

「けれど、屋台の料理は……そう、言わば雰囲気を食べる。こういう表現が相応しい」

「雰囲気ですか？　そう言われれば、理解出来ないこともないですが」

とはいえ、この場合の雰囲気というのは音楽を聴きながらという意味での雰囲気だ。

屋台で食べる雰囲気というのを経験したことのないダグマイアは、うまく想像出来なかった。

「そう、雰囲気さ。もっとも、君にそれが分かるとは思っていないけどね」

「それは……私を馬鹿《ばか》にしているのでしょうか？」

目の前にいるのが自分よりも上の立場にいる者だというのは、想像出来た。

だが、それでも侯爵家次期当主として育てられてきたダグマイアとしては、あからさまに自分には理解出来ないと言われれば、とてもではないが面白いとは思えない。

生来の負けん気、プライドの高さからそう言い返したのだが、目の前にいるのが誰なのか……正確には誰なのかは分からないが、それでも父親が丁重にもてなすように指示していた人物だと思い出し、不味《まず》いことを言ってしまったと顔が引《ひ》き攣《つ》る。

だが、言われたクロスは特にそんなダグマイアの言葉を気にした様子もなく口を開く。

「ああ、別に君を馬鹿にした訳じゃないさ。……これは、恐らく今この世界で私だけにしか理解出来ない、そんな思いだ。気にしないでくれ」

クロスが怒っていないことに安堵《あんど》したダグマイアだったが、安堵すると同時に一体何を言ってるのかといった疑問を抱き、尋ねる。

「それはどういう意味ですか？　もしよければ聞かせて貰《もら》えると……暇潰《ひまつぶ》しにもなるでしょうし」

「ははは。暇潰しで私の話を聞くのかい？　……けど、そうだね。今日は気分がいいし、興が乗った。そうだね。少しくらい……本当に少しくらいは話してもいいかもしれないな」

そう言って笑うクロスは、本当に機嫌がいいのだろう。

ダグマイアはせっかくクロスの機嫌がいいのに、それを損なう真似をするのはどうかと思い、大人しく話を聞く。……特に何かをするのではなく、そういう態度を見せただけだが。

内心ではそこまで自分の話に興味を持っていない。それはクロスも分かっていたが、つい先程口にしたように、今日は気分がいいのは間違いない。

であれば、この家の当主が帰ってくるまでの暇潰しも兼ねて、多少話してもいいか？

そう思ったクロスが口を開こうとしたとき、応接室の扉がノックされる。

クロスが重要な人物だというのを父親からの手紙で知ったダグマイアは、出来るだけ邪魔をしないようにと執事やメイドたちに言ってあった。にもかかわらず、こうして応接室にやって来たということは、何らかの問題が……もしくは自分たちでは判断出来ないことが起きたのは間違いない。

「申し訳ありません。何か問題があったようです」

「ああ、構わないよ。私も別に無理に君の時間を奪おうとは思わないし」

クロスの言葉に、ダグマイアは内心では面白くないものを感じながらも、貴族としての習性でそれを表に出すようなことをせず、扉の前まで移動する。

本来のダグマイアの立場であれば、そのような真似をしなくても座った状態でノックをした相手に中に入るように言えばそれでいい。にもかかわらず、こうして自分で直接動いたのは、クロスの近くにあまりいたくないという思いがあったためだ。

「何の用件だ？　今は大事な客が来ている。下らない用件なら処罰することになるぞ。それは分かっているな？」

ダグマイアの言葉に、扉の向こう側にいた執事はそれは承知していると一礼して、口を開く。

「旦那様《だんな》がお戻りになりました」

執事の口から出たのは、ダグマイアにとっては吉報と言ってもいい。

クロスがどのような素性の者なのかは分からないが、侯爵家当主の父親でさえ気を遣うような相手なのだ。そして、話していて分かったのだが、性格的にも気にくわない。

そのような相手とやり取りをするのは、自分ではなく父親の方が相応しい。

そう思えば、父親が帰ってきたという執事の報告は、待ち望んでいたものなのは間違いない。

「父が帰ってきたようです。すぐにここに来ると思いますので、もう暫《しばら》くお待ち下さい」

ダグマイアの声に喜びの色が混ざらなかったのは、貴族として生活してきた年月ゆえだろう。

とはいえ、クロスもそんなダグマイアの内心は読み取っていたが、それを表に出すことなく頷《うなず》く。

「そうかい？　なら、もう少し待つとしよう。今日の私は機嫌がいいからね」

「ありがとうございます。……それで、父上はいつこの部屋に？　クロス様をあまり待たせるのはどうかと思うんだが」

内心ではクロス様という風に呼ぶのも面白くはなかったが、父親が来るのだから、今まで以上に態度には気をつける必要があった。

「旦那様は準備を整えたらすぐに来ると仰《おっしゃ》っておりましたので、そう時間はかからないかと」

「そうか。父上のことだから身支度は整えてくるんだろう。……そのような訳で、申し訳ありませんがもう少し私の相手をして貰えませんか？」

「ああ。構わないよ。君には急に来たことで、色々と迷惑をかけてしまったしね」

笑みを浮かべてそう言うクロスだったが、実はその笑みでは目が笑っていない。

だが、ダグマイアはクロスの様子に気がつかなかった。

先程まで……父親が帰ってくる前なら、もしかしたら気がついたかもしれないが、父親が帰ってきて気が緩んでしまったのだろう。

「最近貴族の間で流行《はや》っているものがあったら教えてくれないかい？」

「流行っているものですか？　……ああ、そう言えば少し前に遠くの国から運ばれてきた古い酒が有名になっているようですよ。何でも、何十年……いえ、何百年と海の底に沈んでいた船から引き上げた酒だとかで、とてつもなく芳醇《ほうじゅん》な味わいだとか」

「酒か。そこまで美味い酒なら、一度は飲んでみたいものだな」

「そうですね。ですが、数は多くはないらしいですよ。……ミレアーナ王国に持ち込まれた物も多いという話ですし」

少し悔しそうなのは、やはりミレアーナ王国の方に多く酒が運ばれているからだろう。

ベスティア帝国は、海に面している土地がない。だからこそ、ミレアーナ王国に戦争を仕掛け、港を手に入れようとしてきたのだ。

だが……その願いも、深紅という異名持ちの化け物の力によって、あっさりと破られた。

ダグマイアが話題にしているワインも、もし港がベスティア帝国の物になっていれば、もっと多く入手することが出来ただろう。それが、ダグマイアにとっては悔しかったのだ。

「ははは。それは仕方がない。ミレアーナ王国には、深紅がいる。いや、深紅だけではなく、腕利きの冒険者が多数存在している。現に今回も深紅以外に雷神の斧《おの》も来ているのだろう？」

「そうですね。ですが、ベスティア帝国にも腕利きは大勢いますよ」

若干の強がりと共に出たその言葉は、クロスにとっても理解出来るものだった。

そもそもの話、ベスティア帝国はこの大陸においてミレアーナ王国と同様の突出した大国だ。

そのミレアーナ王国から派遣されてきた二人が異名持ちだとすると、当然のようにベスティア帝国にも同じような異名持ちの者は冒険者、騎士、あるいはそれ以外にも相応の数がいる。

そう主張するダグマイアに、クロスはそれも間違いではないと素直に頷《うなず》く。

だが……そんなクロスの様子は、どこか自分を馬鹿にしている……いや、相手にしていないようにすら思え、男はそんなクロスに不満を抱く。

そう思った瞬間、そんなダグマイアの心を読んだかのように、応接室の扉がノックされる。

また執事か？　一瞬ダグマイアはそう思ったが、男が何かを言うよりも前に扉が開く。

自分が声を出す前にそのような真似をするとは何事か。そう言おうとしたダグマイアだったが、扉の向こうにいた人物がこの屋敷の主《あるじ》にして自分の父親……ドラッツェル侯爵家当主であると知れば、ここで怒鳴りつけるような真似など出来るはずがない。

そんな真似をしてしまえば、それこそ自分は侯爵家の次期当主という座から転落してしまいかねない。ダグマイアには何人かの兄弟がいて、後継者という点では自分が絶対ではないのだから。

「父上、早かったですね。手紙にあった通り、クロス様をもてなしておりましたが……」

ドラッツェル侯爵は息子の言葉に頷くと、そのままクロスの前まで移動し……そして、跪《ひざまず》く。

「なぁ!?」

ダグマイアはそんな父親の姿を見て、思わずといった様子で驚愕《きょうがく》の声を出す。

ベスティア帝国の中でも強い影響力を持っているドラッツェル侯爵家。

その当主たる父親が、まさか一瞬の躊躇《ちゅうちょ》もなく跪くとは思ってもいなかったからだ。

ダグマイアは、クロスがどのような人物なのかはっきりとは分かっていなかった。

だが、父親が失礼のないようにもてなすようにと手紙で知らせてきたことや、現在は闘技大会が行われており、周辺各国から地位の高い者が多くこの帝都にやって来ているというのは知っていたので、恐らくドラッツェル侯爵家と何らかの取引でもある家の者ではないか。

そう思っていたのだが、そんな予想は父親が躊躇なく跪いたことで霧散する。

自分の父親は、侯爵家当主らしくプライドが高い男だ。

そんな人物がこうして躊躇なく跪くような相手は、限られている。

「何をしている！　お前はいつまでそのような姿を見せるつもりだ！」

跪いたままドラッツェル侯爵が己の息子に向かって叫ぶ。

そんな父親の言葉で我に返ったダグマイアは、相手が誰なのかも分からないままに跪く。

本心ではこのような真似をしたくはないのだが、父親が跪いている中で自分だけがソファに座ったまま様子を眺めているなどということが出来るはずもない。

であれば、今の状況で自分が出来るのは相手が誰かは分からないが、とにかく跪くことだ。

「気にする必要はない、ドラッツェル侯爵。今の私を見て、誰か分からないのは当然だろう？　それに……君も息子に私の正体を知らせていなかったのだから」

「は、愚息が申し訳ありません。どうにも気が利かないもので。……何か失礼な真似《まね》はしなかったでしょうか？　もしそうであれば、罰を与えますが……」

ダグマイアは背筋が冷たくなる。何故《なぜ》なら、今の言葉が本気であると理解出来たからだ。クロスが父親の言葉に頷けば、どのような結末が待っているか想像するのは難しくない。

「いや、そこまで気にする必要はないよ。私も今日は楽しかったからね」

だからこそ、クロスのその言葉に安堵する。……そして、改めて自分の前でソファに座っているクロスという人物がどのような相手なのかを疑問に思う。

「ふふっ、ドラッツェル侯爵。息子が混乱しているようだよ」

跪いていたダグマイアは、不意にクロスの口から出て来た言葉に息を呑む。

跪いているということは、当然のように顔を下に向けているのだ。

そのような状況で、何故今の自分の考えがわかるのかと、そのような驚きで。

（一体……クロスってのは何者なんだ？　何故今この状況でこっちの様子が分かる？）

ダグマイアは背筋に冷たいものを感じながらも、今は何をしても自分にとって不利になりそうだと判断し、跪いたままでクロスと父親の話を聞く。

「今日は楽しかったですか。……ですが、今日のようなことは可能な限りお控え下さい。今回の一件を聞いた私たちが一体どのような気持ちだったか……」

「ははは、すまないね。しかし、今日はそれだけの成果があったと思うよ。何しろ、あの深紅と会うことが出来たのですから。……いや、彼と出会えたのは嬉《うれ》しいことだ」

深紅という言葉を聞き、ドラッツェル侯爵は跪きながらも微《かす》かに眉《まゆ》を動かす。

息子と同様、深紅に知人や一族の者を殺されたという経験がある。

それだけに、ドラッツェル侯爵も深紅に対して決して友好的な感情は抱いていない。

「お戯れはそのくらいにして貰えると……ご自分の立場というのを分かっていますか？」

クロスの前に跪いたままだったが、ドラッツェル侯爵の口から出たのは紛れもない叱責《しっせき》。

そのような真似をしてもいいのか？　とドラッツェル侯爵の隣で跪いているダグマイアは思ったが、父親のやることなのだから、そこまで間違っていないだろうというのも理解出来た。

何よりも、やはり自分や父親が跪いている相手が深紅を褒めているのは、面白くない。

「ははは。そうだね、すまない。だが……深紅は実際に強い。それこそ従えているグリフォンの件も考えれば、その実力はミレアーナ王国の冒険者の中でも頭一つ抜け出ているだろう」

そう言い、笑い声を部屋の中に響かせるクロスだったが、やがて不意にその笑い声が消える。

「それだけに、彼を引き入れることが出来れば……私としては頼もしいのですがね」

「いい考えだとは思います。ですが、まず引き入れることが出来るかという問題がありますし……何より、もし深紅を引き入れた場合、我々の中でも騒ぐ者がいるでしょう」

「そうかい？　だが……それで騒ぐ者と深紅。どちらの方が仲間にとって有益かは、考えるまでもないと思うけどね。……ドラッツェル侯爵は、私の派閥に深紅はいらないと？」

「なぁっ！」

不意に大声を出したのは、ドラッツェル侯爵……ではなく、その隣で跪いているダグマイア。

今の一連の流れを考えれば、己の父たるドラッツェル侯爵が所属している派閥にクロスも所属している……いや、むしろ今の言い方では、クロスこそが派閥を率いているようではないか。

ダグマイアが知っている限りドラッツェル侯爵が所属している派閥は一つしかない。下げていた視線を上げてクロスをじっと見つめるが、そこにある顔は自分の記憶とは全く違うもの。

そんな視線を向けられたクロスは、笑みを浮かべて飲んでいた紅茶をテーブルの上に置く。

「そうだね。今の私を見て正体を分かれという方がおかしい。それに、もうこの屋敷に入った以上、周囲の様子を警戒する必要もないだろうしね」

そう告げ、懐の中に手を伸ばし、短く何かを呟《つぶや》く。

次の瞬間、ソファに座っていたクロスは眩《まばゆ》い光を発した。

ダグマイアはクロスから発せられた光を間近で見てしまったため、目を覆う。

そして……数秒で光が消え、視界が元に戻ったダグマイアの目に映ったのは……貴公子と呼ぶに相応《ふさわ》しい、見るからに優雅な顔立ちをした男の姿。

その人物が誰なのかは、当然のようにダグマイアも知っている。

何しろ、現在のベスティア帝国においては……皇位継承権第一位の人物なのだから。

「カバジード殿下……?」

ダグマイアの口から出たのは、信じられないといったような言葉。

髪の色が違う。目の色が違う。身体《からだ》の大きさそのものもクロスとは全く違う。

だが……それでも、ダグマイアは目の前の人物を偽物だとは思えなかった。

ソファに座って優雅な笑みを浮かべているカバジードは、間違いなくダグマイアが知っている人物だと、クロスのときとは違う強烈なまでの存在感が示していたためだ。

何故。その一言だけが、ダグマイアの頭の中に浮かぶ。

カバジードは、現在次の皇帝に一番近い人物だ。それだけに、当然敵も多い。

そんなカバジードが、何故護衛も連れずに一人で街中を歩いていたのか。

……いや、護衛という意味では深紅が一緒にいたのだから、問題はないのだろうし、実際に問題はなかったのだろう。だが、それでもカバジードの立場としては軽率でしかない。

そう考え、ダグマイアは何故自分の父親がカバジードに対して窘《たしな》めるようなことを言ったのか理解した。……いや、むしろよくあの程度の言葉ですんだとも。

「ああ。君と直接会うのは初めて……いや、違うね。以前のパーティで何度か会っていたか」

その言葉で我に返ったダグマイアは、慌てて上げていた頭を再び下げる。

何故あれほどプライドの高い父親が、躊躇なく跪いたのか。相手がカバジードとなれば、当然のことだった。

「は！　以前何度か声をかけていただいたことがあります。……大変、失礼な真似を……」

数分前まで、ダグマイアはクロスのことを……いや、カバジードのことを、気にくわない相手だと思っていた。本人はそれを表情には出さないようにしていたが、それでも相手がカバジードともなれば、自分の内心を読んでもおかしくはない。

事実、先程は跪いている状態であるにもかかわらず、自分の内心を読まれたのだから。

背筋を冷たくしながら、ダグマイアは何を言えばいいのか迷う。

「ふふっ、気にしなくても構わないよ。先程言ったように、今日の私は機嫌がいいのだから」

「深紅、ですか。カバジード殿下がそこまで執着するのは、どうかと思いますが」

ドラッツェル侯爵が、渋々といった様子でカバジードの機嫌のいい理由を口にする。

カバジードはそんなドラッツェル侯爵の言葉を聞きながらも、笑みを浮かべる。

「そうだね。普通に考えればそう思うのだけど……不思議なことに、彼には惹《ひ》かれる何かがあるんだ。……ああ、もちろんそういう意味ではないからね？」

ドラッツェル侯爵親子が、惹かれると口にしたカバジードの言葉に驚いた表情を見せたのに気がついてそう告げると、二人は心の底から安堵《あんど》した様子を見せる。

カバジードの外見は非常に整っており、柔らかな印象を抱かせる貴公子といった風貌《ふうぼう》をしているだけに、中には男であっても本気でその手の感情を抱く者がいた。

それだけに、カバジードの口からそのような言葉が出れば慎重にならざるをえない。

そんな二人に笑みを浮かべたカバジードだったが、次の瞬間には真面目《まじめ》な表情で口を開く。

「私が聞いた話によると、ヴィヘラが戻ってきて色々と動いているらしい。そしてレイは、ヴィヘラの仲間だとか。……レイとヴィヘラ。この組み合わせは危険だと思わないかい？　だからこそ、私はレイを引き抜きたいんだよ。戦力としても十分だしね」

そう言いながらも、カバジードは自分の中にあるどこか不思議な……先程も口にしたように、レイに惹かれるといったことを感じていた。

もちろん、ドラッツェル侯爵親子に言ったように、異性に向ける愛情でレイを欲しいと言っているわけではない。何人かの男には本気で好意を抱かれているのは知っているが、カバジードの恋愛対象は女性だ。それだけに、自分がレイに抱いている好意や惹かれている理由が、そういう意味ではないというのは自分が一番よく知っていたし、断言出来る。

「ヴィヘラ殿下ですか。……こう言うのも何ですが、厄介な動きをしているようですね」

カバジードの派閥の中でも有数の実力を持つドラッツェル侯爵だけに、当然その辺りの情報も掴《つか》んでおり、ヴィヘラが動いているという言葉に眉を顰《ひそ》める。

ドラッツェル侯爵にとって、ヴィヘラという皇女……いや、すでにベスティア帝国を出奔したのだから、元皇女と言うべきだろうが、とにかくヴィヘラという人物は扱いに困る。

カバジードほどではないとはいえ、国民からは高い人気を持つ。

本人は皇位継承権といったものには全く興味を持たず、それこそ戦いこそが全《すべ》てなのだが。

ともかく、戦力として十分以上の深紅と、帝国内でも人気の高いヴィヘラという二人ともが厄介な存在なのは間違いないのだし、その二人が手を組み、他の者たちもそんな厄介な二人に手を貸し、余計に大きな厄介事になるのは目に見えている。

であれば、レイを引き抜きたいというカバジードの言葉にも渋々ではあるが納得出来る。

もっとも、カバジードも今日は最初からレイを引き抜くために街中に……それも一人で出た訳ではない。本当にレイと遭遇したのは偶然なのだ。

だからこそ、よけいにカバジードはレイに惹かれていたのかもしれないが。

「とにかく、レイは可能な限り引き抜くようにしてみよう。……その際、私の派閥からレイを狙っているような者がいた場合、問題になると思わないかい？」

そう言い、ドラッツェル侯爵親子に視線を向けるカバジード。

何を言いたいのかは、それこそ考えるまでもなく明らかだ。

「分かりました。では、派閥の者には言い聞かせておきましょう。……ダグマイア、お前もだ」

ダグマイアがレイの暗殺を狙《ねら》っていることは父親のドラッツェル侯爵も把握していた。止める様子がなかったのは、ドラッツェル侯爵もレイに対して思うところがあったからだ。だが、主君と決めたカバジードの言葉があれば、その考えは違ってくる。

ダグマイアもそれが分かっていたので、渋々といった様子だが頷《うなず》く。

「分かりました。私もこれ以上は手を引きます」

その言葉を聞いたカバジードは、笑みを浮かべる。

……ただし、その笑みはあくまでも口だけで浮かべている笑みでしかなかったが。

もしかしたら、ダグマイアが自分の命令を聞かずにレイにちょっかいを出すかもしれない。短時間だが、ダグマイアと接したカバジードは、その可能性が決して低くはないと思えたのだ。

「とにかく、今日は収穫があったのは間違いないが……安心して欲しい。このようなことは、そう何度も行わないから。そこまで心配するようなことにはならないよ」

カバジードの言葉に、ドラッツェル侯爵は安堵する。

深紅の異名を持つレイは非常に憎い。憎いが……それでも、カバジードが多少なりとも自重をし、今回のような行動をもう取らないというのであれば……と。

「ともあれ、今は闘技大会だ。大会が終わったあとで、一体どのようなことになるのかは分からない。分からないが……それでも、色々と楽しいことになるのは間違いないだろうね」

そう告げるカバジードの笑みは、優雅という言葉がこれ以上ないほどに相応しい。

……だが、その目にある虚無感に気がつく者は誰もいなかった。

◆◇◆◇◆◇

闘技大会に深紅が出場したという話は、瞬く間に帝都中に広がった。

そうなれば春の戦争においてレイに対して恨みを持っている者たちや、長年の敵対国のミレアーナ王国に異名持ちの冒険者が新しく生まれたことを喜ばない勢力が活動を始める。

公の場にレイが姿を現したことから、これまで流れていた情報——筋骨隆々の大男——が間違っていたという話も広がっていく。

闘技場で直接レイを見た者が多いのだから、その情報が広まるのは速かった。

特にレイ自身の顔が繊細な印象を受ける女顔という影響もあり、闘技大会を見に来ていた女、それよりも少ないが男もレイを好む者も少なくなく、結果的に深紅という人物がどのような人物なのか瞬く間に広がっていく。

そうなれば、当然帝都にいる他国の情報員、帝国内部の不穏分子も情報を得ることは難しくなく……それは自らの主君を軟禁されている第三皇子派と呼ばれる集団も同様だった。

「あら、随分とレイも派手にやってるわね。もうここまで情報が聞こえてくるなんて」

その情報を聞いて嬉《うれ》しそうに笑ったのはヴィヘラ。

帝国内の人気や実力の関係もあり、今では第三皇子派の旗頭に据えられている人物だ。

ヴィヘラとしては弟の派閥の旗頭になるつもりはなかったのだが、テオレームに要望され、さらには自分の熱心な信奉者のティユールにも要望されては断りきれなかった。

特にティユールは第三皇子派と合流してからは自らの伝手《つて》を使って多くの情報を集めている。

まだどこの派閥にも属していない者、派閥に属してはいるが、能力がありながらも上に睨《にら》まれている者たちを得意の弁舌で引き込み、第三皇子派に所属させるのは無理でもその派閥から抜けさせて中立とし、結果的に他の派閥の戦力をいくらかでも弱めることに成功していた。

それもこれも、全ては自らが敬愛するヴィヘラのため。そんな思いで活動していたティユールにしてみれば、入って来た情報でヴィヘラが喜んでいる理由に首を傾《かし》げざるをえない。

「テオレーム、ヴィヘラ様のあの喜びようは……」

ティユールに視線を向けられ、一瞬言葉に詰まるテオレームだが、このまま事情を隠しておいて後々事態が混乱するのは避けた方がいい。そう判断して口を開く。

「深紅の異名を持っているレイとヴィヘラ様は、ミレアーナ王国にある迷宮都市エグジルで出会った。その際に色々と事情はあったのだろうが、最終的にはお互いに本気で戦い……ティユールも知っているだろう？　ヴィヘラ様が自らより強い相手を求めている、というのは」

「だが、それはあくまでも実力であって、ああまで嬉しそうな顔をなされるのは……」

まさか。そんな嫌な予感を抱いたティユールだったが、不幸なことにその嫌な予感というのはこれ以上ないほどに当たっていた。

「そうだ。ティユールの予想通り、自分と互角以上に戦うレイを相手にして、ヴィヘラ様の中ではあの者の存在が大きくなってしまってな」

最悪の予想が当たった、と短く呟くティユール。

その声は低く、テオレームにして嫌な予感を抱かざるをえないものだった。

「ティユール、もしレイに妙な真似《まね》をしようとしたら、ヴィヘラ様がどんな行動をとるか分からないぞ」

春の戦争が起きるまではレイという規格外の存在を危険視し、何とか排除しようと暗躍していたテオレームのものとは思えない言葉だが、それも当然だろう。去年までであれば、レイとヴィヘラは全く何の繋《つな》がりもなかったのだから。

しかし、今は違う。レイとヴィヘラの間に確固とした繋がりが出来てしまっている。それも、ヴィヘラの方がレイに対して強く好意を抱いているという形で。そんな状態で自分の部下がレイに手を出せばどうなるか。下手をすれば、第三皇子派の壊滅という結末すら脳裏をよぎる。

戦って負けるのならまだしも、恋愛関係のゴタゴタで内部崩壊。そんな結末を迎えることは、テオレームも絶対に避けたかった。

「そうかもしれませんね。ですが……一度その者と直接会ってみてから決めるとしましょう」

「……私としては、あまり勧められないが」

レイという存在は、良くも悪くも個性が強い。我が強いと言い換えてもいいだろう。

それゆえに、合う人間は非常に友好的な関係を築けるが、合わない人間は嫌悪感すら抱く。

そして、ティユールは恐らく合わない人間だろうというのがテオレームの予想だった。

ヴィヘラを崇拝しているティユールだけに、ヴィヘラに対するレイの態度を見ればまず許せないだろうと。強さを求めるヴィヘラの信者らしく、実はティユールも、その辺の冒険者や騎士では手が出せないほどの実力を持っている。そんな人物だけに、レイと戦ったりすれば間違いなく周辺の被害が凄《すご》いことになるだろう。

「……そうなると、なるほど。では……いや、しかし。ああ、その流れでいけば……」

何やら呟《つぶや》いているその内容は、第三皇子派としての活動のものなのか、レイに関係するものなのか。微妙に怖くて、聞くに聞けないテオレームだった。

だが、そんな内心の懊悩《おうのう》を消すかのようにテオレームに対して声がかけられる。

「失礼します、テオレーム様。ゼーオッタ―男爵が行動を共にしたいとのことです。詳しいことはこちらの手紙に」

伝令の兵士からの報告と手紙を受け取ったテオレームは微《かす》かに眉《まゆ》を顰める。

「ゼーオッタ―男爵が？　彼は第一皇女派だったはず。それが、何故《なぜ》私たちに」

呟きつつ手紙の封蝋《ふうろう》を確認するが、そこにあるのは確かにゼーオッタ―男爵家の家紋の封蝋。

テオレームはレイの報告を聞いて機嫌がよさそうにしているヴィヘラの下に向かう。

「ヴィヘラ様、ゼーオッター男爵からです。こちらと行動を共にしたいとのことですが……」

言葉尻《ことばじり》を濁して呟くその様子に、手紙を受け取ったヴィヘラは一瞬考え、すぐに思い出す。

「確か姉上の派閥の人、よね？」

「はい。なのに、私たちと行動を共にしたいというのはおかしいかと。ヴィヘラ様がいるからとも考えられますが、そうなると他の問題も出てきます」

「他の問題って……何かしら？」

「この機会にヴィヘラ様に危害を加えようとしている可能性は十分にあります」

「姉上がそんな馬鹿な真似をするかしら？　別に私を可愛がっていたとかそういう問題じゃなくて。もしこの状況で私に手を出して失敗でもしたら、私は確実に姉上の敵に回るわ。私の力を知っている姉上が、そんな真似をすると思う？」

「確かにあの方がそんな危険性の高い策を取るとは思えませんね。では、どのような理由でゼーオッター男爵を送ってきたとお思いで？」

「そうね、意外と姉上も純粋にあの子をどうにかしようと思っているんじゃないかしら」

「……そう、でしょうか？」

実の妹であるヴィヘラの言葉でも……いや、実の妹であるからこそ、信じられない。

そんな思いでテオレームは言葉を濁す。

実際、第一皇女は柔和で有名だ。だが、そんな人物が自らの派閥を作って皇位継承権の争いに首を突っ込むか？　と問われれば、テオレームも首を傾げざるをえない。

「姉上は基本的には善意の人と言ってもいい。だからこそ、今回の件もやりすぎだと判断して私たちに手を貸してくれているんだと思うわ」

「……それでしたら、このような迂遠《うえん》な真似をせずとも直接私たちに助力してもよいのでは？」

レイは一先《ひとま》ず置いておくことにしたのだろう。ティユールがそう尋ねてくる。

「普通はそう思うでしょうけど、姉上が本気で皇帝の地位を狙っているのも事実なのよ。もっとも、その理由はこのままだと兄弟同士で血みどろの争いになるという思いからでしょうけど」

「しかし、結果的に三つ巴《みどもえ》……いえ、我々を合わせると四つ巴になってしまっていますが」

「兄上たちの権力欲を考えると、それがいいと考えているんでしょうね。恐らくは最もいい形でどうにか落ち着かせようとしている。私はそう考えているわ」

ヴィヘラの言葉に、テオレームとティユールの二人はそれぞれ考える。

テオレームの場合は、自分たちの狙いが軟禁されている第三皇子の救出だと知られていること。それを知ったときは胆が冷えたが、協力して貰《もら》えるならむしろ好都合であると考え直す。

（けど……そのために帝都に混乱を起こしたとして、それでも私たちに協力してくれるのか？）

自分たちの行動は、第一皇女の掌《てのひら》の上なのではないか。そう考えてしまうが、すぐにそれは別の感情によって塗りつぶされる。すなわち、だったらどうした、といったものだ。

今は第一皇女の掌の上なのかもしれない。だが、自分が皇帝に相応《ふさわ》しいと判断し、忠誠を誓っているのはあくまでも第三皇子だ。

第一皇子でも、第二皇子でも、そして第一皇女でもない。

自分たちの行動が掌の上の出来事であるというのなら、その掌から抜け出せばいい。罠《わな》があるのなら、食い千切ればいい。それでも邪魔する者がいるのなら、その掌の持ち主の喉《のど》を食い千切る。

そんな風に考えている自分に気が付き、テオレームは内心で苦笑した。

（何だかんだと言っても、私もレイに大きく影響を受けているのかもしれないな）

罠を力ずくで何とかするという時点でレイを連想する辺り、テオレームの中ではやはりレイはそのようなイメージなのだろう。もっとも、実際に以前何度も仕掛けてきた罠をレイに力ずくで破られている以上、決して言いがかりではない。

そんなテオレームの様子を眺めていたヴィヘラは、手を叩《たた》いてこの場にいるテオレームとティユールの注目を集める。

「さて、何をするにもまずは戦力が必要よ。いざ、ことを起こしたときには、帝都にいるレイやラルクス辺境伯を始めとした人たちも協力してくれることにはなっているけど、最初からそれを当てにするというのはどうかと思うしね」

「そう、ですね。私は深紅という人物との面識はありませんから、そちらは何とも言えません。ですが、他国の者の協力を得てことを起こすのは、外交的に不味《まず》いのも事実です」

ティユールの言葉にテオレームが同意するように頷き、いざというときに備えて戦力を増やしておくという結論で話は纏《まと》まった。

「けど単に戦力を増やしても有象無象になるかもしれないわね。訓練もしっかりやる必要があるわよ？」

「私にお任せ下さい。それと戦力ですが、何人か魔獣兵をこちらに引き入れることが出来るかもしれません」

「へぇ。シアンスがいないと思ったら、そういうこと？」

テオレームの副官であるシアンスの姿がないのを不思議に思っていたヴィヘラの言葉に、ティユールもまた納得して頷く。

「言われてみると、ここ数日彼女の姿を見ませんでしたね。しかし、魔獣兵は現在厳しい監視の下にあるという話を聞いたのだけど？」

「……幸い、私に対して好意的な者が多くてな。向こうから接触してきた。困ったものだ」

そう口にしつつも、テオレームの口元には紛れもない笑みが浮かんでいた。

「魔獣兵、聞いた話によると粗暴な者が多いという話だが……その辺は大丈夫なんだろうね？」

魔獣兵の素体とされた者たちの大半が犯罪者なのを思えばティユールの心配も無理はない。

強力な戦力かもしれないが、それゆえに内部で暴れられては堪《たま》ったものではない。

そんな危惧《きぐ》を抱くティユールに、テオレームは頷きを返す。

「一応、こちらを攻撃してくる可能性も考えてはいる。もし何かあったとしたら、この手でその始末を付けさせて貰おう」

◆◇◆◇◆◇

帝都にある屋敷の一室。その中で、二人の男女がお互いにこれからのことを相談していた。

「さて、目標は外を出歩くようになったし、大分油断もしてきているように見えるけど……」

「そうだな。傍《はた》から見れば油断しているようには見えるかもしれない」

意味ありげにお互いに視線を交わすのは、鎮魂の鐘のメンバーのムーラとシストイ。

以前ダスカー一行を襲ってからも、そのあとを追ってきており、今は帝都で獲物に牙《きば》を突き立てる準備を整えていた。

「気が緩んだってことで、他《ほか》の組織も襲撃を考えているみたいだけど……どうでしょうね」

「闘技大会の予選も終わって、本戦が始まるまでの気が抜けているところを狙《ねら》うってのはおかしい話じゃない」

そう告げるシストイの表情には、気にくわないという色が浮かぶ。そんな相棒を眺めつつ、ムーラはテーブルの上に用意してあった一口ほどの大きさの果実を口に放《ほう》り込む。

柔らかな甘みの中に、微かな酸味と渋み。その癖になる味に笑みを浮かべつつ、口を開く。

「今の状態が気にくわないの？」

「ああ。多分今襲いかかっても勝てない。特に昨日出かけたときから気配に物凄《ものすご》く鋭敏になっている。……恐らく俺たちが見失ったときに襲われたんだろうな」

「見覚えのない男と一緒に消えたんだっけ？　どこかの組織の手の者だったんでしょうね」

よけいな真似をしてくれた、と口にするムーラ。

ムーラも勘の鋭いシストイも、まさかレイが遭遇したのがベスティア帝国における唯一のランクS冒険者のノイズが変装した姿だったとは思いも寄らなかったのだろう。そして、レイが容易に勝てないと判断した相手でもあり、その結果レイの気配が鋭くなっているということも。

前日に引き続き、今日もレイが宿から外に出歩いているという報告は監視の者から入っている。普通に考えれば、本戦出場が決まったことにより浮かれていると判断してもいい。だがシストイにしてみれば、それは自らを囮《おとり》にして敵を誘《おび》き寄せているようにしか思えなかった。

少しでも自らに危機を感じさせ、より鋭くその牙を研ぐための獲物を探すために。

深紅という人物の正確な風貌《ふうぼう》が明らかになった現在、その命を狙っている者の数は優に数十を超えていた。その全《すべ》てが自分たちのような組織ではなく、個人で狙っているような者もいる。

「……じゃあ、どうする？　上からはまだ何も言ってきていないけど、依頼主からは間違いなくせっつかれているはずよ？」

鎮魂の鐘としては、ムーラとシストイの二人はこれまで仕事の失敗をほとんどしたことがないだけに、信頼している。今の状況で手を出さないのは、何らかの理由があるのだろうと。

「深紅相手に無茶を言わないで欲しいんだけどね。有象無象はレイの体力を消費させるって意味ではいい駒《こま》だし。私の人形を使わなくてもいいんだから、むしろ今の状況は好都合よ」

「それでも、依頼主としては気が気ではないんだろう。自分たちの憎き仇《かたき》でもある深紅が他の奴《やつ》らに殺されるというのは……な」

シストイはムーラの前にある皿に手を伸ばし、果実を数個ほど自分の口に放り込む。

「ちょっと、これは私のなんだけど」

「少しくらいいいだろ」

「……しょうがないわね。それにしても、どうせ深紅が死ぬのなら、誰の手にかかって死んでもいいじゃないって思わない？」

「それこそ、自分たちが雇った者が深紅を殺すということに意味があるんだろう。もしも他の組織の者に先を越されたら、それは自分たちで仇討ちを出来なかったということになるし」

「死んだら死んだでいいと思うんだけどね」

愁いを帯びた眼差《まなざ》しのムーラが、部屋の窓から外を見る。裏社会でも有数の腕利き組織として有名な鎮魂の鐘に所属するムーラは、自分の腕や相棒のシストイの腕には自信がある。

だが、もし自分たち以外の存在が深紅を殺してくれるのなら、願ったり叶《かな》ったりだ。幾度か見たレイの戦闘能力。シストイと二人で挑むのなら決して負けるとは思えないし、思いたくもないが、それでも驚異的な能力を持っているのは間違いない。

闘技大会の予選でも一応見学に行き、レイがどのような魔法を使うか目にすることが出来た。

炎の球が爆散して無数の小さな炎の球になって広範囲を攻撃する魔法。

炎の矢を大量に出現させ、それで周囲を一掃するという魔法。

共に広範囲を攻撃する魔法であったが、恐らくそれは多数を一気に相手するため。もっとも、深紅という異名が知れ渡ったのは炎の竜巻の件からであり、元々広範囲魔法が得意なのだろうというのは予想出来ていたことではあるが。

「少しでも向こうの手の内は分かったからよしとしておきましょうか。それに……」

ムーラの視線が向けられたのは、テーブルの上にある果実……ではなく、革袋。

そもそも、ムーラが食べている果実は帝都ではそれなりに高級品で、ムーラたちの稼ぎでは絶対に買えない……とまではいかないが、ある程度の出費を覚悟しなければならないものだ。

それを買うことが出来たのは、革袋の中に入っている金貨や銀貨があるから。

その金貨や銀貨をどこで手に入れたのかといえば、予選でレイに賭《か》けて勝った賞金である。

予選を見に行ったついでに、絶対に勝つ勝負だと知っているムーラはレイに賭けたのだ。

もちろん、レイやダスカー一行のように大金を賭けた訳ではない。そこまですればダスカー一行に自分たちの存在に気が付かれるかもしれないので、普通に賭ける程度の金額だった。

だが、レイだけに一点賭けした結果、その金額は大きく跳ね上がることになる。

その結果が、現在ムーラの目の前にある果実や、その近くに置かれている革袋だった。

「私たちに利益をもたらしてくれたし。それを考えれば、今は手を出さないでおいてあげましょ。他の人たちが私たちの代わりに向こうの戦力を減らしてくれればそれでいいし」

「……もし他の奴らに深紅の首やラルクス辺境伯の首を獲《と》られたら？」

「それこそありえないでしょ。……ま、もしそうなったらそうなったでいいんじゃない？　依頼人が何と言おうと、私たちの目的は深紅とラルクス辺境伯の命を奪うことなんだから」

小さく笑みを浮かべたムーラはそう告げ、再び果実に手を伸ばすのだった。

◆◇◆◇◆◇

「なぁ、どこに行くんだよ？」

街中を歩きながらレイに尋ねるのは、クレイモアを背負ったルズィ。その隣にはヴェイキュルとモーストという、ルズィとパーティを組んでいる『風竜の牙』の他のメンバーの姿もある。

そしてロドスもまた、どこか呆《あき》れた表情を浮かべながら一行の後ろをついてきていた。

レイの弟子一同とも呼べる一団だけに、それなりに目立つ。

レイはドラゴンローブのフードを被《かぶ》っているおかげで正体がバレていないが、それでも見る者が見ればレイ以外の者たち全てが闘技大会のフードを被っているのは見て取れる。

そんな面々と一緒にいるのだから、当然フードを被っている正体不明の人物――レイ――も何らかの関係者であるというのは、帝都の住人にしてみれば明らかだった。

「おいおい、あれって確か……」

「ああ。全員闘技大会の本戦出場者だ。……ん？　あのローブを着ている小さいのは分からないな」

そんな声をローブの中で聞きながらも、微かに眉を顰《ひそ》めてその場を通りすぎていく。

この場で自分の正体が知られたりしたら、騒動に巻き込まれるのは確定だったためだ。

だが、本戦出場者がここまで固まっていれば周囲から注目を浴びないはずもなく、結局は目的地に到着するまで注目を浴び続けることになる。

「ここだ」

「ここは？」

視線を浴び続けながら到着した場所は、帝都の外れにある場所。

城壁の近くにあり、周囲に人の姿はほとんどない。

無人ではないが街中と比べると圧倒的に人の目は少ないし、かつては何か大きな建物があったと思《おぼ》しき広い土地であり、地面には周囲からの視界を遮るススキのような草が生えている。

「訓練するにも、本戦が始まると色々な手段を使ってくる奴もいるしな。それに、こっちの戦闘方法を分析しようとする者もいる。それを防ぐために、宿の人間から教えて貰ったんだ」

確かにこれからの闘技大会の本戦はトーナメント形式となる。つまり予選のバトルロイヤルとは違い、対戦相手の情報を集中して集めることが出来るし、必要になってくる。

情報は力。それは地球でもエルジィンでも変わらないのだから。

「だからこそここで訓練をしようと思った訳だ。……俺たち同士が当たらないとも限らないから、秘密にしておきたい技とかがあったらそれは使わない方がいいと思うけどな」

「ふーん、にしても意外だな。あの宿ってそういうのまで面倒みてくれるのか」

レイの言葉を聞いていたルズィの言葉に、他の面々も同意するように頷《うなず》く。

「伊達《だて》に帝都の中でも最高の宿って言われてる訳じゃないんだろ」

普通、人がほとんどいない場所となれば、スラムの類《たぐい》が真っ先に思い浮かぶだろうが、ここはスラムではない。そのため、ちょっかいをかけてくる者がほとんどいないのだ。

「さて、訓練を始めるか。……悪いが、今日は俺もちょっと本気で訓練したい気分なんだ」

レイの言葉に、心底嫌そうな声を上げたのはルズィ。

『風竜の牙』の中ではもっとも有望だからこそ、レイの訓練に付き合わされることも多い。だというのに今まで以上に本気で訓練をするというのだから、本戦が行われる前に自分が疲労で脱落するのではないかという、末恐ろしい想像が脳裏をよぎる。

「何だってそんなに急にやる気になってるんですか？」

ルズィがそんな目に遭うのは可哀相《かわいそう》……という訳ではなく、純粋に疑問に思ったモーストがレイに尋ねる。モーストにしてみれば、レイに鍛えられればルズィは強くなり、闘技大会はもちろん、今後依頼を受けるときも『風竜の牙』の総合的な実力が上がるのだから、文句はない。

そんなモーストの言葉に、他の者たちもまた同様に不思議そうな視線をレイに向ける。

「そうだな……分かりやすく言えば……壁が現れたから、だな」

脳裏をよぎるのは、世界で三人しか存在しないと言われているランクS冒険者のノイズ。

直接戦った訳ではない。ただ話しただけ。それにもかかわらず、背筋が凍るような畏怖《いふ》と恐怖を自らに染みこませた相手。もしあの相手と戦うことになったとき、自分は勝てるか？　そう自問自答するものの、決して勝てるとは言い切れない自分がいる。

だからこそ今は少しでも力を高め、いざというときに備える必要があった。

もしヴィヘラたちが行動を起こしたとき、もしかしたらノイズの前に立《た》ち塞《ふさ》がるのは自分の役目なのかもしれないのだから。

第四章

「うわぁ……物凄い人だね」

無数のざわめきが響き渡る中、そんな声がレイの耳に聞こえてくる。

視線を向けると、そこでは心底感心したヴェイキュルが周囲を見回していた。

普段であればそんな真似《まね》をしていれば非常に目立つのだろうが、今は他にも同じような者が大勢いる。それゆえにほとんど目立たないですんでいた。もっとも、客席から見ている者たち……特に貴賓席にいるだろう貴族の観客たちの目には目立って見えているのかもしれないが。

そう、現在レイたちがいるのは闘技場の中心部分に存在している舞台の上。

そこに、予選二十ブロックを勝ち抜いた本戦参加者たちが勢揃《せいぞろ》いしているのだ。

(人数が六十人どころじゃなくて百人くらいまで増えているのは、恐らく貴族とかの後援を受けている奴だろうな。見覚えのない奴も多いし)

内心で呟《つぶや》くレイだったが、全ての予選を見ていた訳ではない。それでも、試合を見ており一目見て強いと分かる相手であれば、忘れるようなこともないだろう。

「さすがに予選を通過した人たちですね。どの人も一筋縄ではいかないように見えます」

ヴェイキュルが近くにいるということは、当然他の『風竜の牙』のメンバーも近くにいる訳で、モーストが憂鬱《ゆううつ》そうに呟く。本戦からはトーナメント形式。すなわち一対一の戦いになるのだ。純粋な魔法使いのモーストにしてみれば、一回戦を勝ち抜くのすら難しいと思える厳しさだ。

「落ち着けって。ほら、魔法使いは他にもいるからよ」

モーストの背中を思い切り叩《たた》くルズィ。ただでさえ大きなクレイモアだが、ルズィの使っているクレイモアは普通の物よりもさらに大きい。そんな物を振り回す腕力で背中を叩かれれば、当然魔法使いのモーストは耐えきれず前につんのめり……そして見知らぬ誰かにぶつかる。

「……気をつけろ」

ボソリと呟かれたその声の持ち主は、顔に幾つもの傷跡が残っている歴戦の戦士といった風体の男だった。無駄口は好まないと一言だけ口を開くと、そのまま前に向き直る。

「あ、す、すいません」

頭を下げたモーストは、すぐに自分の後ろで面白そうな笑みを浮かべているルズィを睨《にら》む。

「僕をルズィみたいな馬鹿力《ばかぢから》の持ち主と一緒にしないでくださいよね！」

「悪い悪い。けど、俺たちだって本戦出場者なんだ。言ってみればみんな同格だろ」

ルズィの口から出た言葉が聞こえたのだろう。周囲にいる他の本戦出場者たちからの強い威圧を込めた視線が向けられる。

あたかも、自分たちをお前たちのような奴らと一緒にするな。そう無言で告げるかのように。

普通であれば、恐らくその視線に萎縮《いしゅく》しただろう。……だが、幸か不幸かルズィはとても普通とは言えない性格をしていた。自分に向けられる視線に気が付きつつも、鼻で笑って気にした様子も無く口を開く。

「にしても、わざわざ開会式で一日潰《つぶ》すのはどうなんだろうな。このまま一回戦を始めちまえばいいのによ。これだけ人数がいるんだから、時間がかかるのは分かりきってるだろうに」

ルズィの言葉に同意するレイ。本戦参加者の正確な人数は分からなかったが、それでも百人を超えている。トーナメント形式だと、一回戦だけで五十試合は行われることになる。

その試合も、参加者が実力者である以上はすぐに決着がつかないものも多いだろう。一回戦だけで最低でも数日……下手をすれば一週間以上かかるというのが、レイの予想だった。

（一番時間のかかる一回戦が終わってしまえば、それ以降はどんどん試合数が少なくなっていくんだけど。……総当たり戦じゃなくてよかったな）

もし百人を超える人数で総当たり戦を行えば、運の要素はほとんど排除された純粋な実力でそれぞれの順位を決めることが出来るだろう。だが、それと比例するように闘技大会の終了まで時間がかかるのも事実であり、レイとしてはそれは遠慮したいことだった。

『皆、静まれ！　ベスティア帝国皇帝、トラジスト・グノース・ベスティア陛下の御出座《おでまし》である！』

響き渡った声は、予選のときに実況をしていた人物が使っていたのと同じ仕掛けを使っているのだろう。だが、その声は実況の人物とは比ぶべくもないほどに威厳に満ちている。

そう。皇帝本人ではなく、その部下であろう貴族、あるいはただの侍従と思われる人物の声にもかかわらず、それほどの威厳が込められていたのだ。

『本来なら跪《ひざまず》いて皇帝陛下をお迎えするのだが、この場にはベスティア帝国以外の者も大勢おり、この場は闘技大会の開会式だ。よってそのままの体勢で皇帝陛下の御言葉を拝聴するように』

その声に従い、舞台の上にいる全員が整列する。

視線が向けられているのは、皇帝専用の観客席。そこに一人の人物が姿を現す。

『皆の者、ご苦労。今年もまた血湧《わ》き肉躍る戦いを見ることが出来て嬉《うれ》しく思う。

この闘技大会で必要なのは身分や金、権力といったものではない。力だ。全《すべ》てを倒した者こそが、闘技大会の頂点に立つ。……しかし、今年の闘技大会は少し事情が違う。

『力というものを理解出来ていない者が多かれ少なかれ存在する。それが証明されたのが、春に起きた戦争だろう』

自国の負け戦を、皇帝が認める。そのことを意外に思いつつ、レイの視線も他《ほか》の参加者たちと同じく言葉を発している皇帝に向けられていた。

自分が敵対した国の皇帝。自分に想《おも》いを寄せているヴィヘラの父親。色々な思いがありつつも、向けられたその視線に映し出された男の印象は獅子《しし》だった。

鬣《たてがみ》のような髪の毛がそう見えるのだろう。

レイの知っている獅子というのは、基本的に雄は何もしないことが多い。獲物を仕留めて餌《えさ》を獲《と》ってくるのも雌が行い、怠け者に近いといってもいい。

だが、レイの視線の先にいる獅子は違う。年齢こそ老齢に入っているようだが、その体躯《たいく》には些《いささ》かの衰えもなく、皇帝という立場にありながら十分以上に鍛えているのは遠くから見ただけでも理解出来た。そして何より、見ているだけで圧倒されるような威圧感。

レイは数日前にランクS冒険者のノイズという化け物を前にしていたためか、圧倒されるような感じはしても身動きが出来ないほどではない。だが、それ以外の者たち……特にベスティア帝国以外の参加者たちは、声の主に圧倒されていた。

百獣の王としての獅子。それこそが、レイの視線の先にいるベスティア帝国の皇帝、トラジスト・グノース・ベスティアという人物だった。

『あの戦争では、我が軍が負けた。だが、それもまた力が足りなかったからで、ミレアーナ王国に強き力が存在したからこその結果である』

呟きつつ、視線を動かす皇帝。その視線が向けられる先は、たった今自分が口にした強き力。すなわち、深紅と呼ばれている男……レイだった。

（ほう）

視線を真っ正面から受け止め、何ら臆《おく》した様子すら見せずに見返してくる。

レイが行ったのはそれだけだったが、それでも皇帝は内心で称賛した。

自分が周囲に放っている重圧がどれほどのものかを理解しているからこそだ。

（だが……このあともそのままの態度でいられるか？）

軽い愉悦すら感じながら、皇帝は口を開く。

『そう、力。つまり我が帝国軍には力が足りなかった。ならばどうする？　簡単なことだ。その力を得るべく必死になればいい。壁に挑戦せよ。乗り越え、破壊し、あるいは避《よ》けるだけでもいい。だが、決してその壁の前で動きを止めるな。そのための壁は余が用意した』

一旦《いったん》止まる言葉。同時に、皇帝の横に一人の人物が進み出る。

その人物……一人の男を見た瞬間、皇帝の前だというのにその男の正体を知る者たちがざわめきの声を上げた。

もしもここが謁見の間であれば、非難されて当然の行動。だが……皇帝の横にいる人物は、それほどの衝撃を与える人物。

ベスティア帝国に所属しながら、それでいて姿を現しただけで皇帝に勝るとも劣らぬほどの強い衝撃を周囲に与える人物。すなわち……

『我が帝国が世界に誇る冒険者。不動の異名を持つ、世界で三人しか存在していないランクS冒険者、ノイズ。余はベスティア帝国皇帝の名の下に、この者を本戦の参加者として推薦する』

轟《ごう》！

皇帝の言葉と共に、衝撃が闘技場の中を駆け巡る。

観客たちは喜びの声を上げ、闘技大会の本戦参加者たちですらも自分たちの対戦相手になるかもしれないというのに、同様の声を上げている者が多い。

だが……そんな中でも、少数の人員は喜びは喜びでも強敵に出会えた喜び、獰猛《どうもう》な笑みといったものを浮かべていた。相手は文字通りの意味で世界の頂点に立つ存在。自らの力がどこまで届くのかを試してみたいと。そんな数少ない人物の中には、当然レイの姿もあった。

（あの男に……勝つ）

ブワリ、とレイから巻き上がる殺気……いや、純然たる闘気とでも呼ぶべき何か。

殺すのではなく、勝ちたい。そう思ったからこそ、殺気ではなく闘気とも呼ぶべきものがレイの身体《からだ》から放たれた。周囲の参加者たちが思わず数歩退《ひ》いてしまうほどの闘気を発しているレイに気が付いたのだろう。貴賓室で皇帝の横に立っていたノイズがレイに視線を向ける。

微《かす》かに歪《ゆが》む唇。自分に勝つつもりなら勝ち上がってこい。無言でそう告げているノイズの態度に、レイもまたやる気を漲《みなぎ》らせる。

そして、ノイズというこの国の頂点の一人に挑もうと考えているのはレイだけではなかった。百人を超える参加者の中のほんの一握りが、レイに呼応するかのように同様の気配を発する。

無言でそんなやり取りをしている中で、皇帝に促されてノイズが口を開く。

『元気のいいのが揃《そろ》っているようで何よりだ。だが、ランクSという地位にある以上、そう簡単には負けてやる訳にもいかん。俺を倒すつもりなら、文字通りの意味で死ぬ気でかかってこい。誰が相手でも、俺はその挑戦を受けよう』

闘技場内に響くノイズの声。静かではあるが、不思議と深いものを感じさせるその声に、場内は一瞬だけ静まり返ったあとで爆発するような歓声が巻き起こる。

下手をしたら皇帝すら上回るだろうカリスマ性。

もちろんそのカリスマ性というのは、ランクSという確固とした立場と実力、実績があるからこそのものだ。それでも、皇帝に負けないほどのカリスマを発揮するノイズの様子に、周囲の者は引き込まれ、魅了され、憧《あこが》れを抱く。

ここにいるのは、皆《みんな》が優勝を狙《ねら》っている者たちだ。だが、そんな者たちですらもノイズという存在を目にし、優勝よりもランクSの伝説と言ってもいい相手と会えたことを喜ぶ。

その異常な事態を理解しつつ、レイもまた身体の中で燃える闘争心を自覚する。

「なるほど、確かに凄《すご》い……な。俺も負けてはいられないか」

こうして、ノイズという存在に驚きつつも闘技大会の開会式は進んでいき、その日は帝都中でこの開会式の様子が、そして数日後に始まる本戦について語られることになるのだった。


「レイ、悪いがちょっと付き合ってくれないか」

闘技大会の開会式が終了し、悠久の空亭に戻ってきたロドスがレイに声をかける。

今のロドスの様子を見れば、何を期待してのことかは明らかだ。

そう、ランクS冒険者という存在に闘争心を抱いているのはレイだけではないのだから。

その証《あかし》に、ロドスの目の奥には隠そうにも隠しきれないほどの闘争心が宿っている。

そして、闘争心を抱いているという意味ではレイもまた同様だった。ゆえに……

「ああ、構わない。ただ、ちょっとセトのところに寄っていくけど、そのあとでもよければな」

一瞬の躊躇《ためら》いもなくそう告げ、レイはロドスと共にダスカーやエルクに一言告げて宿を出る。

目指す場所は、数日前に『風竜の牙《きば》』の面々と共に訓練を行った場所だ。

やる気に満ちている今、宿の中庭で戦うようなことをすれば自分たちの偵察云々《うんぬん》という話ではなく、中庭自体に被害が出かねなかったためだ。

そんな二人の後ろ姿を窓から見送るのはミン。

どこか心配そうな……それでいて嬉《うれ》しそうな表情を浮かべている。

もっともその心配のほとんどが向いているのは、息子であるロドスなのだが。

「心配するなって。別に悪いことをしにいく訳じゃないんだしな」

ミンの背に声がかけられる。声のした方へ振り向くと、そこにいたのは夫のエルク。

「分かっているんだけどね。あの子はやるべきことはやる子だ。だが……だからこそ、一つのことにのめり込みすぎて、他が疎《おろそ》かになることもある」

「ふふん、女に熱中する……か。あのくらいの年齢なら不思議なことじゃないけどな」

「……エルク、一応私は真面目《まじめ》な話をしているんだが？」

どこか茶化すようなエルクの言葉に、ミンは手に持っていた杖《つえ》を持ち上げる。

そんなミンの様子に肩を竦《すく》めたエルクだったが、やがてその顔には獰猛な笑みが浮かぶ。

「何だかんだ言っても、俺はロドスやレイが羨《うらや》ましいけどな。ランクS……不動の異名を持つノイズを相手に戦いを挑めるかもしれないんだから」

不動。それがベスティア帝国における、最高の冒険者ノイズの異名。常勝不敗。誰と戦っても負けることはなく、常に勝ち続け、勝者の座から動かすことが出来ないことからついた異名。

「まさかあのノイズが……異名持ちが出てくるのなら、俺も闘技大会に出場したかったよ」

心底残念そうに告げるその様子に、ミンは溜息《ためいき》を吐《つ》きながら振り上げていた杖を下げる。

夫の性格を考えれば無理はないと思いつつ、その肩に手を伸ばして軽く叩く。

「ダスカー様の護衛に戻ろう。宿の中であっても、何が起きるか分からないしね。特にレイの件が闘技大会で周囲に広まってしまった以上……」

「馬鹿も多く出る、か」

事実、開会式から戻ってきたばかりだというのに、すでにレイに恨みを持つ者が数人、宿に侵入しようとして警備の者に捕まっていた。

悠久の空亭は、ベスティア帝国内でも最高級の宿なのだ。当然警備に雇われている者も非常に優秀で、さらに賓客が大勢宿に泊まっている今は、日頃よりも警備が厳しくなっている。

また、宿に泊まっている人間からの接触もあった。

こちらは幸いレイに危害を加えるというものではなく、同じ宿に泊まった機会に異名持ちの冒険者と知己を得ておこうという考えの者たちだ。もっとも、そちらはレイが面倒くさがってダスカーに断るように頼んでおり、結局目的を達した者はいないのだが。

レイと接触するなら、宿泊者の護衛の冒険者たちの方がまだ可能性があっただろう。事実、『風竜の牙』の三人はレイに訓練を付けて貰《もら》えるほどに親しくなっているのだから。

「ま、レイに何かしようとしても、敵意を持った奴なら返り討ちにあうのが関の山だろうし」

「私としては、やりすぎないかどうかが心配だよ。レイは敵対した相手に容赦しない、苛烈《かれつ》な性格をしてるしね」

その点だけはエルクも同意せざるをえない。

エルク自身は好ましいと思っているレイの性格だが、欠点も当然ある。

その最たるものの一つが、敵対した相手に対しては容赦をしないその性格だろう。

特に今は、闘技大会が行われているということもあって、大勢の人間がこの帝都にやってきている。そんな中でレイが暴れたらどうなるか……それは絶対に想像したくない未来だった。

「何も騒ぎが起きないように祈っておくか」

自分の額に汗が浮かんでいるのを自覚しつつ、エルクは呟《つぶや》く。


どこか拗《す》ねたようなセトの鳴き声にレイは手を伸ばすが、セトは首を動かして手を回避する。

そんなのでは誤魔化《ごまか》されない、と喉《のど》を鳴らすセト。完全に拗ねている様子だった。

「悪かったって。拗ねるなよ、セト」

レイが謝罪の言葉を口にするも、セトは全く許す気配がない。

だが、それも無理はないだろう。レイが帝都に来てからそれなりの日数が経《た》っているが、自分のことに精一杯で、ほとんどセトに構っていなかったのだから。

もちろん全く会いに来なかった訳ではない。レイも暇を見ては厩舎《きゅうしゃ》に足を運んでいたが、それでも旅を続けていたときに比べると、圧倒的にセトと触れ合っている時間は減っている。

それを理解しているからこそ、セトも拗ねているのだろう。

「悪かったって。けど、帝都に来たら今までみたいに行動出来ないって分かってただろ？」

去年までなら、帝都の住民がグリフォンを見ても驚かれるだけですんだだろう。だが、今はグリフォンとレイはイコールで結ばれている。

そう、ベスティア帝国にしてみれば不倶戴天《ふぐたいてん》の敵と言っても過言ではない深紅のレイと、だ。

そんなレイの言葉を聞きながら、セトは喉を鳴らしてそっとレイへ視線を向ける。

自分が自由に外を出歩けば、大きな騒ぎになるというのはセトも理解していた。だからこそ、なるべく厩舎から出さないようにとダスカーがレイに命じ、それをレイがセトに伝えたのだから。

それでも……言葉では分かっていても、やはりセトはレイと触れ合っている時間が少ないのは嫌だった。悲しかった。寂しかった。

体長二メートルを超えており、最近はまた大きくなっているセトだが、まだ生まれてから二年と経っていない。魔獣術で生み出されたのだから精神年齢と年齢が同じではないが、それでもやはりセトにとってレイは大好きな相棒で、甘えたい相手なのだ。

特に、帝都に到着するまで思う存分レイと触れ合う時間があったためか、その反動でよけいにセトの心は寂しさを感じていた。レイもセトの様子を見てそれを理解しているのだろう。再びそっと手を伸ばし、今度こそ避けなかったセトの頭をコリコリと掻《か》いてやる。

それを気持ちよさそうに受け入れるセト。一度撫《な》でられれば、セトもそれ以上レイを拒絶することは出来ず、レイの手に頭を擦《こす》りつける。

「構ってやれなくて悪かったな。ほら、差し入れだ。これでも食って元気を出してくれ」

何？　と小首を傾《かし》げたセトに差し出されたのは、煮込んだ鶏肉《とりにく》と葉野菜を挟んだサンドイッチ。ボリュームたっぷりのサンドイッチに、クチバシを伸ばし……咥《くわ》えてそのまま口の中に。

美味《おい》しいと嬉しそうに鳴くセトに、まだまだあるとミスティリングの中から取りだしていく。

バスケットにたっぷりと入ったそのサンドイッチは、悠久の空亭の料理人が腕によりをかけて作ったサンドイッチだ。その辺の下級貴族では利用も出来ないような宿屋の料理人だけに、その腕は超のつく一流。食材も当然最上級のものが揃っている。

サンドイッチを食べているセトを撫でていたレイだったが、ふと興味が湧きセトに聞く。

「なぁ、セト。そのサンドイッチ、一切れ貰ってもいいか?」

いいよ、と喉を鳴らすセト。

美味しい料理だけに、セトもレイと一緒に食べたかったのだろう。

セトの許可を貰い、サンドイッチに手を伸ばして口の中へ。

パン自体も焼きたてのものを使ったのだろう。しっとりとしており、柔らかな歯ごたえを感じる。

そしてパンを噛《か》み千切ろうと力を入れると、やがて煮込まれた鶏肉が姿を現す。

煮込みすぎれば柔らかくなるのだが、敢《あ》えてそこまでは煮込んでいないため、口の中に肉の食感が広がる。同時に葉野菜のシャキシャキとした歯ごたえと、微かな辛味。

鶏肉の肉汁やソースがパンに染みてはいるが、それは不快になるほどのものでもない。

バターを塗っているためか、鶏肉の濃厚な味に決して負けないそのパンの食感が、口の中に広がっている各種具材の味を一纏《ひとまと》めにしていく。

「……美味《うま》い、な」

出来ればもう一切れ……反射的に手を伸ばしたくなったレイだったが、セトに対する謝罪として持ってきた料理にこれ以上手を付けるのは躊躇われる。喉を鳴らして幸せそうにサンドイッチを次々と食べているセトを眺めていたレイは、ゆっくりとその背に手を伸ばす。

「闘技大会が終わるまでもうしばらくかかる。その間、今までのように遊んでやることは出来ないけど、今回の件が片付いたら一緒に遊ぼうな」

サンドイッチを食べつつも、寂しそうに喉を鳴らすセトが顔をレイに擦りつけるが、その際にサンドイッチの匂《にお》いがしたのは直前の状況から考えて当然だったのだろう。

「なるべく厩舎には顔を出すから。な?」

本当？　と尋ねてくるセトの頭を撫でつつ、レイは頷《うなず》く。

「ああ。俺だって別にセトと遊びたくない訳じゃないしな。だからもう少し我慢してくれ。お前も仲良くなったポチやタマとかいう獣人が遊んでくれるかもしれないだろ？」

セトを落ち着かせるように撫でつつ告げるレイの言葉に、セトは嬉しそうに喉を鳴らす。

新しい友達と遊ぶのは楽しいな、という意思が込められている。

ポチとタマ。悠久の空亭に泊まっている商人の小間使いの獣人であり、愛らしい容姿と言動で他の宿泊客からも密《ひそ》かに人気の犬と猫の獣人だ。

馬の世話をするために厩舎に顔を出しているうちに自然とセトと仲良くなっており、今ではその二人との触れあいは暇を持てあましているセトにとっても楽しみな時間となっている。

そんなセトの頭を撫でつつ、レイは帝都の屋台で買った星形の焼き菓子を取り出す。

「悪いな、セト。じゃあこれを置いていくから、ポチやタマと一緒に食べるんだぞ」

見慣れない食べ物だからだろう。好奇心一杯にセトは焼き菓子に視線を向ける。

そんな現金な相棒に笑みを浮かべ、焼き菓子をその場に残してレイは厩舎を出ていくのだった。


「もういいのか？」

厩舎を出て宿に戻ったレイにかけられる声。

その声の主は、言うまでもなく厩舎に行く前に一緒に行動していたロドス。

初対面のときの印象が非常に悪く、未《いま》だにセトに嫌われているロドスは、レイと共に厩舎に向かうことは出来なかった。もしロドスが厩舎に行っていれば、間違いなくセトの機嫌が直るのにもっと時間がかかっただろう。

ロドスは初めて会ったときはともかく、今はセトを嫌っている訳ではない。

最初に会ったときのセトに対しての態度も、母親のミンがレイに興味を抱いていたのが気に入らなかったというのもある。……もちろん、グリフォンという存在と気楽に触れ合っている母親のことを心配したのは嘘《うそ》でもないのだが。

初対面から一年以上。ずっと共にいた訳ではないが、セトが危険だとはすでに思わない。ゆえに、ロドスはセトとの関係を修復したいと考えてはいるのだが、これまでの経緯からそれもまた難しい。

結局はもう少し時間を置くという、解決を先送りにするという選択をしている。

「……行こうぜ、レイ」

細かいことは今はどうでもいい。

今の自分がやるべきは、よけいなことを考えずに闘技大会で勝ち抜くだけ。

そう判断し、レイの先に立ちながら歩みを進めるのだった。


空気を斬《き》り裂くような風切り音を上げながら目の前を通りすぎていく長剣の刀身を見送ったレイは、そのまま掬《すく》い上《あ》げるようにしてデスサイズの石突きを振るう。

大ぶりの一撃を放ち、その一撃に意識を集中していたために疎かになった足下への一撃。

それに気が付いたロドスは何とか回避しようとするも、間に合うことはなく……地面の上に転がることになる。そして気が付けば、首筋にはデスサイズの刃が突きつけられていた。

「痛っ！　……くそっ」

まともに一撃を食らったのが悔しかったのだろう。地面に左手を叩《たた》きつける。

それを見て、首筋に突きつけていたデスサイズを離しながらレイが口を開く。

「攻撃の威力を高めるのは別にいいが、そっちに意識が集中しすぎて防御が疎かになるのは悪い癖だな。特に本戦のように腕利きが多く集まってると、最初の一撃二撃はまだしも戦っているうちにあっさりと気が付かれるぞ」

「分かってるよ！」

苛立《いらだ》たしげに言葉を返したロドスは、立ち上がって再びレイに長剣を向ける。

ここは、以前レイがルズィたちを連れてきて訓練した場所で、模擬戦には最適の場所といえるだろう。しかも今やっている模擬戦は、模擬戦であって模擬戦ではない。

普段模擬戦で使う刃の潰《つぶ》れた武器ではなく、レイにしろロドスにしろ、本来の自分の武器を使っての模擬戦だ。……デスサイズを模擬戦用の武器として使うのが、そもそも無謀なのだが。

手に持つ重みはほとんど存在しない。それほどの軽さ。

それでいながら、振るわれた方は百キロを超える重量を叩きつけられるという不条理さ。

事実、先程のロドスの足下を抉った一撃も、武器がデスサイズではなくただの槍《やり》であれば……あるいは人外の膂力《りょりょく》を誇るレイでなければ、ロドスもどうにか対応出来たかもしれない。

（相手の身体能力や技量、武器に文句を言ったところで、それは言い訳でしかないけどな）

内心で呟き、ロドスはしてやられた苛立ちを消し去るように深く息を吸う。

そもそも、レイという存在を相手にして模擬戦を行えること自体が幸運なのだ。普通であれば、レイほどの腕利きと剣を交えるなんてことは出来ない。

（父さんは例外だけど、な）

ランクA冒険者で、異名を持つ己の父親を思い出しつつ長剣を構える。

「来い」

そんなロドスに向けられるのは、その短い一言だけ。

ロドスもよけいな言葉は口にせず、ただひたすらレイに向けて長剣を繰り出していく。

ここしばらくの訓練で急激に上達した連続突き。

ロドスの素質と訓練によって生み出されたこの技は、レイも認めざるをえない。

数秒の間に十を超える速度で出された連続突きのことごとくを、振るわれるデスサイズの柄や石突き、刃《やいば》が弾《はじ》いていく。

しかし鋭い連続突きも、いつまでも続けられる訳がない。ロドスの息が切れてゆくに従って突きの速度も落ちていき、やがて一瞬の隙《すき》を突くかのように先程同様デスサイズの石突きが掬い上げるようにロドスの足下を狙《ねら》う。

瞬間、それを察知し後ろに跳ぶロドス。

さすがに同じ攻撃は連続して食らうつもりはなかったのだろう。だが、対処出来たのはそこまでだった。元々息が切れた状態で無理に後方に跳躍したために、それ以上の行動が続かない。

後方に跳躍して動きの止まった隙を見逃さず、レイは地面を蹴《け》ってロドスとの距離を詰める。

瞬間の判断であったために、ロドスが出来たのはただ自分とレイの距離が縮まり、デスサイズの巨大な刃が首に突きつけられるのを見ていることだけだった。

そのまま数秒。首筋に突きつけられていた刃が離れ、レイがデスサイズを肩に担いで口を開く。

「お前の突きは一級品と言ってもいい。だからこそ、その技に頼ることが多いんだろうが、結果的に動きが読みやすくなるから注意が必要だ」

通常の攻撃ではレイに対して有効なダメージを与えられず、結局突きに頼ることになる。

突きに頼ることになるから、より多用され、技の速度や威力、練度が磨かれていく。

良いことではあるが、一つしか技がなければ、それを見破られると簡単に対処される。

「あるいは、その突きからの派生を考えるのもありかもしれないな」

「……派生？」

「ああ。ほら、以前に突きから斬撃《ざんげき》に変化しただろ？　ああいう感じに」

レイの口から出た言葉に以前の訓練のことを思い出し、ロドスは納得したように頷く。

「実際、あのときも突きから変化した技で意表を突かれたんだし」

「……その結果が素手で受け止められるとか、信じたくないような結果だったんだけどな」

溜息《ためいき》と共に吐き出されるその言葉に、レイは仕方がないと口を開きかけ……ふと、周囲に幾つかの気配を感じ取る。

（これは……殺気？）

手に持つデスサイズを握りしめる。動きとしてはそれだけなのだが、ここしばらくレイと共に行動をしていたロドスにしてみても、異変を感じるのは難しいことではなかった。

何があったのかは分からない。だが、間違いなく何かがあった。

そう判断し、手の中にある長剣の柄を握りしめ……瞬間、キンッという金属音が周囲に響く。

音のした方にいるのはレイ。何があったのかとロドスが周囲を見回し、地面に突き刺さっている長さ二十センチほどの長針を発見する。

「……なかなかの腕利きらしいな」

呟くレイの視線の先には、覆面をして顔を隠した人物の姿。

その指の間には、何本もの長針が挟まれている。

「長針、か」

呟《つぶや》くも、特に驚く様子はない。長針という武器は確かに珍しいのだが、レイはエグジルのダンジョンで行動を共にしたビューネが長針を使いこなしているのを見ている。

それゆえに、長針という武器の厄介さを知っていた。何よりも長針というその形状。その辺の冒険者では、今レイがやったように武器で打ち払うといったような真似《まね》はまず出来ない。

矢よりも細く、鋭い。だが殺傷能力はそれほど高くないため、急所に直接刺すか、あるいは……

「ロドス、長針には注意しろ。毒が塗ってある」

レイの言葉に地面を見たロドスは、長針の刺さった場所が変色しているのを見て息を呑《の》む。

雑草が見る間に枯れていく様子からも、どれだけ強力な毒なのかは明らかだろう。

「それと、姿を見せているあいつ以外にまだ数人の気配を感じる。不意打ちを狙ってるんだろうが、その辺にも気をつけろよ」

毒を見て冗談ではすまないと判断し、ロドスは改めて長剣を握る手に力を込める。だが……その心意気とは裏腹に、模擬戦で体力を使い果たしたのか、握られた長剣の先端は震えていた。

(今の状況じゃしょうがないか。にしても、こいつら……闘技大会に勝ち残りたいだろう誰かの攻撃か、あるいは深紅としての俺に用があるのか。さて、どっちだ?)

闘技大会では勝ち残れば莫大《ばくだい》な名誉や報酬が手に入る。今年の闘技大会ではランクS冒険者のノイズという存在が出場することが決定したため、優勝を狙っている者は少ないだろう。

だが、勝ち進めば利益が大きいのは事実。優勝は無理でも、準優勝しようものなら間違いなく今まで見たこともないほどの賞金やマジックアイテムを貰《もら》え、仕官の誘いもあるだろう。

それを考えれば、腕利きを今のうちに倒すのは立派な動機だった。

そして、深紅という存在は言うまでもなくベスティア帝国にとっては不倶戴天《ふぐたいてん》の敵だ。

セレムース平原での戦いのことを思えば、今この場で足手纏《あしでまと》いになっているロドス共々片付けようとして攻撃を仕掛けてくるのも当然だろう。

「鎮魂の鐘、か？」

呟いたレイの一言に、覆面の人影が見せる一瞬の動揺。

それを見たレイは、目の前にいるのが鎮魂の鐘の暗殺者だと判断する。

……実際には全く違う他《ほか》の組織の暗殺者であり、レイの口から出た帝国でも最高峰の腕と規模を誇る組織の名前に動揺してしまっただけなのだが。

動揺からか、周囲に視線を向ける相手。機会を窺《うかが》っていたレイがその決定的な一瞬を逃すはずもなく、デスサイズを構えたまま地を蹴り、一気に覆面の人物との間合いを詰める。

それを見た覆面の人物は、反射的に長針を投げようとするが……すでにレイは相手をデスサイズの間合いの中に捉《とら》えていた。

『ペインバースト！』

相手に与える痛みを倍にするスキルを使用し、放たれた一撃。

その一撃は、咄嗟《とっさ》に後ろに跳躍した相手の胴体を斬り裂く。

「があ⁉　がぁあああぁぁっ！」

周囲に血の雫《しずく》が飛ぶ。咄嗟に背後に跳んだおかげで胴体を上下に分断されることは避けられたが、それでも完全に回避しきることは出来ずに、腹部には真一文字の傷が走る。

傷自体はそれほど深いものではない。決して浅いとは言えないが、それでも命に別状があるほどのものではなかった。だが、覆面の人物が悲鳴を上げたのは予想外の激痛を感じたため。

このくらいの傷であれば、このくらいの痛み。

経験でそれを知っていただけに、その予想を超えた痛みに思わず悲鳴を上げたのだ。

さらに悲惨だったのは、服の下に着ていたチェーンメイルが全く役に立たずに切断されてしまったことだろう。普通の長剣なら決して斬り裂くことが出来ないだろう特製のチェーンメイル。だが、レイの持っているデスサイズはそれを濡《ぬ》れた紙の如《ごと》く斬り裂いたのだ。

「ぐっ、くそ……ここまで化け物だとはな。確かにこれなら……」

覆面の下で呟く声。その声と先程の悲鳴で、レイは目の前に立っているのが男だと知る。

捕らえて情報を引き出そうと考えたレイだったが、男の仲間がそれを許すはずもない。

かといって、レイに攻撃をしてもまず無駄に終わるのは、一連のやり取りで明らかだった。

ならばどうするか。その答えは、少し離れたところで周囲を警戒しつつ成り行きを見守っているロドスに対する攻撃だった。

周囲に潜んでいた四つの気配が、レイにも分かるようにあからさまな殺気をロドスに向ける。

同時に、空気を斬り裂く音。短剣が四つ、それぞれ違う角度からロドスを狙って投擲《とうてき》された。

「ロドス！」

ロドスも、その技量はその辺の冒険者を上回る。咄嗟に手に持っている長剣を振るって短剣を弾くが、ここにきてレイとの模擬戦で消耗した体力が足を引っ張る。

また、周囲に潜んでいた者たちの技量が予想以上に高いというのも影響していた。

結果的に、ロドスが防いだ短剣は二本。残り二本のうち一本はレイが飛斬《ひざん》を使って破壊するも、最後の一本がロドスの右肩に向かい……

『ウォーター・ボール！』

突き刺さると、暗殺者たちも確信したその瞬間、周囲に声が響き渡った。

飛んできた水球がロドスの右肩に突き刺さろうとしていた短剣を代わりに受け止める。

何が起きたのか分からないロドスだが、声のした方に視線を向けると納得の表情を浮かべた。

そこにいたのは三人の男女。

筋骨隆々の男は、普通よりも大きめのクレイモアを手にロドスに短剣を投擲した相手の一人に接近しており、短剣を手に持った女もまた離れた場所にいる刺客に向かっている。

そして、二人から少し離れた場所では杖《つえ》を持った魔法使いが周囲を鋭く見回していた。

『風竜の牙《きば》』。それなりに名の知れたランクCパーティであり、ロドスたちとは共に訓練を重ねた仲間でもあった。

その三人の登場で完全に自分たちの不利を悟ったのだろう。ルズィとヴェイキュルが向かった以外の二人の刺客が、丸い何かを複数放《ほう》り投げる。

瞬間、周囲に煙幕が広がって一同の視界を遮った。

同時に速やかに撤退していく刺客たちの気配。

「逃がすかっ！」

咄嗟にミスティリングの中から取りだした短剣を投擲するレイ。刃が肉に突き刺さる音とくぐもった悲鳴が周囲に響くが、煙幕が晴れたあと、そこには誰の姿もない。

ただ、短剣が刺さったためと思われる数滴の血の跡を除いて。

「ちっ、槍《やり》なら一撃で仕留められたものを……」

忌々しげに吐き捨てる。レイが得意としている槍の投擲は威力が高い。だが投擲するまでの速度では、やはり短剣が勝る。一瞬の時間も惜しいレイは、槍ではなく短剣を選んだのだが……その結果が相手に傷を負わせたものの、仕留めるところまではいかないというものだった。

襲ってきた刺客たちが撤退したあと、レイを始めとしてロドス、ルズィ、ヴェイキュル、モーストの五人は少し離れた場所に移動していた。

立ち上る煙幕のせいで、野次馬が集まってくるかもしれないと判断したためだ。

幸い、煙幕は刺客たちが撤退したあとですぐに消え去ったが、それでも遠くから見えるほどの煙幕が周囲を覆ったのだ。何があったのかと様子を見に来る者がいないはずもない。

そうすれば、まず間違いなくレイたちも警備隊に事情を聞かれる羽目になる。

事情を聞かれても後ろ暗いところはないのだが、時間を取られるのは面倒だったし、何より警備隊の中にレイに恨みを抱いている者がいないとも限らないと考えての処置だった。

「はぁ、はぁ、はぁ、はぁ……ふぅ」

一行の中で唯一息を切らせているロドスが、ようやく落ち着いたように深く息を吐《つ》く。

その手に持っているのは、レイがミスティリングから取り出した果実水だ。

「戦士だってのに体力切れとか、ちょっと問題あるんじゃないか?」

呆《あき》れた様子のルズィに、ロドスは果実水を口に運びながら据わった目つきで視線を返す。

「それなら、お前もレイと限界まで訓練をやったあとで刺客に襲われてみろよ」

「……悪い、無理だ。というか、よくその状態で生き残れたな」

レイとの訓練を思い出したのだろう。あっさりと前言を翻したその様子に、ロドスだけではなくヴェイキュルまでもが頷《うなず》く。唯一モーストだけが何も口にしていないのは、基本的にモーストが魔法使いで、他の二人ほど厳しい訓練を受けていないからだろう。

「とにかくだ。今は宿に戻った方がいい。あそこにも間違いなく警備隊がやって来るだろうし」

ただでさえ闘技大会開催中は帝都の警備は厳しくなっている。その上、予選で勝ち残れなかった参加者の数は相当数に及び、その者たちもまだ多くが帝都の中に残っているのだ。

闘技大会に参加中であれば、事件を起こすと失格になる関係上大人しくしている者も多い。しかし予選で負けてしまってはすでにその枷《かせ》も機能しない。だからこそ喧嘩《けんか》のような騒動が頻繁に起きるようになり、帝都の警備隊も見回りを厳しくしていた。

「そうだな、母さんやダスカー様にも知らせておいた方がいいだろうし」

呟くロドス。ここでエルクの名前が出てこない辺り、ロドスのエルクに対する信頼度がどの程度のものなのかを窺い知ることが出来る。事実、近くでレイとロドスの話を聞いていたルズィたち三人は、エルクの名前が出てこないのに驚いていたのだから。

「なら行くか。一応周囲の警戒をしたまま行くぞ。一度撤退したと見せて、またすぐに戻ってきて不意打ちしてくるかもしれない。あるいは全く別の組織が襲撃してくる可能性もある」

「……そこまでしつこく襲ってきますか？」

信じられない。そんな表情を浮かべているモーストだったが、レイの話を聞いていたロドスが当然だと頷いて口を開く。

「帝都に来るまでにも襲撃があったからな。痛覚を麻痺《まひ》させたり、見た目からは考えられないほどの力だったり。そんな風にして人を操って、さらに捕らえられたら意識不明にさせるって徹底ぶりだ。どんな手段を使ってくるかは、予想出来ないな」

「鎮魂の鐘は随分と有名な組織らしいからな。その程度のことはどうとでもなるんだろうよ」

鎮魂の鐘。その名前が出た瞬間、ルズィたちの動きが止まる。

「……ね、ねぇ？　今、もしかして鎮魂の鐘とか言わなかった？」

恐る恐るといった様子で尋ねてくるヴェイキュル。

シーフという職業なだけに、その手の噂《うわさ》にも詳しいのだろう。いや、ヴェイキュルだけではない。ルズィやモーストも同様に、信じられないという視線をレイやロドスに向けている。

「俺たちが手に入れた情報によると、鎮魂の鐘って組織が動いているのは事実らしいな」

こともなげに言葉を返すレイ。それを理解したルズィたちは、その場で足を止めた。

そのまま歩き、三人がついてきていないのに気が付いたレイとロドスが足を止めて振り返る。

「どうした？」

「……いや、どうしたじゃなくて。鎮魂の鐘に狙《ねら》われているのに、何でそんなに呑気《のんき》なのよ」

信じられないと呟くヴェイキュル。

ベスティア帝国で活動しているだけに、鎮魂の鐘という組織の恐ろしさは知っている。

もちろん直接関《かか》わったことがある訳ではない。もしも直接関わっていれば、自分はここには存在していないだろう。そう思えるほど、鎮魂の鐘は帝国内では名の通った組織だった。

それだけに、そんな組織に狙われているのに平然としているレイやロドスが信じられない。

「そう言われてもな。俺は元々ミレアーナ王国の冒険者で、ベスティア帝国でいくら名前の通った組織でもそれに驚けって方が今更だし」

気楽な様子で告げるレイ。春の戦争でベスティア帝国軍を敵に回し、今はヴィヘラやテオレームに雇われ内乱に発展するかもしれない行動に手を貸している。そして何よりも、世界に三人しか存在していないというランクS冒険者のノイズ。この人物と真っ正面から向き合った経験を経た今となっては、鎮魂の鐘がどうこうと言われても大して脅威には感じなかった。

「レイの言うことも分かる。父さんと一緒に行動していればどうしてもその辺はなぁ……」

それはロドスもまた同様だった。ミレアーナ王国どころか、周辺諸国……それこそ長年の敵国でもあるベスティア帝国にすら雷神の斧《おの》の異名は鳴り響いている。

そんな人物の息子として生を受け、人間としてはありえないほどの強さを常に近くで見続けてきたロドスだ。レイのような色々な意味で規格外な存在ならともかく、裏の組織が云々《うんぬん》と言われてもそこまで危機意識は持てない。

「……一応、ランクA冒険者とやり合える使い手とかもいるって話なんだけど」

半ば投げやり気味に告げたヴェイキュルだが、その言葉が起こした反応は予想外だった。

「へぇ。ランクA、か」

獰猛《どうもう》な笑みを口元に浮かべるレイ。

それを間近で見る事になったヴェイキュルは数歩後退《あとずさ》る。

それに気が付いた様子もないレイは、むしろランクA相当の敵が襲ってくるのは望むところだと拳《こぶし》を握りしめた。

人外の存在と称された自分。その自分から見てもさらに人外の存在、ランクS冒険者のノイズ。その男に勝ちたい。その思いが、むしろランクA相当という敵の存在を歓迎していた。

ランクAということであれば、身近にいるエルクやその妻であるミンもランクAではある。だが、ダスカーの護衛として雇われている以上訓練を頼む訳にはいかないし、何よりエルクとレイが本気で訓練を行えば、周辺一帯が文字通りの意味で灰燼《かいじん》と化す可能性が非常に高かった。

つまり、レイにしてみればノイズと戦うために……否、ノイズに勝つために強敵の存在は必須《ひっす》で、その相手としてランクA相当の戦闘力を持った人物がいるのなら願ってもないのだ。

「ちょ、ちょっと。変なことを考えてないでしょうね？」

ようやく我を取り戻したヴェイキュルが恐る恐るといった様子で尋ねてくるが、レイは一瞬前まで浮かべていた獰猛な笑みを消して頷く。

「俺から何かをすることはないさ。ただ、向こうが攻めて来たら対処するけどな」

「……何かをする気満々ですね……」

二人の話を聞いていたモーストが呆れたように呟《つぶや》く。

どこか危険な会話を交わしながらも街中を歩いていると、やがて周囲に通行人が現れ始める。

先程の場所は、ほとんど人目がないからこそ訓練に使っていた場所だ。

つまり、人目が少ないからこそ鎮魂の鐘の手勢も襲ってきたのだろう。レイはそう判断する。

実は鎮魂の鐘とは全く無関係の組織から派遣された刺客だったのだが、戦闘中のやり取りでレイは完全に先程の相手が鎮魂の鐘の手の者だと認識していた。

だが……この勘違いにより、レイを狙う組織の者はこの日からずっと少なくなる。

レイが鎮魂の鐘に狙われているという情報を刺客たちが上に報告。鎮魂の鐘の標的を横取りしそうになっていたと知った組織は、大人しくレイから手を引くことを決断したためだ。

そんなことになっているとは全く気が付いていないレイは、ふと食欲を刺激する匂《にお》いに視線を動かす。そこには串焼《くしや》きを売っている屋台があり、タレの焦げる匂いが周囲に漂っていた。

足を止めているのはレイたちだけではない。他の通行人も、思わず足を止めて匂いのしてくる屋台に視線を向けていた。

「美味《うま》そうだな。ちょっと食っていかないか？」

真っ先にそう口にしたのは、レイ……ではなく、ルズィ。すでにその視線は串《くし》に刺された肉へ、じっと向けられている。それは他の者たちにしても同様だった。

ロドスは模擬戦や刺客の襲撃で大いに身体《からだ》を動かしていたし、『風竜の牙』の三人も美味い料理を見逃すような真似《まね》はしたくない。レイにいたっては、言うに及ばずだ。

そのままレイたち一行は屋台に向かっていく。

「いらっしゃい。うちの自慢の串焼きはどうだい？　今なら焼きたてで美味いよ！」

店主がそう声をかけ、もう一人の店員が串焼きの肉にタレを塗っては火の上に戻していた。

そうすると、またタレの焦げた匂いが周囲に広がって食欲を刺激する。

「五本くれ」

「三本下さい」

「こっちも三本」

「二本でいいわね」

ルズィたちがそれぞれ注文する中、レイもまた同様に注文を口にする。ただし……

「三十本」

頼んだ量が違った。

「え？」

店主と思《おぼ》しき男と、その妻と思しき女がレイの注文に唖然《あぜん》とした様子で視線を向けてくる。

それも当然だろう。この屋台の串焼きは、美味いがその分普通の串焼きよりも値段が高い。

それを三十本も一気に頼むのだから、聞き間違いかと思っても仕方がなかった。

だが、レイは全く訂正する様子もなく、再度注文を口にする。

「三十本だ」

「……は、はい、ただいま！」

慌てて焼きたての串焼きを準備していく店主は、レイ以外のメンバーの注文分の本数を渡していく。そして残った串焼きをレイに。幸い、焼き終わって用意してあった串焼きもそれなりの数があったため、三十本というレイの注文にあっさりと対応出来た。

そのまま串焼きを購入し、去っていくレイたち。

早速口に運んでは、濃厚なタレの味と肉の旨味《うまみ》に嬉《うれ》しげな声を上げている。

先程まで自分の命を狙った刺客と戦っていたとは、とても思えない光景なのだった。

「……直接間近で見て、どう思った？」

「化け物だな、ありゃ」

屋台を引っ張りながら、周囲の者たちには聞こえないような小声で言葉を交わす。

もし何らかの手段で二人の話を聞こうとした者がいても、周囲の雑踏に紛れてとてもではないが聞こえなかっただろう。この二人、実は鎮魂の鐘のムーラとシストイだったりする。

レイやダスカーの情報を集めていた二人は他《ほか》の組織の刺客が動いていることを知り、そのドサクサに紛れてレイたちを間近で観察しようとし、通り道で屋台を開いていたのだ。

幸い、特に苦労せずにレイという人物をすぐ近くで観察することが出来たのだが……その結果が、シストイの口から出た言葉だった。

「以前と比べると迫力が随分と違う。前に奴《やつ》を見失ったときの襲撃が関係しているのかもしれないが」

「……結局分かったのは、深紅がより手強くなったってことね」

ノイズとレイが接触したとき、もちろん鎮魂の鐘の手の者がそれを見ていた。だが、マジックアイテムを使って変装していたために、その人物がノイズだとは誰も気が付かなかった。

結果的に、ノイズという人物の影響でレイがより貪欲《どんよく》に強さを求めることになったという理由を、二人に限らずほとんどの者が知ることは出来ず仕舞いだった。

◆◇◆◇◆◇

闘技大会本戦初日。予選と比べても、より大勢の人々が闘技場に集まっていた。

ベスティア帝国の皇帝や皇子、皇女、あるいは貴族たちも多く集まっており、闘技大会に興味がなくとも皇帝を始めとした皇族の顔を見るいい機会だと闘技場に足を運ぶ者もいる。

今では街中にいる人々の姿も疎《まば》らとなっており、そのほとんどが会場に押しかけていた。

「うわぁ……何だよこの人の数は」

闘技場の周りで、あまりの人の多さに思わず呟く人物がいた。

この人物は、闘技大会を見るために今年初めて帝国の田舎にある村からやってきたのだが、色々と理由があって到着したのは昨日。

闘技大会の予選どころか、数日前に行われた開会式にさえ間に合わなかった不運な男だった。

もっとも、田舎の村から帝都までやってくるのにも一苦労なのだから、到着する時期が一週間や二週間ずれるのはそう珍しい話ではない。

天気や事故、あるいは盗賊の襲撃。その他諸々の事情を考えれば、むしろ馬車を使った商売のついでとはいっても無事に帝都へ到着したことは褒められてしかるべきだろう。

本人にとってはせっかくの闘技大会の見物だというのに、闘技場周辺にいる人の多さに思わず声を上げてしまったが。

「何だよ兄ちゃん、闘技大会は今日が初めてか？」

そんな男の様子を不憫《ふびん》に思ったのか、近くにいた四十代ほどの男が声をかける。

「ん？　ああ。初めては初めてなんだけど……もしかして、帝都ってこれが普通なのか？」

「いやいや、さすがにそんなことはないさ。いつもなら闘技大会の本戦でもこんなに人混《ひとご》みにはならないんだけどなぁ……兄ちゃんは運がよかったのか、悪かったのか……」

中年の男の言っている意味が分からず、首を傾《かし》げる男。

そんな男に、中年の男は笑みを浮かべつつ口を開く。

「今年の闘技大会は特別でな」

「……特別？」

「そうだ。まず、深紅が闘技大会に出場している」

その名前を聞いた男は、首を傾げる。深紅という単語には聞き覚えがあった。春の戦争でベスティア帝国に壊滅的な被害を与えた、ミレアーナ王国所属の冒険者だ。

「何でそんな人物がわざわざベスティア帝国に来てるんだ？　喧嘩を売りに来たのか？」

そう呟いた男の言葉に、中年の男は違うと首を横に振る。

「聞いた話によると、ミレアーナ王国から招待した人物が深紅を連れてきたらしい。で、その深紅が闘技大会に興味を持って参加することになったとか何とか。本当のところは分からないけど、とにかく深紅が出場しているのは事実だ。実際予選で見たしな」

「……え？　予選から出てるのか？　普通そういう特別な選手って本戦から出るんだろ？」

「深紅にも考えがあるんだろうさ。とにかく予選から出場して、あっさりと本戦に進んだ」

その言葉に当然だと頷《うなず》く男。幸い男の住んでいた村は田舎で、春の戦争に向かったのは数人……しかも決して仲がいいとはいえない者たちだった。それでも同じ村の住人が死んだのは気分がよくないが。

ともあれ、戦争の勝敗を決めるほどの人物が予選で負けるというのは決して納得出来る話ではない。だからこそ、男にとって深紅が予選を勝ち残るのは当然だった。

「で、結局深紅が出てるから、怖い物見たさでこんなに人が集まってるのか？」

先程自分が行列の最後尾に並んだというのに、すでに後ろにまた数十人近い人が並んでいる。

それだけ深紅の評判が高いのかという問いに、中年の男は首を横に振って否定した。

「違う。……ここに並んでいる者たちが本当に見たいのは、深紅じゃない。いや、もちろん深紅の戦いぶりは色々と派手だから見応《みごた》えはあるんだけどな」

「じゃあ、何でだよ？」

「……闘技大会に参加するからだよ。ランクS冒険者、不動の異名を持つノイズ様が」

「…………………は？」

一瞬、どころではない。たっぷりと一分近く沈黙してから、男は思わず声を上げる。

ランクS冒険者というだけで非常に希少価値が高い存在だというのに、その人物が闘技大会という人目につく場所に姿を現すというのだから、それは当然の反応だろう。

元々、不動の異名を持つランクS冒険者のノイズという名前は知られていた。現在三人しか存在しないランクS冒険者で、唯一ベスティア帝国に所属している人物なのだから無理もない。

しかしその華々しい活躍の噂は色々と広がってはいても、これまで闘技大会に出場したことはなかった。それだけに、中年の男から聞かされた話は信じがたかったのだ。

無論、中年の男の方もそれは理解していたのだろう。分かる、と頷きつつ言葉を続ける。

「ここでさっきの深紅に話が戻ってくる訳だ。あくまでも噂だが、このままだと闘技大会で深紅が優勝するかもしれないから、それを防ぐために用意した切り札じゃないかってことだ」

言われてみれば納得出来る話ではあった。深紅は、ベスティア帝国にとって不倶戴天《ふぐたいてん》の敵と言ってもいい。そんな相手が自国で開催される最大級の闘技大会で優勝するようなことになってしまえば、面子《メンツ》を潰《つぶ》されるどころではなく面子その物を踏みにじられるかの如《ごと》きものだ。

さらに闘技大会には周辺諸国の要人たちも招かれており、下手をすればその者たちの前で面子を潰されることになるのだ。

「ま、そういう訳で今回の闘技大会は目玉の多い代物になっている訳だ。深紅や不動以外にも異名持ちは何人か出場してるしな」

「……本戦に間に合って良かったと言うべきか、あるいはそういう人物の活躍を予選から見られなくて残念だと言うべきか……迷うな」

「そう悩むな。本戦に間に合っただけよかったと思うぜ。何てったって、これだけの大会だ。長く語り継がれることになるのは間違いない。……お、闘技場の入場が始まったようだな」

徐々にではあるが、列が進み始めたのを見て中年の男が笑みを浮かべる。もう片方の男も、取りあえずはいい席を取ることに集中した方がいいだろうと列に合わせて前に進むのだった。

闘技場の表がそんなことになっていると全く知らないレイは、改めて控え室の中を見回す。

人数はかなり多いのだが、それぞれが皆自分の戦いに向けて集中している。

予選のときのように絡んでくる相手がいないのは、レイにとっても幸運だった。

……もっとも、すでにレイが深紅であるのは予選のときに知られている。それを思えば、そんな無謀な行為をする者はいないのだろう。

（今日試合があるのは、俺とロドス、ヴェイキュルの三人だけか。せめてどっちかと一緒の控え室だったらよかったんだけどな）

さすがに試合開始の時間まで、ここで一人でただ黙っているというのも味気ない。

かといって、この広い闘技場の中を出歩いている途中で自分の試合になり、間に合わなくて棄権という展開も避けたい。だからこそ、顔見知りが誰かいてくれればよかったのだが……そんな風に思いつつ、レイは周囲を見回す。

武器を手に型の確認を行っている者、目を閉じて精神を集中している者、偶然顔見知りの相手と一緒になったのか、会話を交わしている者。

色々な者たちがいるが、特に会話をしている者はレイが視線を向けるとビクリとする。

怖がってはいないのだろうが、レイと接触すると面倒臭いことになると悟っているのだろう。

事実、控え室にいる参加者の数名はレイに向けて殺気に満ちた視線を送っているのだから。

（恐らく戦争の関係者なんだろうが……いや、実は他の理由だったりしないだろうな？）

何となくそう思いつつも、レイは視線を向けてくる相手を見返して息を吐《つ》く。

それが挑発に見えたのか、視線の主は思わず持っていた武器を握りしめる。

だが、今行われているのは予選ではなく本戦だ。参加者同士が試合会場以外で私闘を繰り広げた場合、問答無用で失格となり……さらには罪に問われることになる可能性もある。

最初にそれを聞いたときには厳しすぎるのではと思ったレイだったが、ベスティア帝国の貴族や皇族が闘技場に足を運んでいるのだと考えれば、納得するしかない。

「クレオ選手、試合です。闘技場の方にお越し下さい」

運営委員が控え室に顔を出し、そう告げる。

その声を聞いた、槍《やり》を持った男が立ち上がり控え室を出ていく。

(雑誌とかがあれば……いや。エルジィンで漫画を見てれば、目立つことこの上ないだろうけど)

内心で考えつつも、自分に向けられている殺気の籠《こ》もった視線が面倒臭くなり、立ち上がる。

別に相手をどうこうしようとした訳ではなく、ここにいてもお互いに気分が悪いだけだろうし、レイとしては純粋に暇潰《ひまつぶ》しをするという意味もあった。

(試合を覗《のぞ》いてみるか？　勝ち上がっていけばいずれ戦う羽目になる相手もいるだろうし)

自分の試合の順番を忘れないように注意しつつ、控え室を出ていく。

レイと同じ考えの持ち主も多いのだろう。控え室の中にいる参加者たちは大分減っていた。

今もまだ残っているのは、試合の近い者たちがほとんどだろう。

そうして背中に殺気の籠もった視線、あるいは興味深げな視線、厄介者に対する視線、実力を探るような視線と、多種多様な視線を向けられつつ、レイは控え室を出る。

「ふぅ」

ようやく息が抜けた。そんな風に溜息《ためいき》を吐いたレイは、改めて周囲を見回す。

闘技場での戦いが盛り上がっているのか、ここまで観客の歓声が聞こえてきていた。

(エルクはきちんと俺に賭《か》けてくれたよな？　いや、ミンがいるんだから心配はいらないか)

周囲を歩き回りつつ、今回の試合でも自分の勝ちに賭けるようにエルクに任せたのを思い出しながら、自分の試合の番が近付くまで闘技場の見学を続けるのだった。

残念だったことは、闘技場の客目当てに出ているだろう屋台を発見出来なかったことか。

『ああああああああああああああぁぁぁぁぁあああぁぁぁぁぁぁあああぁぁぁあっ！』

周囲に歓声が響き渡る中、レイは闘技場の舞台の上に歩を進める。

闘技場の中を見学しつつ時間を潰し、それでも結局は一人で見学していてもそれほど面白くはなかったために控え室に戻り、誰と話すでもなく時間を潰していた。

そんな風に時間を潰していたレイだったが、やがて試合は進み、ようやく運営委員からの呼び出しで自分の試合の順番になったと知る。

試合の進みが予想以上に速かったことに首を傾げたのだが、運営委員によればそれほど珍しいことでもないとのことだった。何しろ、年に一度のベスティア帝国を挙げての闘技大会だ。参加選手たちも燃えており、試合のペースはどうしても速くなる。

さらに、古代魔法文明の遺産の効果で、微《かす》かにでも息があれば、舞台から下ろすと怪我《けが》が消えるということもあり、選手たちも思い切った試合が可能だという理由もあった。

『来たぞ、来たぞ、来たぞ！　今大会の台風の目、深紅の出番だ！　前の試合で行われた風を操る魔法戦士グラスや、全《すべ》てを破壊する大剣使いビーソンの戦いでも興奮したが、今回の戦いはそれ以上に興奮すること間違いなしだ！　皆、期待していいてくれよ』

煽《あお》るような実況の声に、観客たちのテンションもひたすらに上がっていく。

それを聞きつつ、レイはここに姿を現す前にミスティリングから取り出したデスサイズを手に、対戦相手に視線を向ける。そんなレイの態度を察知した訳ではないだろうが、タイミング良く実況の声が対戦相手の紹介を開始した。

『そんな深紅と戦う勇猛なる戦士の名前は、華麗なる二刀使いのアナセル！　曲刀を手に、踊るような魅せる戦いで予選では複数の相手を血祭りにしてきた男！

肌の色を見れば分かるように、この辺ではあまり見ない人種だ。それもそのはず、この男は旅をしながら腕を磨いているという根っからの武芸者！　それだけに、深紅を相手にどんな戦いを見せてくれるのか、今から楽しみでならないぜ！』

実況の言葉通り、腕には自信があるのだろう。三十代ほどに見えるその男は、レイと向かい合っているというのに全く気後れした様子もなく剣を構える。その剣もまた、レイがこの世界で見慣れた剣ではない。いわゆるシャムシールやシミターと呼ばれる曲刀だ。

さらに男の姿もレイにとっては見慣れない姿だ。ターバンを頭に巻いており、動きやすさを重視したのか鎧《よろい》の類《たぐい》すらも身につけていない。それなりに防御力の高そうな服を身に纏《まと》ってはいるが、あくまでも動きを邪魔しないことを最優先に作られたものなのだろう。

浅黒い肌はダークエルフよりは薄く、顔立ちは彫りが深い。

レイの認識では、いわゆる中東の人種に近い相手に見えていた。

事実、アナセルはレイのイメージ通りに砂漠の民と言われている特殊な一族の者だった。

ただし、砂漠の民そのものはベスティア帝国周辺にはいない。遠く……それこそ、数年ほども旅を続けなければならないほど遠くに位置している国の民なのだから。

「深紅、か。お主は強いと聞いた。その力……俺に見せてみろ！」

両手に持った曲刀を構え、叫ぶアナセル。

レイもまた、それに応えるかのようにデスサイズを構える。

そんな二人の様子を見ていた審判が、やがて準備は整ったと判断したのだろう。大きく叫ぶ。

「始め！」

『わあああああああああああああああぁぁぁぁぁぁああああぁぁぁっ！』

開始の合図がされると同時に、観客席からの歓声が周囲に響き渡る。

そんな歓声に押されるようにして、まずはアナセルが舞台を蹴《け》って間合いを詰めていく。

「はあああぁぁっ！」

そんな雄叫《おたけ》びと共に振るわれる二本の曲刀。それぞれがまるで別の意思を持っているかのように
レイに襲いかかるその様子は、まさに剣舞《ざんげき》と言ってもいいだろう。

それほどに動きの途切れぬ連続した斬撃の嵐《あらし》。

だが……周囲に響くのは、肉や布を切り裂く音でもなく、レイの口から出た苦痛の声でもない。

ただひたすらに金属同士がぶつかりあう音だった。

キキキキキキンッという風に、連続した金属音が周囲に響き渡る。

アナセルは二刀で攻撃しているというのに、レイはデスサイズだけで対応しているのだ。

もっとも、刃《やいば》の部分と石突きの部分の両方を使っての対応であったが。

「こおおおおおおっ！」

息の仕方を変えたのだろう。先程までとは違い、どこか甲高い声と共に振るわれる曲刀の速度が一段と増していく。

「そうそう好き勝手に、させるかっ！」

防御に徹して曲刀を使った二刀流の戦いを観察していたレイだったが、アナセルの動きが変わったのに合わせて行動を開始する。振るわれる曲刀を防ぐのは結果的に同じだが、より攻撃的に……

つまり防ぐのは同じだが、前に出ながらデスサイズと曲刀を打ち合わせていく。

（デスサイズと打ち合えているとなると、あの曲刀もマジックアイテムか）

手に返ってくる衝撃を感じつつ、内心で呟《つぶや》くレイ。

そんなレイとは裏腹に、アナセルの表情は打ち合うごとに厳しくなっていく。

円の動きを主体にした、流れるような剣舞。一瞬も動きを止めることなく振るわれ続ける二本の曲刀。だが……それでも一向に刃をレイの身体《からだ》に届けることが出来ない。

まるで難攻不落の城を相手にしているかのような感覚すら残る中で、デスサイズと打ち合っている曲刀を持つ両手には痺《しび》れが生じ始めていた。

百キロを超える重量のデスサイズを延々と打ち付けているのだ。しかもレイはその重量を全く苦にせず振るっているため、曲刀がどこを狙《ねら》おうとも、そこには必ずデスサイズが待ち構えている。そんなデスサイズを延々と打ち続けていれば、曲刀を握る手が痺れるのは当然だった。

「厄介な頑丈さを持っている！」

吐き捨てるようにして両手の曲刀を一閃《いっせん》。それぞれ微妙にタイミングをずらして振るわれたその攻撃も、レイはあっさりとデスサイズで防ぐ。

それを見たアナセルは、埒《らち》が明かないと大きく後方に跳躍。レイとの距離を取る。

「さすがに深紅とかいう異名を持つだけはあるな。ここまで攻めてかすり傷すら負わせられないとは。これでも攻撃の速度と手数には自信があったんだが」

「俺がこれまで戦ってきた中でも上位に位置する攻撃力を持っているよ」

お互いに相手の隙《すき》を窺《うかが》いつつ、言葉を交わす。そんなやり取りをしながらも、微かに曲刀の剣先を上げ、下げ、それに対応するようにレイもまたデスサイズを構える位置を変えていく。

「上位か。一番じゃないというのは残念だな」

「これでも、色々な相手と戦ってきているからな」

話しながらも、お互いの間にある緊張感が高まっていき……次の瞬間、示し合わせたように前方に向かって飛び出す。

アナセルの振るう二本の曲刀は、先程以上の速度と鋭さ、さらには複雑な軌跡を描きながらレイの身を斬《き》り裂かんと迫る。その二刀を、レイはデスサイズを使って受け流し続ける。

……そう。弾《はじ》くのでもなく、防ぐのでもなく、回避するのでもない。振るわれる剣先の流れを読むようにして受け流しているのだ。それも二刀両方を。

今までであれば、それら全てを交えて対応していたであろう。

だが今やっているのは、受け流すという手段ただ一つ。

防御の中で恐らく最も技術的に難しいだろう受け流しを、ただひたすらにデスサイズだけを使って繰り返すのは、傍《はた》から見るよりも非常に高い技量が要求される。

使っている技術が一つだけなのだから、攻撃する側はそれに対応した攻撃が出来るのだ。だが、レイは相手にそれをさせないようにコントロールしながら受け流しを行い続けていた。

これは、今までのレイであれば間違いなく行わなかっただろう行動。

楽に出来る防御行動をするのではなく、敢《あ》えて自らに枷《かせ》をかけて受け流しを続ける。

『うおおおおおっ、凄《すご》いぞアナセル！　あの深紅を相手に一方的な猛攻だ！　攻撃、攻撃、攻撃、攻撃！　踊っているようにしか見えない連続攻撃に、深紅は防ぐことしか出来ない！』

実況の声が周囲に響き、観客たちがアナセルの踊るような剣撃に称賛の声を上げる。

それは貴賓室にいる貴族たちも同様だった。

「はっ、深紅だなんだと言われているが、噂《うわさ》は噂よ。実際にはこの程度だった訳だ」

「確かに一方的に押されているようにしか見えませんな。あるいは、セレムース平原で見せた広範囲に及ぶ魔法は得意であっても、個人戦は得意ではない、とかだろうか？」

声高に喋《しゃべ》っている貴族たちから離れた場所では、別の貴族たちが苦々しげな表情を浮かべる。

「これだから戦いを理解していない者は……確かに一見、深紅が追い詰められているように見えるだろうが……」

「ええ。実際に追い詰められているのはアナセルの方でしょうな。あの表情を見ればすぐに分かりそうなものなのですけどね」

その言葉通り、レイに向かって曲刀を振るい続けているアナセルの表情は、とてもではないが自分が有利だとは思っていないほどに厳しいものだった。

いや、厳しいというよりは追い詰められていると表現した方がいいだろう。

外から見れば、一方的に攻めているのはアナセルなのに、実際に有利なのはレイ。

そんな不可思議な状態をもたらしたのは、当然レイの受け流しという行動だった。

これまでは技術を使いながらもどこか身体能力に頼っているところがあったのだが、今回は完全に技術だけでアナセルの攻撃を受け流し続けている。

しかも、ただ受け流しているだけではない。武器が当たる直前にほんの少しながらデスサイズを押し出し、アナセルの手首にかかる負担を増しているのだ。

一撃一撃はたいしたことのない負担でも、激しい剣舞のように無数の剣撃を繰り出していれば、その反動は加速度的にアナセルの腕を……より正確には手首のダメージを蓄積させていく。

さらにこれだけの連続攻撃を続けているのだから、当然アナセルは攻撃を繰り出している間中息を止めて攻撃を行っている。いわゆる、無呼吸運動だ。そんな状況でそこまで長く行動を続けられる訳もなく……いや、むしろここまで保《も》った方が驚きというべきだろう。

それでも、限界は訪れる。

息苦しさで顔を赤くしながらも、振るわれる剣舞。一瞬……そう、ほんの一瞬だけ息苦しさからアナセルの振るう曲刀の動きが鈍ったのを見逃さず、デスサイズの一撃が振るわれた。

轟《ごう》っ！

そんな音を立てて迫ってきたデスサイズを、アナセルは交差させた曲刀で受け止める。

舞台の中央で打ち合っていたのに、その一振りを受けたアナセルは投げられた小石のように大きく弾かれ、一気に舞台の端まで吹き飛ばされた。

それでも無呼吸の状態で動きつつ、デスサイズの一撃を受け止め、さらに大きく吹き飛ばされたのに空中で身を捻《ひね》るようにして体勢を整えたのはさすがと言ってもいいだろう。

耐え凌《しの》いだ。そんな一瞬の気の緩みが、レイの姿が視界から消えたのに気が付かせない。

「なっ⁉」

舞台の端に着地して体勢を立て直し、改めてレイに視線を向けようとしたアナセルは、自分の目の前に存在していたレイの姿に驚くことになる。

いつの間に近づいた。そんな唖然《あぜん》とした一瞬の隙を突かれ……デスサイズの石突きが鳩尾《みぞおち》を突き、そのまま意識を失って舞台の上に倒れ込む。

「そこまで！　この戦いはレイの勝利とする」

何が起こった？　何故《なぜ》？　それは、今の試合を見ていた者の多くが感じた疑問だっただろう。

舞台の外に運び出されていくアナセルを眺めつつ、抱かれた疑問。

負傷らしい負傷はなかったが、舞台から外に出てもアナセルが目を覚ますことはなかった。

怪我なら瞬時に傷が塞《ふさ》がり、魔法で眠らされたらその効果が消えて意識を取り戻しただろう。

だが、アナセルの場合は純粋な意味での気絶であったために、目が覚めることはなかった。

運営委員の手によって運び出されていくアナセルの姿を見ながら、観客の多くは何故このような結果になったのか理解出来ていなかった。

それゆえに周囲にいる者たちと今見た試合について言葉を交わす。

「な、なぁ。何であそこまで一方的に攻め込んでいたはずのアナセルが気絶してるんだ？」

「いや、それは胴体に一撃入れられたからだろ？」

「そうじゃなくて！　いや、それもそうだけど、何で有利だったアナセルがってことだよ」

そんな観客たちの中でも、長年闘技大会を見ている者、元冒険者であったり、傭兵《ようへい》、兵士、騎士といった経験のある者の中には、レイのやっていることを見抜いた者も少なからずいる。

「嘘《うそ》だろ？　相手の攻撃に合わせて手首に負荷をかけ続けるなんて……いや、確かに一度や二度ならやるのは難しくないさ。けど……」

「ああ。連続して、だ。しかもあの連続攻撃の全てに対して……」

「だろうな。さすがに深紅、と言うべきだろうけど……本当に俺たちと同じ人間か？」

あるいは、その言葉こそがレイの真実を表していたのかもしれない。

そんな会話を聞いていた観客たちも、ようやくどのような経緯でああなったのかを理解する。

もちろん完全に理解した訳ではない。そこまでを理解出来る者がいるとすれば、それは恐らく相当に腕の立つ人物だろうから。それでもレイのやったことが生半可な技量で行うのはまず無理だというのは理解したのだろう。周囲一帯に驚愕《きょうがく》の声が広がっていく。

そして、驚愕は観客席だけではない。むしろ貴賓席にいる貴族たちこそより大きな驚愕を与えられていた。貴族というだけあって一般の観客たちよりも腕の立つ者が多く、護衛もおり、それらの者たちがレイの行動がどのようなものだったのかを説明したのだ。

「つまり……全《すべ》ては最初から深紅の手の内の出来事だったということか？」

つい数分前までは、深紅何するものぞと上機嫌だった貴族が不愉快そうに尋ねる。

自分の見る目のなさを証明したということもあるし、それを周囲に見せていたために恥を掻《か》いたという理由もあった。だが何よりも貴族の男を不機嫌にさせていた理由は、ベスティア帝国の怨敵《おんてき》とすら呼べる存在になった深紅がその噂通りの実力を持っていたことだろう。

近接戦闘と魔法。そのどちらかが苦手だというのであれば、まだ対処も出来る。

実際、その両方を得意としている人物は少なく、だからこそ深紅も……そう思ったのだが、その考えは楽観的にもほどがある予想だった。

「そもそも、深紅は春の戦争でも自らあの大鎌《おおがま》を使って近接戦闘を行っていたという報告があっただろうに。自分の願望と予想を同一視する者はこれだからな……」

「そう言うな。戦闘に秀でた者ならまだしも、そうでなければ奴の実力を見抜くのは難しい。宮廷で勢力争いをしている奴《やつ》らが、深紅の危険性を理解できただけでもよしとしておくさ」

不愉快になっている貴族と、それに同意するように頷《うなず》いている貴族たちから少し離れた場所にいる数人の貴族たちが言葉を交わす。

口調自体は穏やかだが、そこにあるのは軽蔑《けいべつ》の色。

実戦を知らないからこそ、ああしてお気楽にしていられるのだろうと。そして、お気楽な貴族であってもせめて深紅の危険性の一端でも理解出来たのだから、よしとしようと。

そんな風に言葉を交わしている間に、次の試合の準備が始まる。

舞台の方から聞こえてくる実況の声に、貴族たちの視線はそちらに向けられるのだった。

「……よし」

自分の試合が終わり闘技場の中を歩いていたレイは、周囲に誰もいないのを確認して呟く。

その口調には満足の色が強く出ており、周囲の観客たちには試合で手こずったように見えていたことや、その影響で評価が下がりかけていたのは全く気にしていないように見えた。

レイにしてみれば、ベスティア帝国の人間が自分をどう評価しようとも気にならない。

今はそんな細かいことよりも、少しでも技量を上げることに集中したかった。

実際、トーナメント表を見る限り、決勝までいかないとレイとノイズの戦いはない。そして参加人数は百二十八人、決勝まで勝ち残るには、あと五回勝ち抜かなければならなかった。

（いや、正確にはあと五回しか戦いがないということか）

もちろん日々の訓練を疎《おろそ》かにしてきた訳ではない。だが、やはり実際の戦闘と訓練では得られる経験が大きく違うのも事実だ。……もっとも、この場合はあくまで試合。命の危険は古代魔法文明の遺産によって極めて少ないので、とても実戦とは言えないものなのだが。

（それでも……ノイズと当たるまでに力を付けておく必要はある。そのために、他《ほか》の奴らにもアナセル同様に俺の糧になって貰《もら》うぞ。……悪く思うなよ、ロドス、ヴェイキュル）

内心で呟くレイ。トーナメント表通りに進めば、三回戦でロドス、その次でヴェイキュルと戦うことになるだろう。その二人がそこまで勝ち進んでくれればの話だが。

（ロドスはともかく、ヴェイキュルは厳しいかもしれないな）

元々がシーフのヴェイキュルは、純粋な戦闘力はそれほど高くない。シーフ特有の身軽さを活《い》かして振るわれる短剣の連続攻撃は脅威だが、それでもレイが戦ったアナセルの剣舞を見たあとでは物足りなさを感じるだろう。そこまで考え、ふと気が付く。

自分の試合が終わったのだから、ロドスの試合が始まるのもそう遠くないだろう、と。

「そうだな、試合は見ておくか。賭《か》けで勝った分も回収しておく必要があるし」

レイは今回の試合でもエルクに頼んで自分に賭けている。予選とは違い、自分が深紅というのは周囲に大きく喧伝《けんでん》されたのだから、オッズはかなり低くなっている。それでもベスティア帝国の不《ふ》倶戴天《ぐたいてん》の敵ということで、レイに対する恨みから対戦相手に賭ける者も少なくない。

「……まぁ、ノイズの場合はまず賭けが成立しないんだろうけどな」

世界に三人しか存在しないランクS冒険者だ。賭けも、皆が皆ノイズに賭けてまともな賭けにはならないだろう。そんな風に考えつつ、レイはダスカーたちがいる貴賓室に向かう。


貴賓室に入ってきたレイは、その瞬間に部屋の中にいた者たちの視線を一身に浴びせられる。

その視線には驚愕という感情が一番多く含まれていた。

もっとも、中には当然の如《ごと》く敵意の類《たぐい》もあったが。

ここは貴賓用の観客席だが、別に一国の要人しか集まっていない訳ではない。

予選はまだ貴族の数も少なかったので、他国の者たちだけを一室に集めることが出来ていた。だが、本戦ともなれば皇帝やその一族が直々に見学に来るのだ。そうなれば、ベスティア帝国の貴族も余程の理由がない限りは闘技場に来ない訳にはいかず、貴賓用の観客席も足りなくなる。

その結果、他国の招待客とベスティア帝国の貴族が同じ貴賓室で闘技大会を見ることになり、帝国貴族の中にはレイに対して思うところがある者も多かった。

これがある程度以上の爵位がある貴族であれば、個室を使うことも出来るのだが。

（ま、いつも通りだけどな）

自分に向けられる視線を受け流し、ダスカーやエルク、ミンのいる一画に向かう。

どうせいつものように他の者たちは誰もいないだろう。そんな風に思っていたのだが、予想外なことにダスカーの近くには見覚えのない一人の姿があった。それもかなり質のいい服を着ており、恐らくは貴族の使いではなく貴族本人だろう。そう思わせる出で立《いた》ちで。

「ん？　おお、レイ。戻ったか。今日もお前のおかげで稼がせて貰ったぞ。試合展開は玄人好みのものだったが」

近づいてくるレイに気が付いたのだろう。ダスカーが嬉《うれ》しそうな笑みを浮かべて手を上げる。

「そうですか、勝てたようで何よりです。それで、こちらは……？」

言葉を返しつつ、見覚えのない貴族の方に視線を向けるレイ。

その視線を受け取ったのだろう。その貴族はにこやかな笑みを浮かべ、口を開く。

「君の噂は聞いているよ。私はタング・オートス。一応これでも男爵の称号を持っている」

「オートス男爵ですか。初めまして、レイといいます」

自己紹介をしながら頭を下げるレイ。その際にタングがどのような人物なのかを確認するが、恐らくはまだ二十代前半か半ばといったところだろう。その年齢ですでに男爵とはいえ爵位を持っているということは、目の前にいるタングという人物が有能であるということの証明だった。

「オートス男爵はお前に用があって来たんだ。今のお前は別に俺に雇われている訳じゃないが、少し話してみたらどうだ？」

ダスカーのその言葉に、内心で微妙に嫌な感じがするレイ。深紅というネームバリューはかなりのものがあり、予選の終了後にはダスカーを通じて面識を持とうとする者が出てきた。

無論、そんなのは面倒臭いと基本的に断っていたレイだったが、恩のあるダスカーにこう言われては断る訳にもいかない。また、貴族との面会を嫌っていたレイに対し、敢えて話してみたらどうだと提案してくるということは、恐らく何か特別な事情があるのだろう。

「そうですか、分かりました。ロドスの試合はまだのようですしね」

視線を舞台に向けて告げるレイ。

現在は手甲を填《は》めた拳《こぶし》を武器とする男と、槍《やり》を持った女が戦いを繰り広げていた。

見た感じでは槍を持つ女がそのリーチの差を活かして有利に戦いを進めているように見える。

「ここだと色々とあるだろうし、他の部屋に行こうか。ちょっとした部屋を用意してあるから」

「部屋、ですか。……分かりました。では、そうしましょうか」

レイが承諾したのを見て、タングはそのまま貴賓室を出て行く。

その際にレイが驚いたのは、部屋の中で自分に憎悪の視線を向けていたベスティア帝国の貴族と思われる者がタングに小さく目礼をしていたことだった。

（つまりこの男は、男爵は男爵でもベスティア帝国の貴族だってことか？）

あるいは他国の貴族の中でも、ダスカーのように大物の貴族なのかもしれない。

そのままお互いに無言で通路を進み続けていると、不意に聞こえてくる歓声。

恐らく先程の戦いに何か動きがあったのだろうと思いつつも、今はそれに注意を向けることが出来ずにレイは男についていく。だが、歓声が気になったのは男も同じだったのだろう。一瞬だけ声の聞こえてきた方に視線を向けると口を開く。

「悪いね。君も試合が気になるんだろ？」

「そうですね。知り合いの試合もあるので」

ロドスやヴェイキュルは、本戦に出場している参加者の技量を見る限り楽勝とはいかないだろう。それがアナセルと戦ったレイの感想だ。アナセルと同程度の強さの者と当たった場合、ロドスはよくて五分五分。ヴェイキュルはかなり勝率が低いというのがレイの予想だった。

戦闘中にその強さを伸ばすことが出来れば……そんな風に考えていると、やがて自分の前を歩いていたタングがとある部屋の前で歩みを止めたのを確認する。

「さ、ここだ。入ってくれ。一応ここからも試合は見ることが出来るから」

そう告げ、扉を開けて部屋の中に入り……

『わあああああああああああああっ！』

その瞬間、歓声がレイの耳を刺激する。その声に導かれるように舞台を見ると、そこでは槍の女が腹を押さえながら立っており、手甲を身につけている男は舞台の上に沈んでいた。

「へぇ、槍使いの方が勝つとは思わなかったな。残念」

後ろから聞こえてきた声に振り向くと、レイを部屋に招待したタングが賭け札を手に残念そうに呟《つぶや》く。その様子から、どうやら目の前の貴族は負けた方に賭けていたのだと理解する。

そんなレイに部屋の中にあるソファへ座るように勧め、部屋に用意されていた水差しからわざわざ男爵であるタングが自らコップに水を入れてレイの前に差し出す。

「……ありがとうございます」

貴族とは思えない行動に驚きを示すレイだったが、タングは笑みを浮かべつつ口を開く。

「私がこうして自分の手で細々としたことをやっているのが意外かな？」

「ええ、まぁ。基本的に貴族というのは、この手の仕事はメイドにさせると思っていましたが」

そう言葉を返すレイだったが、自分がこれまで会ってきた貴族の面々を思い出すと、必ずしもそうではないことに気が付く。特にエレーナは、自分にお茶を飲んで貰うために練習をしていたのだから。……もっとも、それは恋する乙女の行動であるという例外なのだが。

「はははっ、今でこそこうして男爵でございなんて態度を取ってるけど、私は元々三男でね。本来なら爵位を継ぐなんてことは出来なかったはずなんだよ。だから当然軍人か冒険者辺りにでもなって自活する必要があったんだけど……」

「それが今では立派な男爵ですか？」

何があった？　それがレイの正直な思いだった。三男ということは、当然上に兄が二人いたはずだ。もし何らかの理由で長男が家を継ぐことが出来なくなっても、次男がいる。

言うなれば、貴族の三男というのは当主の予備のそのまた予備といった立ち位置なのだ。その状態で三男が家督を継ぐというのは、レイにしても疑問に思わざるをえなかった。

だが、そんなレイに対してタングはコップを口に運びながら説明する。

「不思議がる気持ちも分かる。普通なら三男が跡継ぎになるなんてことは考えられないからね。実際、私も兄たちには穀潰《ごくつぶ》し扱いされて、さっさと家を出て行けと言われてたし」

小さく肩を竦《すく》めるその様子には、特にマイナスの感情は感じない。貴族であればそのような対応を取ることはそれほど不思議なことではないと、タング自身が思っているためだろう。

「ならどんな経緯で男爵に？」

「まず最初に兄さん……ああ、この場合は次男の方の兄さんだが、この兄さんが春の戦争で死んだ」

まさか自分が関係しているとは思っていなかっただけに、驚きの表情を浮かべるレイ。

だが、タングはそれには全く何も思っていないかのように話を続ける。

「元々兄さんが戦争に行ったのは、オートス男爵家の名を上げるためだったんだよ。長男の予備という扱いも、私ほどじゃないけど色々思うところはあったんだろうね。けど、その結果があっさりと戦死。で、オートス男爵家は面子《メンツ》を潰《つぶ》された訳だ」

そう告げ、肩を竦める。自分の家のことだというのに全く気にした様子もないのは、本人にそれほど家に対する思い入れがないからか。

(話を聞く限り、二人の兄から邪魔者扱いされてたようだしな)

「それで終わっていれば、私も気楽な穀潰しでいられたんだけどね」

「……つまり何かがあった、と？」

尋ねつつも、何となくレイには予想が出来ていた。

オートス男爵家の名誉のために出陣した戦争で、勝利出来ずに死亡。ベスティア帝国軍は敗北。オートス男爵家を継ぐ長男がそれを屈辱だと思うのは、当然だろうと。

「そう。レイの予想通りだ」

レイの様子を見ていただけで何を考えていたのか分かったのか、タングは頷く。

「ベスティア帝国はミレアーナ王国に負けたんだ。その状況で敗戦の原因になったレイにちょっかいを出そうものなら……それに、君の前で言うのもなんだけど、成功したならまだいい。けど失敗して、それがミレアーナ王国に知られようものなら、帝国にとって大きな損失となる」

「その結果、排除された？」

「正解。正確には私が伝手《つて》を使ってカバジード殿下にその辺をお願いしたんだけどね」

カバジード。その名前をレイは知っていた。

ベスティア帝国第一皇子の名前で、現在は最も皇帝の地位に近い男。

そしてヴィヘラの兄で、テオレームが仕える第三皇子を軟禁している人物の一人。

レイはそれを口に出さないまま、敢《あ》えて切り込む。

「……自らの兄を切り捨てたと？」

「そうだけど。何かおかしいかい？　ベスティア帝国の貴族としては当然のことだと思うが」

いともあっさりとそう告げるタングの様子に、レイはそれ以上何も言わずに首を振る。

カバジードという人物のカリスマ性を見た、といってもいいだろう。

（さすがに皇位継承者の最有力候補、か）

内心でそう思い、これ以上この話を続けても意味はないだろうと判断して改めて口を開く。

「それで、こうして場所を改めてまで話したいというのは一体？」

「うん？　ああ、そうだね。正確にはちょっと違うんだけど、私が深紅と呼ばれる君と一度会ってみたかったんだ。それに、カバジード殿下からも会ってみたらいいと言われていたし」

自分がベスティア帝国ではどのように思われているのかを知っているだけに、皇子……それも第一皇子から会ってみた方がいいと言われたということに、レイは驚きの表情を浮かべる。

だが、そんなレイの様子が面白かったのだろう。タングは笑みを浮かべつつ頷《うなず》く。

「もちろんだ。君は自分がどのように評価されているのかを知るべきだね。……今、君が春の戦争の件もあって、ベスティア帝国内でよく思われていないことは知っている。だが……もしもその後ろにカバジード殿下の姿があるとなれば、その評価は一変するだろう」

そこまで告げられれば、レイにも目の前の人物が何を目的として自分と話したいと思ったのかが理解出来る。つまりは、引き抜き。カバジード本人の考えか、タングの独断か。そのどちらかは分からなかったが、それでも自分の勧誘が目的だったのだろうと。

今まではダスカーに頼んで貴族からの接触は断っていたのだが、自分を招待した国の第一皇子の関係者からの頼みであったために、引き受けざるをえなかったに違いない。

「どうかな？　待遇は応相談となると思うけど、満足させることは出来ると思うよ？　カバジード殿下は能力のある方に対しては取り立てる。……それは私を見れば明らかだろう？」

自らの兄を蹴落《けお》としてオートス男爵家の当主となった人物の言葉だ。確かに実力重視であるというのは事実なのだろう。だが……

「悪いですが、現状誰かに仕えるつもりはありませんので」

「そうなのかい？　決して後悔させないだけの条件は持ってきたんだけど。それこそ、君が望むのなら爵位を受けて貴族になるのも難しくはないと思うよ？」

「お話はありがたいですが、生憎《あいにく》自由な冒険者稼業の方が性に合っていますから」

爵位すらもあっさりと拒否するその言葉に、タングは驚きに目を見張る。まさか自由でいたいという理由で、悩む様子すらなく爵位を蹴ってくるとは思わなかったためだ。

もちろんあっさりと頷くとは思っていなかった。……いや、むしろ爵位という条件であっさりと頷くのであれば、タングの中でレイの評価は下がっていただろう。

だが、こうも躊躇《ちゅうちょ》なく断ってくるとは思っていなかった。

（これは……ちょっと評価を変える必要があるかな）

内心でレイに対する評価を一段上げる。自分の中にきちんとした価値観を持っている人物であればあるほど、その能力も高い。それはタングの経験的な法則に近いものだった。

もっとも、その分癖のある者が多いのもまた事実だったのだが。

そう考えた場合、レイはその典型的なタイプといってもいい。

「ふむ、そうなると……ならば、こう聞こうか。もし君が帝国に……いや、カバジード殿下に仕えるとすれば、どのような条件があれば可能だろうか？　君を見る限りでは、金、女、権力といった即物的なものではどうこう出来るようには見えないから、是非聞かせて欲しい」

「……先程も言いましたが、俺は今の生活で十分満足しています」

「それはつまり、どのような条件であってもカバジード殿下に仕えるという選択肢はないと？」

そこまで告げると、ふと何かを思い出すかのように数秒ほど目を閉じ、口を開く。

「君はマジックアイテムを集める趣味があると聞く。そちらから攻めても無駄かな？」

今度驚愕《きようがく》に襲われたのはレイ。確かに自分はマジックアイテムを集めるのを趣味としている。だが、まさかそれを知られているとは思ってもいなかった。

そもそも、それを知っている者自体がそれほどいないのだから。

(どこから漏れた？　テオレームならミレアーナ王国にかなりのスパイを放っているはずだから分かるかもしれないが、まさか第三皇子派のテオレームが情報を漏らすとは考えられない。となると、他《ほか》の……モーストか？)

悠久の空亭に泊まっている魔法使いを思い出す。

実際、レイはモーストにマジックアイテムを売っている店に心当たりがないかどうかを聞いている。だとすればそこから漏れたのか？　そうも思ったが、すぐに内心で否定する。

(可能性としては十分にあるが、違う気がする)

無実であるという証拠は一切ない。逆に状況証拠はモーストが第一皇子派の手先である可能性を示していた。だが……それでも、レイは半ば勘ではあるが、モーストが今回の件に絡んでいる訳ではないと判断する。あるいは、それはレイの願望も混ざっていたのかもしれない。

「そうですね。マジックアイテムを集めているのは否定しませんし、カバジード殿下の下につけば楽に得ることが出来るでしょう。ですが、マジックアイテムの収集はあくまでも趣味。その趣味のために、今の冒険者という自由な暮らしを無くすつもりはありません」

一旦《いったん》言葉を切り、タングにじっと視線を向けながら言葉を続ける。

「それに、趣味というのは苦労をしてこそ楽しいものです。街中を歩き回って探す、ダンジョンに潜って探す、依頼の報酬として貰《もら》うといった風に。なのに、単純にマジックアイテムを欲するためにカバジード殿下の部下になり、その結果大量のマジックアイテムを貰っても……」

そこまで告げ、無言で首を横に振る。

それでは充実感がない。そう言いたいのは、タングにも分かった。

分かりはしても、それに納得出来るかどうかは話が別だったが。

「趣味というのは、色々と面倒臭いものだね」

「オートス男爵に趣味はないんですか？」

「残念ながら貴族の三男坊という立場では、迂闊《うかつ》に趣味を持ったりすれば兄たちからの格好の攻撃材料になってしまうから。殿下に拾われてからは、仕事仕事でそれどころではなかったし。しかし趣味か。確かに貴族なら趣味の一つや二つは持っていた方がいいのかもしれないな」

「そうですね。趣味があれば人生に潤いが出来るというのはよく聞く話ですし」

人生の潤い。その言葉を聞いたタングが、興味深そうにレイに視線を向ける。

「ほう？　具体的にはどのような趣味があるのか、教えて欲しいな」

「……俺もあまり詳しくはないですが、よく聞くのだと酒の収集とかでしょうか」

そう告げるレイだったが、それはあくまでもレイのイメージする貴族の趣味だ。

ただ、幸いなことにベスティア帝国でも酒の収集を趣味とする者はいるようで、タングはその趣味を持っている者を知っているのか、納得するように頷く。

「他にも家具や食器の収集といったものも聞きますね」

そんな風に、この世界ではなく日本にいたときに漫画や小説、映画といったもので知った貴族の趣味らしい趣味を口にし、タングはそれを興味深く聞くのだった。

◆◇◆◇◆◇

目の前を通るバトルアックスを、余裕を持って回避する。

バトルアックスが通りすぎたのを確認すると、そのまま前に出て長剣を振るう。

バトルアックスを握っている右手を狙《ねら》って振るわれたその長剣は、しかしバトルアックスの柄の部分で受け止められ、同時に力ずくで振るわれたその動きに大きく吹き飛ばされた。

「くそっ、馬鹿力《ばかぢから》め」

そう吐き捨てるロドスに、対戦相手の男は同じような忌々しげな顔をしながら口を開く。

「何が馬鹿力だ。今の一撃、全く効いた様子がねえじゃねえか」

自らの力を誇示するかのようにバトルアックスを振るうが、一瞬前の忌々しげな表情を消したロドスは、笑みを浮かべて言葉を返す。

「残念ながら、俺が練習相手にしてきた奴《やつ》はもっと馬鹿力だったからな。そいつの相手をしていれば嫌でも慣れるんだよ」

「ちっ。おらぁっ、行くぞぉっ！」

自らを鼓舞するかのような雄叫《おたけ》びを上げ、そのままロドスとの距離を詰める男。

身長二メートルを優に超える筋骨隆々の男が迫ってくる様子は、どこか壁が迫ってくるような印象を抱かせる。ロドスもそれほど身長が高くないためか、周囲の観客たちにはまるで雪崩に呑み込まれる子供をイメージする者も多かった。だが……

（全力の一撃なら、それを振るったあとの隙《すき》を突けば！）

むしろロドスは、それを望んで待ち受ける。

確かにこの相手は強い。だが、自分はもっと強い相手……それこそ、ランクA冒険者である自分の父親に勝った相手と訓練を重ねているのだ。そんな自分がここで負けるはずがない。

何より、自分はそいつをこの闘技大会で倒すことを目標にしているのだから。

「こんな所で負ける訳には、いかないんだよぉっ！」

袈裟《けさ》懸けに振り下ろされたバトルアックスを見ながら叫ぶ。

男も全力を注ぎ込んでいるのだろう。この試合の中でも最も鋭い一撃。

しかし、ロドスは大きく後ろに跳躍してその攻撃を回避する。

目標のロドスの肉体ではなく空中を振り切られたバトルアックスに、男の体勢が崩れる。

待ちに待ったその隙を見逃してやるほどロドスはお人好《ひとよ》しではなかった。

「うおおおおおおおっ！」

地面を蹴り、急速に近づくバトルアックスを持った男の姿。

そこに繰り出されるのは、ロドスが最も得意とする渾身《こんしん》の連続突き。

数秒で十を超える数が繰り出されたその連続突きを、男はバトルアックスの柄の部分で防ごうとするが……防ぐことに成功したのは、最初の数回のみ。

そのあとは、元々先程の一撃でバランスを崩していたこともあって受け止めきれなくなり、ロドスの振るう長剣の切っ先が男の身体《からだ》を抉《えぐ》る。

今こそが最大の好機。ロドスはそのまま全力を込めて連続突きを放つ。

「はあぁあぁっ！」

腕、足、肩、胴体。それぞれに突きが決まり、バトルアックスを持っていた男はそのまま舞台の上に崩れ落ちる。威力よりも速度を重視しており、バトルアックスを持っていた男は金属のハーフプレートアーマーを身につけていたこともあって、傷は深いが死に至るほどではない。

……もっとも、それはあくまでも今すぐに手当をすればの話だ。

もしもこのまま放《ほう》っておけば、間違いなく失血死してしまうだろう。

同時に、倒れた男が痛みにより起き上がれないのを確認した審判が大きく叫ぶ。

「それまで、勝者ロドス！」

闘技場内に審判の声が響き渡り、次の瞬間には歓声が爆発する。

『わあああああああああああああああああっ！』

同時に、バトルアックスの男に賭《か》けた者たちの賭け札が空中に撒《ま》き散らかされる。

ただし賭け札とはいっても、紙や羊皮紙の類《たぐい》ではなく木板に賭け金や賭けた相手をマジックアイテムで彫った代物だ。それゆえに、賭け札は空中に舞うのではなく地面に落ちるのだが。

そんな闘技大会の風物詩ともいえる光景を目にしながら、ロドスは安堵《あんど》する。

「ふぅ。何とか勝てた、か」

視線の先にいるのは、舞台から下ろされて傷が回復している対戦相手の姿。

（強敵……そう、間違いなく強敵だった。それは間違いない。けど、あくまでも俺が対処出来る程度の強敵でしかないってのも事実だったな）

実際戦闘中に危険は感じたが、それでも絶望的な危険ではなかった。

むしろ、レイと戦っているときの方が大きく危機感を抱かざるをえなかっただろう。

(それはそれでどうなんだと思うけどな)

そんな風に考えながら舞台を降りると、当然のように戦いで負った傷が癒える。

その様子に便利なものだと考えていると、自分に近づいてくる気配を感じた。

そちらに視線を向けると、そこにいたのはつい先程まで戦っていたバトルアックスの男。

ただ、その表情に悪意は感じ取れない。むしろ、笑みすら浮かべている。

「強いな、さすが雷神の斧《おの》の子供ってことか。……俺に勝ったんだ。優勝とは言わないが、もう少し上を目指してくれよ。そうすればお前に負けた俺も、自信を失わなくてすむ」

「当然だ。どこまでいけるかは分からないけど、俺はもっと上を目指す」

そう、レイと戦って勝つまで。言外に込めた意思は伝わらなかったのだろうが、バトルアックスを持った男はニヤリと笑みを浮かべてロドスの肩を叩《たた》く。

「がっはっは。男はそうでなきゃな。ま、俺も応援するからせいぜい頑張ってくれよな」

男の言葉にロドスが頷くと、再び笑みを浮かべそのまま去っていく。

その背を見送ったロドスもまた、気合を入れ直すのだった。


「……ふぅ。勝てた、か」

貴賓室でロドスの試合を見ていたミンが安堵の息を吐《つ》く。普段はなるべく突き放すようにしているミンだが、それでもやはり息子の試合は気になったらしい。

「ま、相手がバトルアックスだったのは相性がよかったな」

タングとの会談を終えて戻ってきたレイが呟《つぶや》く。エルクという世界でもトップクラスのバトルアックス使いと共にいるのだ。その武器で出来ること出来ないことというのは、その辺でバトルアックスを使っている者たちよりもロドスの方がよく知っているだろうと。

「俺の英才教育のおかげだな」

「間違ってはいないのが突っ込みどころに困るところだ」

エルクとダスカーがそれぞれ会話をしている中で、ふと視線を感じたエルクが周囲を見る。それはレイも同様だったが、視線を送っていた相手もそれに気が付いたのだろう。すぐに自分たちに向けられていた視線が消えたのを感じ、お互いに顔を見合わせて肩を竦《すく》める。

「何だか、随分と色々活発に動き出してきたな。これもお前の悪名のおかげか？」

エルクの口から出たどこかからかうような言葉に、レイは舞台に視線を逸《そ》らす。

その視線の先では、六十代ほどの老人が見た目に似合わぬような鋭い槍捌《やりさば》きを披露していた。対するは巨大なハンマーを手にした二十代の男だったが、威力はともかく取り回しのしやすさは圧倒的に槍の方が上だ。男がハンマーを振るおうとすれば、槍の老人は後方に退《ひ》いて距離をとる。

徹底的に槍の間合いで戦い、ハンマーの男はほとんど一方的に攻撃されるだけとなっていた。

「相性が悪かったな。一応槍を攻撃するって対処法もあるんだが……あの爺《じい》さんの槍捌きを見る限り、それも難しそうだし」

レイの視線を追って舞台を眺めていたエルクが呟く。

お互いに本戦に勝ち残ったのは同様だったが、実力と経験に差がありすぎた。

「だろうな。力だけで言えばハンマーの男の方が上だろうけど……」

レイとエルクは、それぞれ大鎌《おおがま》とバトルアックスという取り回しの難しい武器を使う身だ。

それだけに、間合いの重要性というのは理解している。

「あ、馬鹿。もう少し我慢すればまだ逆転出来たかもしれないのに」

突き出される槍に当たるのを覚悟の上で突っ込んだハンマーの男に、エルクが駄目出しする。

「そうか？　このままだと結局押し切られると判断したんだろ。特に今までの攻防を見ていると、槍使いの方が圧倒的に技量は上だし」

そんなエルクとは裏腹に、レイはハンマーの男の行動を褒める。

もっとも、ベストではなくベターだという意味でだが。

「ばっか、あそこは耐えるところだって」

「うーん、父さんの考えも分かるけど……ここはやっぱりレイの考えで正解だと思うな。技量的に負けている以上、一か八かに賭けるしかないし」

そう言葉を挟んできたのは、いつの間にか貴賓用の観客席に姿を現していたロドス。

そんなロドスにエルクは笑みを浮かべたものの、自分ではなくレイに味方するような発言をしたことで少し拗《す》ねたように口を尖《とが》らせる。

「ふんっ、うちの息子はレイと訓練しているうちにすっかり染まっちまって……痛っ！」

最後まで言わせずに振るわれる杖《つえ》。その杖の持ち主は、当然の如《ごと》くエルクの妻でもあるミン。

「全く、照れ隠しもいい加減にするべきだ」

「なっ⁉」

図星を指されたとしか思えないような驚きの声を漏らすエルクに、首を傾《かし》げるロドス。

そんなロドスに、ミンは小さく笑みを浮かべつつ口を開く。

「男親として思うところがあるんだろう。それよりも、向こうの方でも決着が付いたようだぞ」

ミンが杖を舞台に向けると、そこではハンマーを持った男が腹部を槍で串刺《くしざ》しにされて倒れていた。ただし、槍の老人も無傷ではない。ハンマーの男が放った最後の一撃が命中したのか、左肩の部分の鎧《よろい》が砕け、力なくぶら下がっている。

肩の骨が折れたか……あるいは砕けたのだろうと、一目で分かるほどのダメージだ。

結局そのまま槍の老人の勝利が宣言され、二人共舞台の上から下ろされる。

すると次の瞬間、二人の傷がまるで夢だったかのようにすっかりと消えた。

その様子を見ていた観客たちの安堵の声が、会場の中に広がる。いくら闘技大会が好きでも、それは戦いを見るのが好きなのであって、殺し合いを見たい訳ではないのだから。

……もっとも、中には殺し合いの方を好むような者もいるのだが。

「結局はあの槍使いの方が勝ったか。相手の方も一矢報いたけどな。この場合はエルクとレイの意見のどっちが正しかったと思う？」

どこかからかうように尋ねてくるダスカーの言葉に、肝心の二人は言葉を詰まらせる。

もう少し耐えるべきだと判断したエルクだったが、ハンマーの男は結局一矢を報いている。

いい判断だったとしたレイだが、ハンマーの男は一矢を報いたものの、結局は負けている。

どちらもが正解なようで正解ではない状況だったのが、二人が言葉を詰まらせた理由だろう。

「……あ、ヴェイキュルだ」

どこか二人にとっていたたまれない空気を破ったのは、ロドスの声。

その声にレイが視線を舞台に向けると、確かにそこにはヴェイキュルの姿があった。

もっとも、この中でヴェイキュルと親しい付き合いがあるのは、訓練を共にしたレイとロドスのみだ。エルクやミンもロドスから多少話は聞いているし、ダスカーも『風竜の牙《きば》』についてはそれなりに知っていたのだが。

そのヴェイキュルの対戦相手は、同じような軽装の男。

ヴェイキュルと同じく動きやすさを重視しており、レザーアーマーすら着ていない。

「あの服……恐らく相当に頑丈な代物だろうな」

エルクの言葉に、その場にいた皆が視線を男の服に向ける。遠目では特に普通の服と変わらないように見えたが、長年冒険者としてやってきたエルクにしてみれば一目瞭然《いちもくりょうぜん》だったのだろう。事実、その隣にいるミンもまた頷《うなず》きを返していた。

これは純粋に経験がものを言うことなので、レイは反駁《はんばく》する言葉を持たない。だが……

「おい、あの男……殺気を発してるように見えるんだが」

レイの口からそう呟きが漏れる。ミンのように魔力を感知したり、エルクのように経験でものを言うことは出来ない。それでも、レイの目から見てもヴェイキュルの対戦相手が殺気を放っているのはしっかりと感じることが出来た。

もちろん試合中に殺気を放つのは珍しくない。特にこのような場で技量の近い相手であれば、それによって勝負が決まることも珍しくはないのだから。しかし、舞台の上でヴェイキュルと向かい合っている男は何かが違った。そう、まるで殺し合いをするかのように。

それをヴェイキュルも感じ取っているのだろう。その表情が緊張に彩られ……

「始め！」

審判の試合開始の声と共に、男が先手必勝とヴェイキュルとの距離を詰める。

その速度は、本戦に出るだけの技量を持った人物としては文句なく一級品。

……ただし、手に持つ短剣の切っ先がヴェイキュルの頭部に向かっていなければ。

「なっ⁉」

男の行動に、貴賓室の中でも驚愕《きょうがく》の声が響き渡る。自らの頭部目がけて放たれた短剣の切っ先を、ヴェイキュルは重力に任せ、舞台の上に腰を落とすような形で回避する。

（こいつ、殺しにきた⁉）

内心で考えるも、闘技大会云々《うんぬん》という話ではなく、生き死にがかかった現状ではまず行動だ。

舞台の地面に手を突き体重を支え、そのまま相手の足を払うように蹴《け》りを放つ。

だが、向こうもその程度の動きは予想していたのだろう。軽く跳躍して蹴りを回避し……そのままの体勢でヴェイキュルの頭部に向かってカウンター気味に蹴りを放つ。

「きゃっ！」

短い悲鳴を上げつつも、相手の蹴りを短剣の柄の部分で受け止めることに成功し、ヴェイキュルは吹き飛ばされたものの男との距離をとることに成功する。

「あんた、一体何を考えてるのよ！」

ようやく一息ついて叫ぶヴェイキュルだが、男は薄ら笑いを浮かべるだけだ。

その様子を見て、最初の頭部を狙った短剣の一撃は狙って放たれたものであったと確信する。

それだけではない。今の蹴りも短剣の柄の部分で防ぐことは出来たが、その狙いは自らの首。恐らくあのまま蹴りを食らっていれば首の骨が折れていたのは確実だろう。

「闘技大会は相手を殺しちゃ失格で、罪に問われるよ……って言っても、承知の上か」

苦々しげに呟くヴェイキュルとは裏腹に、男は粘着質な笑みを浮かべつつ短剣を弄《もてあそ》ぶ。

それは、まるでネズミを前にした猫が弄ぶかのような、そんな表情。

何よりもヴェイキュルにとって厄介だったのは、一連の動きを観客たちが異常と感じていないこ

とだろう。ほとんどの人々が試合の中で行われている行動と判断し、呑気《のんき》に歓声を送っている。

もちろんどこかおかしい、あるいははっきりと男の殺気を感知している者も少なくない。

だが、戦い自体で殺気を放つのは珍しくない出来事だし、最初の一撃もあくまでもフェイントで、
回避されるのを前提としていたと言われれば処罰するのは難しいだろう。

(けど、何だって私の命を?)

内心で呟き、脳裏をよぎるのは数日前に帝都の外れで襲われたレイとロドスの姿。

あのときは咄嗟《とっさ》に助けに入ったが、それが原因で自分を? そう考え、すぐに納得する。つまり
目標をどうにかする前に、その障害となる『風竜の牙』を狙ったのだろうと。

「全く……馬鹿《ばか》な真似《まね》をしてくれるわ。……けど、そうと分かった以上、こっちもそうそう簡単に
やられる訳にはいかないのよ」

相手の男を睨《にら》みながら、ヴェイキュルは改めて短剣を構える。

そんな様子を見て、薄《うす》ら《うつ》と口元に嘲《あざ》りの《け》笑みを浮かべる男。

「お前如きが勝てると思っているのか? 大人しくしていれば楽に死なせてやったものを」

「……そもそも、相手を殺すと罪になるんだけど。その辺、理解してる?」

「当然だ。だが罪になるといっても、それは絶対じゃない」

何かを確信したようなその様子に、ヴェイキュルは苦々しげな表情で吐き捨てる。

「貴族、か」

「さて、どうだろうな。お喋《しゃべ》りは終わりだ。そろそろお前も死後の世界に旅立ちたいだろう?」

「残念ながらまだ死ぬ予定はないわ。いい男を見つけて結婚するっていう夢もあるし……ねっ!」

会話の途中でヴェイキュルは一気に前に飛び出す。

短剣を右手に持ち、左手を意味ありげに懐に伸ばし……勢いよく引き抜く。

その瞬間、男の方は一瞬だけだが視線をその左手に引き寄せられた。

だが取り出した左手には何も持っているようには見えず、フェイントと判断する。

慌ててヴェイキュルの左手から全身を視界の中に入れ……瞬間、男の右目に激痛が走った。

「痛ぁっ！　くそっ、何しやがったこの女！」

このままここにいては危険だ。右目を押さえながらそう判断すると、男は後方に跳躍する。

右目は完全に潰《つぶ》れ、視界の半分が闇《やみ》に閉ざされていた。男は躊躇《ちゅうちょ》なく右の眼球に触れる。

そこには小さな……それこそ数ミリ程度の尖《とが》った金属の破片が突き刺さっていた。

「くそがぁっ！　俺の目になんてことしやがる！」

怒りのままに持っていた短剣を投擲《とうてき》するが、右目が潰された影響で遠近感も狂っており、ヴェイキュルとは全く違う方に飛んでいく。

「馬鹿ね、私を甘く見たあんたの傲慢《ごうまん》さが敗因よ！」

叫びつつ男の右側……すなわち封じられた視界に回り込み、金属片を放つ。

再びの激痛。その激痛の源の右頬《ほお》に手を伸ばすと、そこにも眼球と同じように金属片が突き刺さっていた。二度の攻撃でようやくヴェイキュルが何をしたのか分かった男は、苛立《いらだ》たしげに叫ぶ。

「小細工してるんじゃねぇぞ、おらぁっ！」

「ふんっ、シーフが小細工して何が悪いってのよ」

短く言葉を返し、封じられた視界の中で接近したヴェイキュルが短剣を振るう。

ただし、刃《やいば》ではない。柄を首の後ろに叩《たた》きつけるようにだ。

その衝撃により、口汚くヴェイキュルを罵《ののし》っていた男は意識を失い舞台の上に崩れ落ちる。

「全く、いきなり切り札を使うことになるとは思ってもいなかったわ」

審判が舞台に上がり、男の意識を確認しているのを見ながら、ヴェイキュルがぼやく。

男の右目や右頬に突き刺さった金属片。それはヴェイキュルの奥の手の一つで、出来ればこんな初戦で見せたくはない手札だった。

もしレイがそれを見ていれば、指弾という中国武術の単語を思い出しただろう。

指先だけで礫《つぶて》を放つ技であり、いわゆる隠し武器や暗器と呼ばれている物の一つだ。

それがヴェイキュルの得意技の一つでもあった。

（これを使わないと勝てたかどうかは微妙だったしね。実際、腕は互角かやや私の方が劣っていたのは間違いないんだし）

そんな風に考えている間にも、舞台の上に上がってきた審判は男の意識がないと判断したのだろう。ヴェイキュルに視線を向けつつ、大きく叫ぶ。

「勝者、ヴェイキュル！」

『わあああああああああああああああああっ！』

お互い素早さを重視する戦闘スタイルだったため、観客にとっても見応《みごた》えがあったのだろう。

（この男については、どうしようかしら。貴族と繋《つな》がっているのなら、運営委員に言っても無駄でしょうし。レイかロドスに知らせておくしかないか）

そこまで考え、ふと刺客につい最近も襲われたことを思い出す。そして、その刺客は鎮魂の鐘の手の者だったことを。

（ちょっと待って待って待って。もしかして、この男も鎮魂の鐘の所属だったりしないでしょうね？　もしそうだとしたら、これ以上ないほどに巻き込まれたってことにならない？）

自らの考えに、先程まで感じていた勝利の実感が急速になくなっていき、むしろ背筋に氷でも入れられたかのようなものを感じる。

「ヴェイキュル、どうした？　試合はもう終わりだ。次の試合があるから、特に何か用がないのならそろそろ舞台を降りてくれ」

「……え？　あ、え、ええ。ごめんなさい。ちょっと勝てたのが嬉《うれ》しくて」

審判の訝《いぶか》しげな声に我に返ってそう告げるヴェイキュルだったが、その表情はとてもではないが嬉しそうには見えない。そして、ここにいてはあの男が目覚めたときにまた絡まれるかもしれないと判断し、男のことをレイやロドスに知らせるためにさっさと舞台を降りるのだった。


「くそっ、しくじりやがって……本当に腕が立つ組織を選んだんだろうな！」

ヴェイキュルの試合を見ていた、貴賓用としては狭い客室で一人の貴族が吐き捨てる。

もしも他《ほか》に観客がいれば声を抑えなければならなかったのだろうが、幸いここにいるのは自分とメイドだけだったので、我慢する必要もない。

背後に控えていたメイドが、ほとんど表情を動かさぬままに口を開く。

「はい。ですが、鎮魂の鐘が動いているのが影響しており、どの組織も及び腰になっています」

「だからこそ、金さえ払えば文句も何も言わずに動く狂犬どもを雇ったんだろうが」

そう告げた瞬間。メイドが音もなく一歩前に出て、スカートの下から取り出した鎖を振るう。

キンッ、という金属音が周囲に響き渡り、床に突き刺さる短剣。

何が起きたのかは、それを見れば明らかだった。

自らが狙《ねら》われたことに気が付いた貴族は、目に怒りを込めて短剣の飛んできた方を見る。

そこにいたのは、男。ただし顔全体を真っ白く塗り、入れ墨の如《ごと》き化粧が施されている。髪が天を突くように逆立ち、見ただけで男の年齢を見抜くのは難しいだろう。

「貴様っ、何のつもりだ！」

どこからともなく姿を現したその存在に怒声を浴びせる貴族。

だが、短剣を放った男はヘラヘラとした笑みを浮かべ、貴族を無視して、鎖を持ったメイドに視線を向ける。鎖。そう、先程男の放った短剣を防いだ鎖だ。

メイドと鎖というのは、何とも違和感のある組み合わせではある。だが、むしろ男はそれこそがいいと笑みを浮かべていた。

「彼女、やるじゃん。どう？　俺とちょっとやり合わない？」

「……残念ながら、私は一介のメイドでしかありませんので」

「一介のメイド？　そんなのが俺の短剣を防げるかよ。血湧《わ》き肉躍るダンスをしようぜ」

数秒前まで浮かべていたのとは全く違う、血に飢えた狂犬の如き笑みを浮かべて誘いをかけてくる相手に、メイドは小さく頭を下げる。

それに我慢出来ないのは貴族だ。何の脈絡もなく自分を殺そうとし、それを防いだかと思えば次は自分のメイドに誘いをかけてくる。ここまで見事に自分という存在を無視されたことはない。それゆえに、貴族の男は怒りを込めて叫ぶ。

「何のつもりだ、と聞いているのだ！　答えろ！」

帝国に住む普通の住民であれば、間違いなく身を竦《すく》ませるだろう貴族の怒声。

だが、男は全く堪《こた》えた様子もなく、ヘラヘラとした笑みを浮かべたまま口を開く。

「えー、だって俺たちを狂犬とか馬鹿にしてただろ？　なら、それらしく振る舞ってやろうとしただけなんだけどな」

「……そのような振る舞いが狂犬と言われている原因だと、何故《なぜ》気付かぬ？　そもそも、お主たち月光の弓の手の者があのような無様を晒《さら》したのが原因ではないか」

「ふーん、確かにあいつは失敗したけど……鎮魂の鐘が狙ってる相手を標的にした依頼を、他に受ける組織はあると思うのかい？」

「ぐっ！」

「貴族なら自前の戦力くらい持ってるだろうけど、それを公に使う訳にもいかないんでしょ？」

男の言葉は事実だった。当初、深紅を標的にした組織は多かったのだが、鎮魂の鐘が……それも、かなり力をいれて狙っているという情報が流れると、ほとんどの組織が手を引き始めた。

いまだに動いている組織は僅《わず》かで、それも鎮魂の鐘という名を知らないモグリの組織が多い。

そんな中で唯一実力のある人員を抱えて動ける組織が、月光の弓だった。

月光の弓という組織は、元々鎮魂の鐘に所属していた者たちが新たに作り上げた組織だ。

過激な思考を持った者たちが鎮魂の鐘を追放された結果出来上がったのが月光の弓である。

本来この手の組織から抜けるのは非常に難しいのだが、過激な思考を持っている者は積極的に暗殺等を行っていた影響もあり、非常に腕が立つ者が多い。鎮魂の鐘が全力を挙げれば殲滅《せんめつ》することは難しくないだろうが、そうなると鎮魂の鐘の被害も大きい。

また、鎮魂の鐘は非合法な活動を行う以上、腕は立つが周囲と上手《うま》くやれない者も多い。そのような者の受け入れ先として、あるいは捨て駒《ごま》として使えるという狙いもあり、妥協の産物として鎮魂の鐘の外部組織的な立ち位置で月光の弓が生み出された。

そして、鎮魂の鐘が狙っている相手であっても全く問題なく依頼を受ける月光の弓は、重宝もされている。自分たちの上位組織ともいえる鎮魂の鐘の機嫌を損ねるような真似はしないのが普通なのだが、月光の弓にそのようなことは関係ない。

いや、むしろ鎮魂の鐘と戦うようなことになれば嬉々《きき》として戦闘を挑むだろう。

そんな相手に頼るしかないことに、貴族は忌々しげな舌打ちをする。

(シュヴィンデル伯爵も動いていると聞く。あのような奴《やつ》らに深紅の首を渡してなるものかっ!)

顔見知りではある。だが……それでも、絶対に譲れないものがそこにはあった。

◆◇◆◇◆◇

太陽から降り注ぐ日光は、すでに夏とは決定的に違い、ほとんど暑さを感じさせない。

空を流れる雲は、箒《ほうき》で掃いたような形のものも多い。気温も夏ほどには高くない秋晴れの中、レイは以前ロドスとの訓練中に刺客に襲われた場所に向かって帝都の中を歩いていた。

闘技大会の本戦が行われているせいだろう、街中にいる人影は以前よりも明らかに少ない。

しかもレイが人気の少ない場所に向かっているのだから、さらに人の数は少なくなってくる。

(そうでなきゃ困るんだけどな)

レイはドラゴンローブのフードが自分の顔を隠しているのを確認しつつ、道を進む。

まだ周囲に人の姿はいくらかあるが、それでも自分たちの近くを歩いているのがレイだとは気が付いていないのか、全く気にした様子もなく普段通りの生活を送っている。

月光の弓という組織に狙われているレイが、ロドスたちから離れて単独行動をしている理由は簡単だ。襲撃されるのをむしろ望んでいるのだ。もっとも、レイは自分を狙っているのが月光の弓であるとは考えていない。相変わらず鎮魂の鐘であるという認識だったのだが。

それでも、前日にヴェイキュルが試合の中で命を狙われたというのを見ていれば、相手が全く手段を選んでいないのはすぐに分かる。闘技大会の中で平然と命を狙ってくる異常性、さらにはレイではなく、その周囲にいるヴェイキュルを狙うという行動。

それらを考えると、迂闊《うかつ》に街中で襲われては周辺に大きな被害が出るのは間違いない。

……レイが一人で自らを囮《おとり》として刺客を誘《おび》き寄せるには、そのような建前が必要だった。

もちろんその建前の全《すべ》てが嘘《うそ》ではない。むしろ、ほとんど全て真実でもある。

だが、今は少しでも強い相手と戦って経験を積みたいというのが正直なところだ。

レイ自身の戦闘経験は、その辺の冒険者を問題としないくらいに多様、かつ濃厚でもある。普通の相手と戦うのなら全く問題はない。だが……

（相手はノイズ。世界に三人しか存在していない、ランクS冒険者だ）

前日に見たノイズの第一試合を思い出して内心で呟《つぶや》き、自らの戦う相手を強く意識する。

不動の異名を持つノイズと戦うのに、今の自分ではまだ力不足。それはノイズと偶然出会ったときに本能的に感じ取っていた。

ノイズの一回戦は、ほとんど実力を出さないままに相手がランクS冒険者と戦うということでミスを重ねて沈んでいる。それでも、ノイズの持つ力の一端を確認することは出来たのは幸いだった。

それゆえにレイは力を求め、強敵との戦闘を心待ちにしている。

建前の中にあるように、周囲を巻き込まないように人の少ない場所に向かっているのは、自分の戦闘にいらない邪魔が入らないようにしたいという理由もあった。色々と理由はあれど、結局レイがやっているのは自分を狙う刺客を人気のない場所で誘き出して戦いを挑むこと。

（さて、どんな魚が釣れるのやら。出来れば雑魚じゃなくて大物が釣れるといいんだが。……少なくとも、こうして気配が見え見えの相手には戦闘力も期待出来ないだろうし）

自分のあとをついてくる気配の数を確認しながら内心で呟くレイ。

やがて周囲に疎《まば》らにあった人の数も、一人、また一人とその姿が見えなくなっていく。

そのまま道を進むレイだったが、周囲に全く人の姿がなくなっても襲ってくる様子はない。

（……どうなっている？）

内心で首を傾《かし》げるレイだったが、そもそも現在レイの周囲にいるのは、あくまでもレイの行動を把握する者たちだ。その中にはベスティア帝国の貴族の手の者や皇族の手の者もおり、それだけ戦闘力に特化したレイという存在は、注目せざるをえない存在だった。

だがそれを知らないレイは、人気が少なくなっても姿を見せない相手に首を傾げる。

こうして自分だけになれば、刺客が姿を現すのだとばかり思っていたのだから。

だが一向に姿を見せず、完全に目論見《もくろみ》が狂っていた。

そうこうしているうちに、やがて問題の場所……以前ロドスと共に訓練しているときに襲われた場所に到着した。

「都合がいいから、いいんだけどな」

呟き、ミスティリングから取り出したデスサイズを手に周囲を見回す。

まるで決闘相手を待ち受けるかのような態勢。だが、レイに感じ取れる気配は相変わらず離れた場所に留《とど》まっており、一定の距離以上は近づいてくる様子もない。

そのまま五分ほど待っていたのだが、結局誰も姿を現す様子は見せず……やがて、レイが周囲に向かって苛立《いらだ》たしげに叫ぶ。

「俺の命を狙っている奴！　今ならここで戦ってやるぞ！　姿を現せ！」

声が響くが、一向に姿を現す様子はない。そもそも敵は刺客……つまり暗殺者だ。基本的には不意打ち奇襲毒殺といった手段を得意としている者たちで、正々堂々と戦うというのはありえない。

……ありえないはず、だったのだが。

「自分が狙われていると知ってるのに、一人でこんな場所まで来るなんて随分と自信家だな」

「そう言ってやるなよ。そのおかげで俺たちはこうして楽に仕事を達成出来るんだからな」

「確かに。それに、自分の実力に自信を持ってる奴のプライドをへし折るのは堪《たま》らなく楽しい」

「そうか？　俺はどっちかといえば女子供が泣き叫ぶ声の方が好みだけどな」

そんな風に声を発しながら二人の人物が姿を現す。言動から刺客なのだろうと判断するレイだったが、それにしては現れた二人の姿は異様だった。

本来であれば、刺客は極力目立たないようにするものだ。

暗殺を行うのだから、目立ってしまっては意味がないだろう。

だが、目の前にいる二人のうち片方は顔に紋章のような刺青《いれずみ》が彫られており、髪も編み込まれている、いわゆるドレッドヘアだ。そしてもう片方はモヒカンのような髪型となっている。

特にモヒカンの方は頭部に犬か狼《おおかみ》のような耳が生えており、獣人であることを示している。

なお、ドレッドヘアの男はモーニングスターを手にしており、獣人の方は刃《やいば》の長さが一メートルほどもある巨大な鉈《なた》を手にしていた。

「……また、随分と予想外な奴らが姿を現したな。鎮魂の鐘ってのは色物集団か？」

そんなレイの言葉に、ドレッドヘアの男の方がピクリと刺青の入っている頬を動かす。

「俺たちが鎮魂の鐘だと？　あんなお行儀のいい奴らと一緒にするなよ」

言い返すその表情に浮かんでいるのは、心の底からの嫌悪。

自分たちと同じ裏の仕事をしているのに、規律を重視しているというのが気にくわないのだ。

もちろんその規律も、騎士団なんかの規律に比べると非常に緩く最低限のものでしかない。でなければ、ムーラのように他人を洗脳して人形の如く使い捨てるような真似《まね》は出来ないだろう。

だが……月光の弓と呼ばれているこの男たちは、その最低限の規律さえ守らない……いや、守れない者たちだ。言葉が気にくわない、態度が生意気だ、目つきが気にくわない、顔が気に入らない、何となく気分で。そんな些細《ささい》な理由で、依頼人すら殺してしまう。

「……違うのか？　俺を狙っているのは鎮魂の鐘だと聞いていたんだが」

言葉を返しつつも、レイは手に持っていたデスサイズを構える。

最初から戦う気満々のレイに、二人の刺客は心底楽しそうな笑みを浮かべて口を開く。

「そうだな、俺たちを相手に生き延びたらその辺のことも教えてやるよ。……どっちとやるかはお前に選ばせてやるが、どうする？」

犬の獣人の言葉に、デスサイズを構えたレイが少し考え……獰猛《どうもう》な笑みを浮かべて口を開く。

「一人ずつ相手をするのも面倒だから、二人纏《まと》めてかかってこい」

「ぶはっ、本気で言ってるのか⁉」

その言葉に思わず吹き出したのは、ドレッドヘアの男。

持っていたモーニングスターを落としそうになりながら、口を開く。

「俺たちに狙われたから早く楽になりたくてってことなら、納得出来るけどよ」

「なるほど。そういう意味か。本気で俺たち二人を相手に勝てると思い込んでいるのかと……」

犬の獣人が笑みを浮かべつつそう告げるが、その身体《からだ》からは殺気が滲《にじ》み出《で》る。冗談でも二人を纏めて相手にすると言われたのが、プライドを傷つけたのだろう。だが……

「俺はそのつもりだが？　大体、お前たち程度の強さで俺を一人でどうにか出来る訳がないだろ。二人揃《そろ》ってやっと訓練相手に丁度いい」

何を意外なことをと告げるレイの表情は、いたって真面目《まじめ》なものだった。

その言葉を聞き、ドレッドヘアの男の額に血管が浮き上がる。

「あんまり……ふざけてんじゃねえぞ、小僧ぉっ！」

言葉の途中で地を蹴《け》り、モーニングスターを振り上げつつレイとの距離を詰める。

人の頭ほどの鉄球に鋭い棘《とげ》が幾つもついているだけに、その威力は折り紙付きだ。

事実ドレッドヘアの男は、これまで幾度となくこの鉄球で標的を殺してきたのだから。

だからこそ、今回も同じ結果になると信じて疑っていなかった。

レイの評判はもちろん知っているが、それでも自分たちに掛かればどうとでもなるだろうと。

……本来であれば、ありえない判断。だが、薬物を好み、その結果として頭の働きが鈍ったドレッドヘアの男にそこまでの思考力はなかった。

「モーニングスターか。これは初めて戦う武器だな！」

自らの頭部を潰《つぶ》さんと振り下ろされたその鉄球を、デスサイズで受け流す。

闘技大会本戦の一回戦で得た手応えを確認すべく選択した行動だったが、鉄球がデスサイズの巨大な刃に沿うようにして切っ先に移動していき、やがてあらぬ方向に逸《そ》らされる。

（よし、この手の武器を逸らすのは難しそうだったが、問題ない）

鉄球を逸らした動きを利用し、石突きでドレッドヘアの男の肋骨《ろっこつ》を粉砕しようとして……

「させるかよ！」

瞬間、ドレッドヘアの男の顔の刺青が青く発光して動きが素早くなり、後方に跳躍した。

「な⁉」

初めて見たスキル、あるいは魔法に驚きの声を上げるレイ。その隙を見逃さず、犬の獣人はその素早さを活《い》かしながらレイの真横から手に持った鉈を振り上げて距離を詰める。

一瞬で我に返ったレイは、そのまま自分の左側から近づいてくる犬の獣人に向かってデスサイズの刃が付いている方の先端を突き出す。

「わおおおおぉぉぉん！」

雄叫《おたけ》びを上げ、そのまま姿勢を低くしながらデスサイズをかいくぐり、レイの足を切断せんと鉈で横薙《よこな》ぎの一撃を……

「させるかよ！」

「ぎゃんっ！」

鉈を振るう直前、手の中でデスサイズを一回転させ、石突きで犬の獣人の顎《あご》を下から掬《すく》い上《あ》げるようにして打ち抜く。レイの筋力と百キロを超える重量のデスサイズによる一撃は、犬の獣人の顎を砕きながら空中にその身体を打ち上げ……

斬《ざん》っ！

そこに振るわれるデスサイズの刃が、犬の獣人の胴体を上下に分断する。二つに別《わか》たれた身体が地面に落ちると同時に血と内臓が地面に零《こぼ》れ落ち、強い鉄錆《てつさび》の臭《にお》いを周囲に撒《ま》き散《ち》らす。

「躊躇《ちゅうちょ》せずに殺せるか。前もって話には聞いてたけど、その辺の思い切りはいいようだな」

仲間の獣人が殺されたにもかかわらず、ドレッドヘアの男は特に気にした様子も見せていない。いや、それどころかレイに向けて褒めるかのような言葉。

顔の刺青が光っているという光景もあり、その様は一種異様なものを感じさせる。

そんなドレッドヘアの男に向け、デスサイズを構えるレイ。

それを見てニヤリと笑みを浮かべるドレッドヘアの男は、顔の刺青からより濃い青の光を放たせると、モーニングスターを構えたまま地を蹴ってレイとの間合いを詰める。

「うおりゃあああああああ！」

先程レイの一撃を回避したときと同様の……いや、それ以上の速度で近づきながらモーニングスターを振り上げるドレッドヘアの男。だが、モーニングスターというのは鉄球と柄を鎖で繋《つな》いでいるという形状の関係上、どうしても攻撃の方法を見抜かれやすい。

事実、レイもまた振り下ろされる鉄球を回避して一撃を決めようと考え……ドレッドヘアの男がモーニングスターを振りかぶったまま左手を柄の部分に伸ばしたのを見て、一瞬怪しむ。

その状態のまま近づいてきたドレッドヘアの男は、モーニングスターを振り下ろす仕草を見せつつ……左手を一閃《いっせん》する。そう。モーニングスターの柄の底を引き抜き、仕込まれた刃《やいば》を。

だがドレッドヘアの男の動きを怪しんでいたレイは、特に混乱もせずにデスサイズを振るい……モーニングスターを握った右手が肩から切断され、空高く舞い上がるのだった。

ドサリ。そんな音を立ててモーニングスターを握ったままの右腕が地面に落ちる。

デスサイズの一撃で切断されたのだが、その一撃の鋭さもあったのだろう。ドレッドヘアの男の右肩から先は、腕が地面に落ちて数秒経《た》ってからようやく血が噴き出す。

だが……右腕を切断されたのに、ドレッドヘアの男の表情には痛みを示す色は全くない。

いや、むしろ笑みすら浮かべて口を開く。

「へぇ、なかなかに鋭い攻撃だ。確かに深紅とか呼ばれているだけはあるな」

痛くないのか？　そう尋ねそうになったレイだったが、すぐに止《や》める。ドレッドヘアの男の表情は痛みを我慢している様子が全くなく、むしろ感心した表情すら浮かべていたためだ。

「褒めて貰《もら》って嬉《うれ》しいが、お前の最大の武器のモーニングスターはなくなった。あとは大人しく捕まってくれると助かるんだがな？」

恐らくは無理だろうと承知しつつ告げるレイ。目の前にいるドレッドヘアの男は見るからに快楽主義者で、自分が楽しければ他《ほか》はどうでもいいといった人種に見えたからだ。

それでも裏の組織の一員である以上は鎮魂の鐘の事情についても知っているようでもあったし、何よりもその顔に彫られている刺青に興味を持ったレイは投降を勧める。

魔法でもなく、魔力を使ったスキルの類《たぐい》でもない。全く未知のものだったからだ。

だが男は、何を言っているんだとでも言いたげな表情を浮かべてレイを見返す。

右肩から血が噴き出しているのに痛みを全く気にしていないその様子は、見る者に違和感しか与えない。ドレッドヘアの男だけがどこか別の世界にいるかのような、そんな印象。

「せっかく楽しくなってきたんだから、ここからだろ……？　なぁっ！」

そう告げながら、数歩移動して地面を蹴る。

普通であれば、土や小石を蹴ってレイの目潰《めつぶ》しをしようと思った。そう判断するだろう。

だが、ドレッドヘアの男が蹴ったのは、土や小石ではなく獣人の男の内臓だった。胃や腸、腎臓《じんぞう》、肝臓といった内臓は、身体を上下二つに分断されて地面に零れ落ちている。それを蹴ったのだ。

グシャリ、という生々しい音が周囲に響くのを聞いた瞬間、内臓を浴びせられる前にレイは地面を蹴って大きく横に跳ぶ。数メートルほど離れた場所に着地し、そのままの勢いで再び地面を蹴り、ドレッドヘアの男の真横に向かって跳んだ。

その姿を見たドレッドヘアの男は一瞬レイが逃げるのかと疑問に思い、左手の刃を振るってそれを妨害しようとするものの……次の瞬間、その左手も肩から先が地面に落ちる。

そう。まるでドレッドヘアの男の真横に足場があるかの如《ごと》く、三角跳びの要領で距離を詰めてきたレイの攻撃を食らったのだ。もしレイの情報を詳しく集めていれば、その足に履いているのがスレイプニルの靴という、数歩だけだが空中を歩けるマジックアイテムだと知っていただろう。

……もっとも、薬物により判断力が低下しているのだから、前もってその辺の情報を聞いていても今の戦いに活かせたかどうかは微妙だろうが。

「へっ、へへ……え？　あれ？　俺の腕、両方ともなくなっちゃったぞ？」

右肩だけではなく、左肩からも血を流しているというのに、全く痛みを感じていないその様子は、やはり異様でしかない。

ドレッドヘアの男の左腕を切断し、そのまま再びスレイプニルの靴を使って空中を足場に跳躍して大きく距離を取ったレイは、内心で舌打ちする。

（ちっ、全く痛みを感じていない。となると、痛みで情報を聞き出すのは難しいか？　あの刺青についても色々と聞きたかったんだが……さて、どうしたものか。……ん？）

両肩から血を流しつつ笑みを浮かべている男から情報を引き出す方法を考えていると、ふところに近づいてくる気配を感じ取る。目の前の男の仲間か？　そうも思ったレイだったが、姿を現したのは警備隊の制服を着た二十代ほどの男だった。

「ここで何をしている！　騒がしいと話を聞いて来てみれば……ん？　おい、お前その怪我《けが》は……痛くないのか？」

両肩から血を流しながらも、笑っている男。しかも顔には刺青が彫られており、どこからどう見ても怪しい相手にしか見えない男に、警備隊の男は思わずといった様子で尋ねる。だが……

「はは、はははは……俺の両腕がなくなっちゃったよ」

「……何だこいつは。おい、そこのお前。こいつは……おい」

最初に呼びかけたのとは、また違ったおいという言葉。その声が低く、警戒するようになったのは、上半身と下半身を真っ二つにされている獣人の男の死体が目に入ったからだろう。

そしてレイはデスサイズを持っている。それだけで、誰がこの光景を作ったのかは明らかだ。

「血の臭いがすると思ったら……そこの男だけではなかったのか。話を聞かせて貰うぞ？」

「……俺はレイ。闘技大会に出場している者だ。ここで訓練をしようと思っていたら、突然そいつらが襲いかかって来たので返り討ちにした」

その説明に警備員は小さく眉《まゆ》を顰《ひそ》め、何かを思い出すようにレイに視線を向ける。

「そのフード、ちょっと下ろしてくれ。顔を確認したい」

特に隠すべきこともない以上、レイは抵抗することもないままフードを下ろす。

そこから出てきた顔は、確かに警備員の知っている深紅と同様のものだった。

何しろ、男は予選が行われたときに闘技場の警備をしていたのだから、直接レイの顔をその目で見ている。それだけに見間違うはずがなかった。

「……確認した」

そして、警備兵の顔に一瞬だけ浮かぶ嫌悪。それに違和感を覚えたレイだったが、そもそもベスティア帝国の……それも帝都の警備兵なのだ。当然春の戦争でベスティア帝国敗戦の原因を作った自分に対して好意的であるはずがないと判断する。

「それで……」

さらに警備兵が何かを口にしようとした、そのとき。どさり、という音が周囲に響く。

その音のした方に視線を向けると、そこではドレッドヘアの男が地面に倒れていた。

警備兵は、腰に下げていたポーチからポーションを取り出して男に振りかける。

もちろん一介の警備兵に渡されているポーションだ。それほど効果が高い訳ではなく、デスサイズによって切断された腕を繋ぐということは当然出来ず、傷の回復も取りあえずこのまま死ぬまでの時間は延びたといったところでしかない。

「ちっ、しょうがない。おい、悪いが詰め所までいって俺の仲間を呼んでくれ。俺はここでこの男が死なないようにポーションを使って時間を稼ぐ」

「俺が、か？　警備兵に説明するのなら、俺じゃなくて同僚のお前の方がいいんじゃないか？」

そう告げ、デスサイズをミスティリングに収納するレイ。ミスティリングの中には幾つかポーションも入っているのだが、レイにはドレッドヘアの男にそれを使うつもりはなかった。

あるいはここに警備兵がいなければ、刺青の秘密を聞き出すためにポーションを使っていたかもしれない。だがすでに警備兵がここにいる以上、回復しても自分がドレッドヘアの男から情報を聞き出すような真似は出来ないだろう。

レイにとって、死にかけのドレッドヘアの男にはすでにそのくらいの価値しかない。

自分を襲ってくる組織の情報は欲しいが、先程からのドレッドヘアの男の様子を見る限り、とてもではないが詳しい情報を持っているように見えなかった。

何より、言動や雰囲気が完全に常軌を逸しているというのもあった。

「お前はこいつに襲われた被害者だろ。被害者と加害者を二人きりには出来ないんだよ」

言われてみれば当然のその言葉に、レイは納得する。いくら加害者がすでに戦闘不能でも……否、だからこそ自分をドレッドヘアの男と一緒にしてはおけないのだろうと。

「分かった。じゃあ行ってくる」

「ああ、頼んだ。俺は何とかこいつが死なないように頑張ってみる」

短く言葉を交わし、早速とレイはその場を去っていく。

それを見送り、ドレッドヘアの両肩の傷口からポーションの効果が切れる度に再び振りかけていた警備兵だったが、レイが去ってから数分ほど。周辺には全く人の姿がないのを確認すると、ポーションを近くに生えていた雑草に向けて全《すべ》て捨てる。

その表情に浮かんでいるのは、先程までの警備兵然とした表情ではない。いや、そもそも相手を人間とすら思っていない、路傍の小石でも見るかのような表情だった。

「全く、お前たちはいつもそうだ。鎮魂の鐘を追い出されたのがそんなに腹が立ったのか？　その割には俺たちから回される仕事をこなしていたみたいだが……対抗心だけが高すぎなんだよ」

警備兵の……否、鎮魂の鐘に所属している者の言葉に、ドレッドヘアの男は何も答えない。

両肩から大量の血が流れ出ることにより、すでに完全に意識が混濁しているのだ。

それを理解しているのだろう。男はドレッドヘアの男の様子を鼻で笑って言葉を紡ぐ。

「そもそも、相手は深紅だぞ？　一軍すら相手に出来る異名持ちの冒険者相手に正面から堂々と挑んでどうする？　……従魔のグリフォンがいないときに襲撃を仕掛けたのは、月光の弓にしては考えたものだが。ともあれ、奴《やつ》を襲ったのは失敗だったたな。……もう聞いていないか」

ポーションを捨てた以上延命措置が出来るはずもなく、ドレッドヘアの男の命は両肩から流れ続ける血と共に少しずつ、少しずつ消えていく。その様子を眺めていた男は、ドレッドヘアの目から完全に光が消えたのを確認すると、念のために首筋に手を伸ばす。

脈は非常に弱くなっており、最後のトクンッという感触と共に完全に命の炎が消えた。

それを確認し、小さく溜息《ためいき》。

「取りあえずは安泰だな。……ただ、月光の弓だし、またちょっかいをかけるはずだ。その結果、こいつらの戦力が落ちるというのは俺たちにとっても利益が多いんだが」

半ば持ちつ持たれつに近い関係であっても、月光の弓は鎮魂の鐘で扱いきれないような者たちが作り出した組織だ。その成立過程ゆえに、どうしても鎮魂の鐘に対して対抗心を抱いている者も多いし、標的が重なるのも珍しくはない。

それに乗じて鎮魂の鐘のメンバーが傷つけられ、あるいは殺されるのも珍しくはなかった。

鎮魂の鐘としては月光の弓の力が弱まるというのはむしろ歓迎すべきことなのだ。

「警備隊に捕まって妙な情報を話されたりしなくてよかったんだろうな」

目の前で死んでいる男は、自分が見つけたときはすでに頭の線が半ば切れている状態だった。

そんな状態でもし警備隊に生きたまま捕獲されたりすれば……そう思うと、ここで始末できたのは幸運だったと判断する。

(深紅がいればどうだったかは分からないが、上手《うま》く追い払うことが出来たしな)

安堵《あんど》の息を吐《つ》いていると、やがて数人が走って近づいてくる足音が聞こえてきた。

その足音を聞いた瞬間、男は鎮魂の鐘のメンバーではなく警備隊だと気づき表情を変える。

「くそぉっ！」

こちらに近づいてきている者たちに聞こえるように、意図的に悔しそうな大声を出す。

その声が聞こえたのだろう。近づいてくる足音が一瞬乱れる。

そのまま両肩から先を失ったドレッドヘアの男の側《そば》で拳《こぶし》を地面に叩《たた》きつけていると、やがて足音の主たちが姿を現す。まずはレイ。こちらは特に表情に変化はない。元々ドレッドヘアの男から有益な情報を引き出せるとは思っていなかったためだろう。だがそのレイが連れてきた警備兵たちは、自分たちが間に合わなかったのだと知り表情を歪《ゆが》ませていた。

「……間に合わなかったのか？」

同僚の言葉に、男は顔を上げると小さく頷《うなず》く。

「ああ。俺が持ってるポーションだけじゃ現状維持も無理だったよ。もう少しいいポーションなら別だったんだろうが」

「そう、か。けど、俺たち警備兵に持たされるポーションはな……」

「ああ、分かってる。けど、今回の件の犯人から少しでも情報を引き出せればと思ったんだがな。特に月光の弓の者だろうし」

殺しを楽しむ者が多くいる月光の弓は、当然警備隊にとっても不倶戴天《ふぐたいてん》の敵といってもいい。これまで幾度となくぶつかり、そのたびに少なくない警備隊員の命が失われてきたのだ。それだけに、今回は月光の弓の情報を手に入れられる絶好の機会だったので、応援に駆けつけた警備兵たちは残念そうな表情を浮かべる。

「このままここにいてもしょうがない。取りあえずこの死体はこっちでどうにかするから、レイ殿には今回起きた騒動の詳しい内容を聞いても構わないか？」

小さく首を振って告げてくる警備兵の言葉に、レイは大人しく頷く。正直なところ、そんな面倒臭い出来事は嫌だったのだが、断る訳にもいかないと判断したためだ。

「にしても……」

呟《つぶや》き、両肩から先を失っている死体に視線を向ける。

（ポーションを使っても助けられない傷だった……か？）

疑問を感じて首を傾《かし》げたレイだったが、警備兵に呼ばれてその場をあとにするのだった。


「はっはっは。災難だったな。俺の応援をしないで一人で行動するからそんな目に遭うんだ」

悠久の空亭の食堂。そこでルズィは今日レイが刺客に襲われたというのを聞き、ご機嫌な様子でそう告げる。ルズィの機嫌がいいのは、やはり本戦一回戦で勝ち残ったからだろう。

それなりに激闘だったという話はロドスから聞いていたレイだったが、その激闘で負った傷も舞台の上から降りた今ではすでに回復している。

「ルズィは機嫌がいいですね。……はぁ」

憂鬱《ゆううつ》そうに呟くのはモースト。明日はモーストの試合があるのだ。さらに相手はベスティア帝国の元騎士で、正統派の剣の使い手でもあるヴァーグ。魔法使いのモーストにとっては、非常に相性の悪い相手だ。

「そう心配しないの。あんただってレイに鍛えて貰ったんでしょ？」

「ええ。そうなんですけどね。けど、大魔法使いのレイさんに鍛えて貰ったのに、上達したのは魔法じゃなくて短剣の使い方だけとか、何か間違っていると思いませんか？」

溜息と共に漏らされる愚痴。モーストとしては、深紅の噂《うわさ》を聞いているだけに魔法の技量をレイに鍛えて貰いたかったのだろう。

「けど、実際に短剣を使えるようになって役に立ったんだろ？」

そんなロドスの言葉に、モーストは若干納得出来ないような表情で頷く。

実際、短剣の使い方がもう少し下手なら予選を勝ち抜けなかったのは、自分が一番よく分かっていたからだ。それだけに文句も言えず、かといって感謝の言葉を言うのも微妙に癪《しゃく》だった。

複雑な表情を浮かべているモーストに、レイは手に持っていた切れ目の入ったパンに串《くし》焼きの肉やサラダを詰め込みながら口を開く。

「前にも言ったと思うが、俺の場合は純粋な魔法使いじゃないからな。その辺を期待されても困る。どうしてもその辺を知りたいのなら、それこそ他《ほか》の魔法使いに教えを請うた方がいいぞ」

「……そう、なんですけどね。けど、レイさんの教えがなければ予選で負けていたのもやっぱり事実な訳で……明日の本戦、どうしましょう？」

一対一、しかも相手は元ではあっても近接戦闘を得意とする騎士だ。当然魔法使いを相手にするための手段を持っているのは簡単に予想出来た。

「せめて従魔が使用可能だったら、前衛を任せることも出来たんだがな」

「いえいえ。僕に従魔はいませんし、召喚魔法も使えませんから」

ルールに不満を口にするレイと、許可されていても自分には意味がないと告げるモースト。むしろレイが不満に思っていたのはセトと共に戦えないことだろう。普通の相手であればまだしも、ノイズを相手にするときにセトの力を使えるか使えないかというのは非常に大きい。

（どのみちスキルの使用を制限しなければいけないのを考えると、万全とは言えないんだが）

そう思いつつも、レイは自分の前に立ちはだかるノイズという壁を乗り越えるなり、破壊するなりが出来るのであればセトの能力を存分に発揮しても構わない。そんな風に考えていた。

「とにかく、明日の試合はやれるだけやってみますよ。一応奥の手もありますしね」

穏やかな表情ながらも、モーストの表情には間違いなく自信のようなものが見える。

「へぇ……なら、明日はモーストの試合を見に行ってみるか」

「そうですね。レイさんには色々と世話になってますし、もしよろしければどうぞ」

◆◇◆◇◆◇

翌日の夜、まるで闘技大会の勝者を祝福するかのような月明かりが降り注ぐ中、レイは悠久の空亭にある厩舎《きゅうしゃ》の側《そば》で串焼きを口に運んでいた。

レイが寄りかかっているセトもまた、自分のために用意された肉の塊に座ったままクチバシを伸ばし、塩を始めとする香辛料を利かせたファングボアの焼き肉の味を楽しんでいる。

ほんの一時間ほど前までは宿の食堂でモーストの残念会を開いていたのだが、今はすでにそれも終了してそれぞれが自分の時間をすごしていた。

昨日、奥の手があると意気込んでいたモーストの姿を見ていただけに、今日の試合結果はレイにとっても残念なものだった。

「確かに純粋な魔法使いが勝ち残るってのは、闘技大会のルール的に色々と厳しいよな」

串に刺されている肉と野菜を交互に味わいつつ呟くレイの言葉に、セトはそうなの？　と視線を肉からレイに向けて喉《のど》を鳴らす。

「ああ。何しろ詠唱しているときは基本的に無防備だし。……だろ？」

セトと言葉を交わしていたレイの視線が、暗闇《くらやみ》に向けられる。

「あはは。レイさんの言う通りですね」

そんな風に照れくさそうに頭を掻《か》きながら闇の中から出てきたのは、話題に上がっていた張本人のモースト。その手には、色々な種類のサンドイッチが多数入っているバスケットがある。

「切り札のアタカンテの腕輪まで使ったのに、勝つことは出来ませんでしたけどね」

アタカンテの腕輪。それがモーストが今日の戦いで使った、身体強化の効果をもたらす使い捨てのマジックアイテムの名前であることは、残念会の食事のときに聞いていた。

モーストの奥の手のそれを使っても、結局今日の戦いでは勝つことが出来なかったのだ。

「使い捨てでも、身体強化の効果があるマジックアイテムは魔法使いにとってありがたいな」

モーストの言葉に頷きつつ、差し出されたバスケットの中からサンドイッチを手に取るレイ。

そんなレイの様子に、自分にもちょうだい、と顔を伸ばすセト。その口の中にハムとチーズのサンドイッチを放《ほう》りこむと、レイの視線は再びモーストに向けられる。

「結構いいアイテムだったけど、どこで手に入れたんだ？」

「以前依頼で立ち寄った村の行商人にですね。オゾスで仕入れた物らしいですけど」

「オゾス……確か、大陸中央付近にある魔導都市、だったか？」

以前に聞いた情報を思い出しながらそう口にするレイに、モーストは頷く。

「今考えてみると、よくベスティア帝国までオゾスの商品を持ってこられたものだと感心しますね」

オゾスはミレアーナ王国を挟んでベスティア帝国とは正反対の位置にある国家だ。ただし、国家は国家でも都市国家と表現すべき存在で、大陸の中でも最も巨大な魔法学園が存在する。

多くの魔法使いが魔法を学ぶためにオゾスに集まり、魔法技術も発展していく。近年急速に魔法関係の技術が発展してきたベスティア帝国も、オゾスに追いついているのは錬金術だけだ。

「オゾスか。いつか行ってみたい気はするな」

「レイさんみたいにマジックアイテムを集めるのを趣味にしている人にしてみれば、オゾスは天国みたいな場所かもしれませんね。まぁ、その分、色々と面倒事も多いって話も聞きますが」

「面倒事？」

セトの背を撫《な》で、その滑らかな手触りを感じつつ尋ねるレイに、モーストは自分も商人から聞いた話ですが……と前置きしてから話し出す。

「色々な派閥があるらしいですよ。特に魔法至上主義の人が作る派閥の中には、魔法使いでなければ人間にあらずなんて主義のところもあるらしくて」

「普通、そういうのは他の派閥が止めたりしないか？　そもそも魔法使い自体が少ないんだから、妙なことをすれば魔法使いそのものが差別される側になるぞ？」

そんなレイの言葉に、バスケットの野菜サンドに手を伸ばしながらモーストも頷く。

「むしろ少数だからこそ、過激な思想に転んでるんじゃないでしょうか。僕だって実際にオゾスに行った訳じゃないから何とも言えないですけど。他にも魔法の実験をするために非合法な手段を取る魔法使いがいたり、マジックアイテムの詐欺とかもあるらしいです」

「夢も希望もないって奴か」

「あくまでも一部だけの話ですよ。中には善良な魔法使いも大勢いる……と思います」

モーストも、オゾスに関する話はあくまでも人から聞いたものだ。

実はその話自体が出鱈目《でたらめ》で、オゾスには全く何の問題もないという可能性だって十分にある。

（人が大勢集まる以上はそんなことはないと思うけどね）

そんな風に考えつつ、モーストは野菜サンドの最後の一口を口の中に収め、立ち上がる。

「ま、とにかく。僕は一回戦で負けてしまいましたが、レイさんは魔法使いの一員として十分に勝ち上がって欲しいってことを言いたかったんです」

「……ああ。もちろん誰にも負けるつもりはないさ」

「あはは。その調子その調子。他にも何人か魔法使いが参加しているみたいですが、やっぱり厳しいって前評判ですからね」

レイのように魔法戦士的な意味での魔法使いであれば、まだ詠唱を潰《つぶ》そうとしてくる相手にも対応出来るだろう。だが、やはり純粋な魔法使いは、その辺が苦手な者が多い。

二足の草鞋《わらじ》というのはそれほど簡単なものではないのだから、当然だろう。

むしろモーストは、多少なりとも短剣の扱いが得意だった分上出来な部類だったといえる。

「では、僕はそろそろ行きますね。今日は応援してくれてありがとうございました。レイさんの試合にも応援に行きますから」

「ああ。怪我《けが》自体はなくても、精神的な傷はそのままなんだ。今日は一晩ゆっくり眠れ」

レイの言葉に頷き、去っていくモースト。その瞳《ひとみ》に悔し涙が浮かんでいたのをレイは見逃さなかったが、それ以上何か言うのはむしろモーストに対する侮辱だと判断し、無言で見送る。

いいの？　とサンドイッチを食べながら首を傾げるセトに、レイは問題ないとその頭を撫でる。

こうして、秋の月明かりの下でレイとセトはゆっくりとした時間をすごすのだった。


翌日。ここ数日の晴天が嘘《うそ》のような曇り空を、部屋の窓から眺めるレイ。

起きてカーテンを開けたあとで、ここ数日とは違う曇った天気に軽く眉《まゆ》を顰《ひそ》める。

いつ雨が降ってきてもおかしくない、そんなどんよりした曇り空。

今日はまだ残りの一回戦が行われるので、自分の試合はない。

だが、その一回戦も今日で終わりだ。そうなれば明日からは二回戦が始まることになり、一回戦が一日目だったレイは当然その日のうちに二回戦がある。

「一応古代魔法文明の遺産とかで、舞台に雨は入らないようになっているって話だが……それでもちょっとな。建物の中から見てる分には嫌いじゃないけど、雨の中を出歩くのはごめんだ」

幸い、今日は知り合いの試合がある訳でもなく、何らかの用事がある訳でもない。闘技場まで出向く必要はないのだから、ゆっくりと身体を休めようと決めて食堂に向かう。

「へぇ、今日は息抜きするの？」

「ああ。雨も降りそうだし」

食堂で一緒になった『風竜の牙《きば》』の三人と共に朝食を食べながら、お互いに今日の予定を話す。

レイは宿でゆっくりと休み、ルズィは闘技場へ、ヴェイキュルは冒険者ギルドに顔を出しに、モーストは帝都にいる知り合いの家に顔を出すということで、見事なまでにバラバラだった。

「それにセトにも構ってやりたいしな」

そう呟いたレイの言葉に、昨夜の件を知っているモーストが首を傾げる。

その様子からは、すでに昨日の悔し涙を流していた痕跡《こんせき》を見つけ出すことは出来ず、完全にとまではいかないが、ある程度吹っ切ったのだろうとレイにも理解出来た。

「昨夜セトと一緒にいたけど、あれでもまだ足りないんですか？」

「甘えん坊なんだよ。闘技大会やら何やらで忙しかった影響もあって、構ってやれなかったからな。時間があるときに構っておきたい。セトと一緒にいると癒やされるし」

「あ、それちょっと分かるかも。グリフォンだって聞いてちょっと怖かったんだけど、馬を出すときに厩舎に行ったら凄《すご》く人懐っこかったもの」

ヴェイキュルの言葉にルズィも同様だと頷《うなず》き、パンに手を伸ばしながら口を開く。

「そうだな。あそこまで人懐っこいと、むしろ本当にグリフォンか？　と疑いたくなる」

巷《ちまた》で知られているグリフォンの印象は、やはりランクAモンスターということもあって凶暴というものが多い。また、それは決して間違ってはいないのだ。

「セトが子供のときから俺が育てたからな。人に慣れているんだよ。……言っておくが、くれぐれもセト以外のグリフォンに同じように接したりするなよ？　冗談じゃなく死ぬぞ」

「いや。それ以前にセト以外のグリフォンとか、まず会う機会はないから」

どこか呆《あき》れた表情でそう告げてくるヴェイキュルに、それはそうかとレイもまた納得する。

ランクBモンスターですら会うのは簡単ではないのに、ランクAモンスターともなれば何をか言わんやだ。その上のランクSモンスターにいたっては、遭遇出来ることすら奇跡に近いだろう。

(俺が生まれた……生まれた？　ともかくあの森なら竜種とか普通にいたみたいだけど)

そんな風に考えつつ会話を交わし、朝食を終えたあとはそれぞれが自分の用事をすませるため、別々に動き始める。

「グルゥ！」

厩舎に姿を現したレイに、嬉《うれ》しそうな鳴き声を上げるセト。

帝都の中でも最高級の宿だけあって泊まる客も一流なだけに、預けられている従魔や馬もそれぞれがセトの鳴き声で恐慌状態に陥ったりはしない。

……もっとも、それでもセトに対して完全に気を許している訳ではないのだが。

「ほら、落ち着け。昨夜会ったばかりだろ？　お前の分も食べ物を貰《もら》ってきたから。……どうする？　外に出るか？　宿の外には出られないし、いつ雨が降ってくるかも分からないけど」

外に行く、と喉を鳴らすセトを引き連れ、レイは厩舎を出る。それを見送っていた従魔や馬がどこか安堵《あんど》したように思えたのは、きっとレイの気のせいではないだろう。

「グルゥ、グルルゥ！」

機嫌良く喉を鳴らし、厩舎の近くを駆け回るセト。厩舎は宿の裏手にあり、宿からは見えないようになっている。そのため、特に騒ぎになるようなことはなかったが、もしも宿から宿泊客が見ていたら多少は騒動が起きていたに違いないだろう。

宿自体がかなり大きいため、レイが泊まっていることを知らない者も数は少ないが存在しているのだ。深紅という異名持ちの冒険者を知らない宿泊客が、厩舎の近くとはいってもランクAモンスターであるグリフォンが自由に走り回っていればどう思うか。

「きゃあああああああっ、グ、グリフォン⁉」

このような叫び声が響き渡るのは当然のことだろう。

声の聞こえてきた方にレイが視線を向けると、そこには一人の女。年齢は十代後半で動きやすい格好をしてはいるが、その服自体の仕立ては非常に高価なものだった。

貴族令嬢、あるいは大商人の娘。視線の先にいる女の正体はそんなところだろうと判断する。

悲鳴を上げた女に向かって小首を傾《かし》げるセトだったが、グリフォンがいるという判断だけをしている女は、後ろに下がる。その様子に、このままだと不味《まず》いと判断したレイは座っていた場所から立ち上がって女の方に近づいていく。

レイの姿に気が付いたのだろう。女の視線はレイとセトに交互に向けられる。

そんな女に大丈夫だと、安心させるようにレイは口を開く。

「問題ない、セトは……このグリフォンは、俺の従魔だ。首に従魔の首飾りがあるだろ？」

従魔の首飾り。それを聞き、女は自らの口を押さえてそっと視線をセトに向ける。

その首には従魔の証《あかし》でもある首飾りがかけられており、視線の先にいるグリフォンが従魔だというのは明らかだった。だが……それでもグリフォンが従魔になっているというのを信じられず、マジマジとレイとセトを見比べ……やがて恐る恐る口を開く。

「その、本当に従魔なんですか？」

「そうだ。俺とセトはベスティア帝国だとそれなりに有名なんだけどな。知らなかったのか？」

「え、ええ。あまり家の外に出ることはないもので」

会話を交わしつつ、それでもやはり恐怖心が勝るのだろう。一旦《いったん》ここから去りたいと後退《あとずさ》るのを見たレイは、これ以上引き留めても相手を緊張させるだけと判断して、そのまま女と別れる。

……この数時間後。再び現れた女がセトとしばらく共にすごすうちに、その愛らしさに惹《ひ》かれてしまうのだが、それはまた別の話。

◆　◇　◆　◇　◆　◇

『さてさて、闘技大会の二回戦も数試合終わったが、今年の闘技大会はものが違う。……毎年同じことを言っている？　いやいや、これまではそうだったかもしれないが、それはそれ、これはこれだ。今年の闘技大会には深紅や不動を始めとして異名持ちが多く参加しているからな』

実況の声が観客を煽《あお》るように、そして盛り上げるように告げ、一旦言葉を止めて溜《た》めを作る。

『四日前の試合で見た不動の一回戦では、ほとんど対戦相手の自滅という決着の仕方だっただけあり、見ている方も不満はあっただろう。だが……それとは逆に、深紅は二刀の曲刀を持った戦士相手に派手な戦いをしてくれたのを覚えていると思う。

そして次の試合はその深紅の出番だ！　さらに言えば、対戦相手はアドレッド。その腕力でこれまで多数《あまた》のモンスターを葬ってきた男！　未《いま》だにランクCに留《とど》まっているものの、それは素行の悪さが影響してのことで、その実力はその辺のランクB冒険者よりも上だと言われているぞ！』

実況の言葉に、観客たちがアドレッドとレイの戦いに対する期待を高めていく。

『対する深紅のレイは正真正銘のランクB冒険者！　これは、実力が近いと見るべきか？　それとも深紅がその実力を見せつけるのか！　とにかく、目の離せない戦いになりそうだ！』

闘技場内にそんな声が響き渡る中、レイはデスサイズを手に姿を現す。

それに対応するかのように、向かい側の出入り口からも一人の男が姿を現した。

（人間……か？）

お互いに舞台に上がり、アドレッドと向き合ったレイは思わず内心でそう呟《つぶや》く。

だが、それも無理はないだろう。何しろアドレッドの身長は二メートルを優に超えており、二メートル半ばにすら達している。どう考えても、人間であるとは思えない大きさだった。

さらに、長身にもかかわらず、身体《からだ》にもしっかりと筋肉が付いており、ひょろ長いといった印象は全く受けない。むしろ、重厚な壁が目の前にあるようにすら感じられる。

（巨人の一族……にしては、それほど背が高くない。オーガ辺りの血が入っているのかもしれないが）

ゴブリンやオークと同様に、オーガもまた他種族の女を使って繁殖することが可能だ。身体の大きさの関係もあり、母胎となった女が生き延びることは少ないのだが。

過去にその血が入っているのかもしれない。そんな風に思いつつアドレッドを眺めていると、その視線が不躾《ぶしつけ》に感じたのだろう。アドレッドがレイを睨《にら》み据えて口を開く。

「何だ、お前。何か言いたいことでもあるのか？」

「いや、別にそんな訳じゃないさ。ただ、お前さんのようにでかい相手とどう戦ったらいいかと考えていただけだよ」

「……ほう」

レイの言葉にニヤリと笑みを浮かべたアドレッドは、両腕に填《は》められた特注品の手甲をぶつけて高い金属音を発すると、口元に獰猛《どうもう》な笑みを浮かべる。

「お前のような小僧が異名持ちだとか聞いてちょっと残念に思ってたんだが……そんな心配はなさそうだな。せいぜいお互いにいい戦いをするとしようや」

アドレッドの言葉に、どんな性格なのかを半ば理解するレイ。

（格闘を武器にしている奴《やつ》は戦闘を好むようになるのが、この世界では当然だったりするのか？）

そんな風に思いつつ、レイは手に持っていたデスサイズを構える。

「その方がむしろ俺は助かる。俺がより高みに行くために……糧となって貰おうか」

「がはははは。俺を糧にするか。だが気をつけろよ？　下手に食い損なえば、そのときは俺がお前を糧とさせてもらうからな」

お互いに好戦的な笑みを浮かべつつ、それでも相手に好意的な気持ちを抱く。

それを見て審判もそろそろいいと判断し、舞台の外から周囲に聞こえるように大声を上げる。

「試合、開始！」

その言葉を合図として、一気にレイとの距離を縮めてくるアドレッド。

対するレイは、デスサイズを構えたままで待ち受ける。

アドレッドはその巨体に似合わぬ速度で距離を詰め、拳《こぶし》を繰り出す。

空気そのものを砕くかのような巨大な拳を、レイはデスサイズの柄の部分で受け止め、受け流す。手甲とデスサイズのぶつかり合う金属音が響く中、アドレッドは拳を引き戻し、連続して放つ。だが、レイは一回戦で行ったように、その全《すべ》てを受け流す。

（よし。曲刀……剣だけじゃなくて拳相手でも受け流しは問題ないな）

一回戦の戦いで見せたように受け流しを続けたレイだったが、アドレッドが拳を引き戻した瞬間、それに合わせるかのようにデスサイズを振るう。

ただし、刃《やいば》の部分ではない。石突きの部分でアドレッドの足を掬《すく》い上《あ》げるかのような一撃だ。ロドスとの練習では幾度となく決まった一撃。だがアドレッドはそこまで迂闊《うかつ》ではなかったらしく、柄の部分が視界から消えたと判断した瞬間、後方に跳躍してレイとの距離を取る。

同時に、一瞬前までアドレッドの足があった空間をデスサイズの石突きが通りすぎた。

「っとぉっ！　危ねぇ。何か戦いにくいな、お前。さすが異名持ちってことか？」

手甲を顔の前で構えて告げてくるアドレッドに、レイもデスサイズを構えて笑みを浮かべる。

「さて、どうだろうな。気になるなら、もう少し打ち合いに付き合ってみるんだな」

そう告げ、しかしレイがアドレッドに向けたのはデスサイズの刃の部分ではなく、石突き。

（今回の戦いの課題は、デスサイズの刃の部分じゃなくて石突きの部分のみで戦うこと。刃の方を使えばあっさりと勝てるだろうが、そうなれば棒術の技術が磨かれないからな）

レイの莫大《ばくだい》な魔力を用いて振るわれるデスサイズの刃は、基本的に斬《き》り裂けないものはない。

唯一の例外は同種の魔力を通して性能を上げるマジックアイテムだが、それにしても莫大な魔力というアドバンテージがあるレイが圧倒的に有利だ。

しかし、今までデスサイズのその性能に頼りすぎていたのも事実。自分よりも格下であったり、同レベルくらいの相手であればそれでも何とか出来るだろう。

だが、明確に自分よりも格上の相手と戦うとなると話は別だ。より緻密《ちみつ》な技術が求められる。

それを得るため、レイは今回のアドレッドとの戦いは石突きだけで渡り合うことに決めていた。

……しかし、当然それを見たアドレッドは自分が手加減されているように感じ、面白くない。

事実レイの構えを見た瞬間、アドレッドの表情は数秒前の如何《いか》にも戦いを楽しんでいるという笑みから不愉快さを滲《にじ》ませたものに変わっていた。

「……おい、それは何のつもりだ？　俺を相手に手加減をしている余裕があるとでも？」

「別にそんな訳じゃないさ。ただ、こっちにもこっちの理由があってな。そっちにとっては不愉快かもしれないが、この戦いはこのままでいかせて貰う」

そこまで告げて一旦言葉を止め、挑発するかのように笑みを浮かべて口を開く。

「どうしても俺にデスサイズを使わせたいんなら、そこまで俺を追い詰めることだな」

その言葉に戦意を掻《か》き立てられたのだろう。アドレッドは再び獰猛な笑みを浮かべつつ左右の拳をぶつけて自らの闘争心に火を点《つ》ける。

「分かったよ、やってやる。おらぁ、行くぞぉっ！」

周囲一帯に響くような大声で叫び、再びレイとの距離を縮めんと迫ってくるアドレッド。

レイもそれに合わせるようにしてデスサイズの石突きの部分を構え、アドレッドが右手を振り上げたその瞬間、ゾクリとした嫌な予感に促されるままにその場を飛び退《の》く。瞬間、アドレッドが空中を殴るように大きく振るった拳から何かが放たれ、一瞬前までレイのいた空間を貫いていく。

「へぇ、さすが」

自らの一撃を回避されたというのに、アドレッドの口に浮かんでいるのは笑み。

「スキル、か」

「ま、そういうことだ。格闘をメインにしているからって、別に遠距離攻撃が出来ない訳じゃない。お前も魔法は得意なんだろ？　なら存分に使ってこいよ」

「……先程と同じ言葉を贈らせて貰うか。俺に魔法を使わせたいというのなら、そこまで追い詰めてみるんだな」

「ははは。言う言う。なら……そうさせて、貰おうか！」

先程と同様の拳から放つ遠当てを連続して撃ち続け、それを牽制《けんせい》としながらアドレッドはレイとの距離を縮めてくる。

レイも最初は驚いたが、それでも一度でも見てしまえば対処するのはそう難しくはない。

拳と違ってほとんど攻撃が見えないのは痛いが、それでも回避出来ないほどではなかった。

「やってみろ、よ！」

振るわれる手甲を回避し、弾《はじ》き、あるいは受け流す。その隙《すき》を突くかのように石突きで突きを入れ、横薙《よこな》ぎの一撃を繰り出し、反撃に転じる。手甲と石突き、あるいは足甲と石突きのぶつかりあう金属音が幾重にも響き渡り、一種の音楽にも似た音を奏で始めた。

キンッ、キキキキキンッ、キン。

その音は激しくなることはあっても静まることはなく、観客たちの耳を楽しませる。

だが、戦いがいつまでも続くはずはない。徐々にではあるが、身体能力の差が表れ始めた。

「ちぃっ、俺の力をもってしても防御を崩せないか。また厄介な……っと！」

アドレッドが陥ったのは、一回戦でレイと戦ったアナセルと同じく、動きの限界。

武器を振るうのではなく、拳や足を振るうという違いから要所要所で素早く呼吸を入れてはいたが、それでもレイとの激しい応酬の中で十分とは言えなかった。

それを感じ取り、背後に一旦飛び退こうとしたアドレッドだったが……

「させるかっ！」

決定的ともいえる、そんな隙をレイが見逃すはずもない。

先程の礼だと、後方に跳躍しようとしたアドレッドの鳩尾《みぞおち》にデスサイズの石突きを突き出す。

「ぐおっ！」

それでも身体を捻《ひね》り、鳩尾から脇腹に攻撃の命中場所を変えたのは、格闘家としての本能に近いものだったのだろう。何とか鳩尾を突かれ意識を失うことは避けられる。

……だが、その代償として肋骨《ろっこつ》数本が石突きにより砕け、痛みに苦痛の声を漏らす。

「ほら、ほら、ほら！　今度はこっちの番だ！」

そう口を開きつつ、まるで棍《こん》の如く振るわれるデスサイズ。

横薙ぎ、叩《たた》きつけ、突き。それらがあらゆる角度から放たれ続ける。

アドレッドも手甲を使って何とか攻撃を逸《そ》らし、あるいは回避しようとするのだが、息が続く限界まで攻撃をした直後で、なおかつ脇腹に強烈な一撃を貰《もら》っている。そのため、最初は何とか防いでいたものの、それも時間が経《た》つにつれて攻撃を捌《さば》ききれなくなり……

「ぐぎゃぁっ！」

横一閃《いっせん》に振るわれたデスサイズの柄が、先程の突きで砕かれたのとは反対の肋《あばら》を砕く。

それだけなら闘技場の観客たちも驚きはしたものの、そこまでではなかっただろう。

だが……

『嘘《うそ》だ、嘘だ、嘘だぁっ！　身長にして深紅の二倍近く、体重はそれ以上の差があるだろうアドレッドが、真横に吹き飛んだぞ！　信じられない……自分の目で見ても全く信じられない！』

実況の声に、観客席も自分たちが今見た光景が信じられないといった風にざわめく。

そんなざわめき声を聞きながら、レイは舞台の上に倒れているアドレッドに近づいていく。

「くっ、くそ……なんて力をしてやがる」

たった今殴り飛ばされ、肋骨のほとんどをへし折られた脇腹を押さえつつ立ち上がろうとするアドレッドを見たレイは、驚きの表情を浮かべる。

百キロを超える重量を持つデスサイズを、金属ですら容易に片手で曲げる力を持つレイが振るった一撃だ。何らかのモンスターの革を使って作ったと思われるレザーアーマーを身につけているとはいえ、まさか立ち上がれるほどにダメージが少ないとは思ってもいなかったのだ。

（本戦の二回戦まで上がってくるだけの実力はある、か）

その頑丈さは、確かにこの長い闘技大会を勝ち抜く上で重要な要素の一つだろう。だが、レイもここで負けるという訳には……そして手こずる訳にはいかないのだ。一瞬だけ向けられた視線の先は、皇族用の貴賓席。そこには皇帝の姿があり、同時にその皇帝が推薦したノイズの姿もある。

向こうもレイが自分を見ていると気が付いたのだろう。唇の端を小さく動かし、笑みを浮かべていた。自分のいる場所まで上がってこられるか？　そんな意味を込めた視線を受けたレイは、改めてアドレッドに視線を向ける。

「こんな場所で足踏みしている訳にはいかないんだよ！」

その言葉と共に再びデスサイズが振るわれ、柄の部分でアドレッドを吹き飛ばし……身長二メートル半ばほどもある大男は、そのまま舞台の外に吹き飛ばされるのだった。

「勝者、レイ！」

エピローグ

「なるほど、勝った……か」

呟く声が貴賓室の中に響く。その声を聞いているのは、この部屋の主でもある人物……すなわち、ベスティア帝国の皇帝トラジスト・グノース・ベスティアと、貴賓室に控えているメイド、そしてたった今声を発したランクS冒険者、不動の異名を持つノイズのみ。

他の皇族がいないのは、それぞれの派閥の者たちと共に闘技大会を見物しているか、そもそも闘技場に来ていないのか。普通の行事であれば皇帝が参加している行事に姿を現さないのは不敬と言われても当然だが、今行われているのは闘技大会で、あくまでも祭りに近い。

さらに、本戦だけでも一日二日で終わるようなものでない以上、最初に行われる開会式と閉会式にさえ出席すれば、そのあとは基本的に自由となる。……もっとも、それでもスカウト目的や他派閥との交渉、その他諸々にやるべきことが多く、多くの貴族が闘技場に来るのだが。

「確かに勝ちはしたな。ろくに魔法を使わず、さらにはあの大鎌《おおがま》も刃《やいば》を使うことなく」

「ああ。俺と戦うために力を付けているのだろう。事実、一回戦よりも腕が上がっている」

「ほう？　不動と言われるお主にそこまで言わせるか。確かに深紅という冒険者はとてつもない力を秘めているようだな」

「当然だろう。わざわざ俺が目を付けたんだから。……そもそも、前もって宰相から打診されてはいたが、会って興味を惹《ひ》かれるような相手じゃなきゃ、闘技大会への参加を断っていたさ」

とてもではないが、大陸でも最大の版図を持つベスティア帝国の皇帝に対するものとは思えない言葉遣い。もしもここに誰かがいれば、目を見張ったことだろう。だが、トラジストはノイズの言葉に楽しそうな笑みを口元に浮かべるだけで、メイドも驚く様子はない。

これが……これこそが、ランクSの冒険者なのだ。一国の皇帝に対等な口を利くことが許されるというのが、世に三人しか存在しないランクSの冒険者がどれほどのものかを示していた。

そしてノイズがこの場にいることこそが、皇帝のいる貴賓室に護衛が誰もいない理由。

ノイズがいれば他《ほか》の護衛はいらないと、その実力を心の底から信頼しているというのを示しているのと同時に、ノイズもまた自分がいる限り、トラジストに対して何らの危害も加えさせるつもりはないと態度で示している。

双方共に妥協の産物ではあるが、お互いがお互いを気の置けない友人であると認識しているのも事実だった。……友人にしては、多少年齢が離れているが。

「では、戯れに問おう。あの者はこれから先ベスティア帝国の前に立ちはだかると思うか？」

戯れ。そう告げてはいるが、その内容は極めて重い。深紅が敵になるのであれば、軍を向けても一掃されるだけだというのは、春の戦争で明らかになっている。

つまり、広域殲滅《せんめつ》戦を得意としている深紅という相手に対抗するために必要なのは、数ではなく質。個人で……あるいはパーティ単位で深紅と渡り合えるだけの実力を持つ者が必要なのだ。

「可能性は高い、としか言えないな。俺が奴《やつ》と会ってみたところ、ミレアーナ王国に対して忠誠をつくすようには思えなかった。仕事として請け負えばその間は味方をする……そんな態度だな」

「では、引き抜きは可能か？　別にミレアーナ王国に対してそこまで思い入れがないのであれば、こちらの味方になるとも考えられるが」

ノイズの説明を聞いていれば、当然出る質問。しかし、ノイズ本人は首を横に振る。

「あくまでも俺の勘でしかないが、恐らくこっちに味方してミレアーナ王国と敵対するという真似《まね》はしないだろう」

「何故《なぜ》だ？　お前の言っていることが事実であれば、向こうに味方をする必要性はないはずだ」

「だから、それこそ勘でしかないんだよ」

根拠は勘だけだったが、トラジストが納得するには十分な理由だった。

その辺の冒険者が勘が理由だと言えば、恐らく鼻で笑っていただろう。

だが、目の前にいるのはランクS冒険者のノイズなのだ。そこまでの人物が言う勘というのは、当然信用に値する。そして、その勘は正しかった。

レイはミレアーナ王国自体に特に執着はない。いや、むしろ貴族派との諍《いさか》いを始めとして嫌な思い出も相当多い。しかし……それでもレイがミレアーナ王国と敵対するという可能性は恐ろしく低かった。理由は幾つもあるが、大きな理由としてやはりエレーナ・ケレベルという存在だろう。また、最初に立ち寄った辺境の街ギルムという場所にも愛着を抱きつつある。

それらの理由から、今のところレイがミレアーナ王国に対して敵対をするという理由はない。

その辺の事情を知っている訳でもないのに、本能的に感じ取る能力はランクSという冒険者の中でも頂上の……そして超常の存在故なのだろう。

「なるほどな。だが、そうなるとあの者はこれからの余にとっては障害にしかならぬか。……全く、あのような者が余の後継者となってくれれば安心出来るのだがな」

そこまで呟《つぶや》き、小さく息を吐《つ》く。

自分の息子や娘たちが、現在皇位継承権の件で暗闘を繰り広げているのは知っている。

それを駄目と言うのではない。トラジストの立場としては、むしろもっと勧めたいくらいだ。

ベスティア帝国は最強の国なのだから。

少なくとも国民は皆そう信じているし、そうであれと行動している。

しかし実際は、確かにベスティア帝国は強国だろうが、それでも最強の国と呼ぶにはまだまだ力不足だ。だからこそ、ベスティア帝国の皇帝を目指そうという者は相応の力量を求められる。

トラジストもまた、皇帝になるために多くの血縁者たちと暗闘を繰り広げたのだから、それは身に染みて分かっていた。そこまでして……己の実力だけではなく、運の要素、仲間の有能さといったもの全《すべ》てを持っている者こそがベスティア帝国の皇帝の座に就けるのだ。

そういう意味で、レイはトラジストの琴線に触れる何かを持っていた。

この男がベスティア帝国の皇帝になれば、恐らく国はより高く飛翔《ひしょう》出来るだろうと。

それこそ、ベスティア帝国の長年の悲願でもある海を手に入れ、ミレアーナ王国を呑《の》み込み、大陸全てにベスティア帝国の旗を掲げることになるだろうと。

もちろんそれはあくまでもトラジストの直感にすぎない。だが、ノイズと同様にベスティア帝国の皇帝まで上り詰めた男の直感だと考えると、信憑性《しんぴょうせい》が皆無という訳でもないのだろう。

「なら、いっそ婿にでもとったらどうだ?」

どこかからかうように告げてくるノイズに、トラジストは苦笑を浮かべる。

それが最も効率的な選択であるのは事実だ。だが、そのような真似をすれば貴族の間の不満が爆発し、下手をすれば内乱ということにもなりかねない。

「セレムース平原であそこまで被害を受けていなければ別だったんだろうがな」

「それを言うなら、セレムース平原であそこまで活躍したからこそ深紅という異名が付けられたんだろう？　そこまでして名前が売れたから、捨て置けない状態になっているんだ。もし奴がセレムース平原で活躍していなければ、買い被《かぶ》る必要はなかったと思うが」

小さく笑みを浮かべたノイズの前に、そっとカップが差し出される。

メイドからの気遣いに、短く礼を告げてカップに手を伸ばす。

「ま、今のままだとどうあっても深紅を引き入れるのは難しいだろう」

「……なるほど。今は、か」

含み笑いを浮かべつつ、意味ありげな視線をノイズに向けるトラジスト。

今はミレアーナ王国との関係が悪い。だが、それが永遠に続く訳でもないのは事実だ。

ベスティア帝国の皇帝として、決してミレアーナ王国に引く訳にはいかないが、向こうが譲歩をしてくるのなら情けをかけるのも吝《やぶさ》かではないのだから。

「いつになるか分からない『今』だけどな」

揶揄《やゆ》するような口調で告げてきたノイズに、トラジストは些《いささ》か不機嫌そうに鼻を鳴らす。

だが、次の瞬間には唇を小さな笑みの形に歪《ゆが》めて口を開く。

「お前としては、深紅とは敵対していた方がいいのであろう？」

「否定はしない。それが目的でこんな茶番劇に参加したんだ」

「おや、茶番劇とは言葉がすぎる。ベスティア帝国の中でも一大行事だぞ？」

言葉では咎《とが》めているが、その声色に滲《にじ》んでいるのは笑みの感情だ。

トラジストは知っている。自分の隣にいるランクSの冒険者は決して表情に出さないが、退屈を持てあましていることを。いや、ランクSまで到達したからこそ、と言うべきか。

圧倒的な強者であり、そうであるからこそ自分の相手になる者はいない。それでいてやることがないために訓練を欠かすことはなく、その結果さらに強さが上がる。

色々な意味で不器用な男なのだ。

(酒や女といったものに興味でも持てば、話は別だったんだろうが……な)

冒険者という職業に生真面目《きまじめ》であるからこその、停滞とも言える状況。

下から上がってくる者でもいれば話は別なのだろうが、今の帝国にはランクAはいてもランクSの器を持つ者は彼以外存在しない。そもそも、世界で三人しか存在しないのがランクSなのだ。そうそう簡単に増えるはずもなかった。

だからこそ……トラジストは、目の前にいる男が見込んだ深紅という人物に強い興味を持つ。

元々春の戦争の件で興味は持っていたのだが、今はそれ以上に興味を向けている。

(深紅と不動。順調に進めば決勝で当たることになるが……さて、何が起きるのだろうな)

内心でそう考えつつ、トラジストは次の試合に視線を向けるのだった。

◆◇◆◇◆◇

「ヴィヘラ様、どうやら敵は盗賊を雇ってこちらを攻撃するようですが、どうしますか?」

「やることは変わらないわ。今はとにかく、こちらの勢力を伸ばす必要があるもの。むしろ、盗賊を雇うなんて真似をしてくれるのなら、好都合ね。一気に踏み潰《ふつぶ》してあげましょう」

そう言い、ヴィヘラは他の面々と共に盗賊を倒しに向かう。

早くレイと再会出来ることを祈りながら。

……また、そんなヴィヘラとは違って、鎮魂の鐘のようにレイの命を狙《ねら》っている者たちも、虎視《こし》眈々《たんたん》とその命を奪う機会を窺《うかが》っている。
ベスティア帝国の前途を揺るがす決着のときは、そう遠くはなかった。

あとがき

こんにちは、十五巻のご購入ありがとうございます。今回は珍しく……そう、本当に珍しくあとがきのページ数が六ページもあるので、色々と書くことが出来ます。

本当にいつぶりでしょうか。……もっとも、今までページ数を限界まで使っていたので、あとがきのページ数が少なくなったという意味では、ある意味自業自得なのですが。

さて、十五巻の発売は九月となっている予定です。少なくとも予定通りにいけば。

十四巻の発売日が去年の十二月だったので、実に半年以上前なんですよね。

十五巻の原稿そのものは、それこそ去年の十二月くらいに出来ていたのですが。

ただ、本を出したいと言っても、それは私の判断でどうにか出来る訳ではありません。

カドカワＢＯＯＫＳの編集部の方でも色々と都合がありますし、他の本の発売スケジュールもあります。そう考えれば、ここまで発売に時間がかかったのも仕方がないのかもしれませんね。

また、今年は色々な意味で大変だったというのもあります。

このあとがきを書いているのは六月上旬なのですが、秋田県は非常事態宣言もすでに終わり、日常生活が戻ってきています。……マスクをしている人は非常に多いですが。

現在は日本全国でも新型コロナの騒動が終息に向かっているようですが、このまま何とか無事に新型コロナ騒動の前までの生活に戻れるといいのですが。

さて、十五巻の内容についてですが、今回の追加エピソードは頑張りました。

何と、四万五千文字オーバー。……ＷＥＢ版のレジェンドは一話五千文字くらいで投稿しているので、九日分の文章量が追加エピソードになったことになりますね。

内容は、人によってはあとがきから読む人もいるので、詳細には書きません。

ですが、レイはあっと驚く人と遭遇して、一緒に行動するといった感じになっています。

ＷＥＢ版の読者の方でも、十分に楽しんで貰《もら》える内容になっているかと。


このあとがきを書く際に十四巻のあとがきを読んでみたのですが、そこにはちょうど去年の六月中旬くらいからジョキングを始めたといったことが書かれていました。

このジョギング、現在もまだ続いてます。

十四巻のあとがきでは二キロを走る際に少し歩いたりといった風に書かれていますが、現在は五キロを毎日――雨や強風のときは休んでますが――走っています。

何だかんだと、一年くらい続いてるんですよね。

とはいえ、実は五キロ走るというのは去年の十一月くらいからはそこまで走る距離が伸びていたのですが、五キロを走るのに三十分以上かかってるので、それ以上は伸ばしてません。

それなりに余裕があるので、もう少し頑張れば六キロ、七キロ、八キロといった風に走る距離を伸ばすことが出来るのかもしれませんが……さすがに時間的な問題が。

なので、五キロときりもいいので、しばらくはこのまま五キロのままでいようかな、と。

何気に、冬……年末年始とかも、毎日五キロ走ってましたよ。

幸いにして、去年は秋田でもほとんど雪が積もるといったことはなかったので、普通に走れましたし。……ただ、雪は積もらなくても真冬の風は非常に冷たいんですよね。

それに積もらなくても雪は降ってくるので、風向きによっては顔を上げることができなかったりもしたのですが、それでも何とか頑張りました。

実は一月中旬くらいに風邪気味になって、十日程走るのを休んだときがあったのですが、風邪が全快して再び走ったら、筋肉痛に。

何だかんだと、久しぶりに筋肉痛になりましたね。

ともあれ、そんな訳で微妙に休みつつも一年ジョギングが続いたのは、個人的に頑張ったかなと。

これからも健康のために頑張ってジョギングを続けていきたいと思います。


そう言えば、私が住んでいる家の向かいには林……というほどに大袈裟なものではないのですが、少し木が生えていて、その先に工場があります。

いえ、倒産してしまったので、ありましたと言った方が正しいですね。

現在その工場は壊されて住宅街になる予定なのですが、その工場の敷地内で複数のショベルカーが動いているのを見ていると、何ともいえない迫力があります。

そんな中でも嬉しかったのは、生えている木々の中でも大きな木を何本も切ってくれたことでしょうね。大館の花火大会ほどに有名ではないとはいえ、それなりに有名な能代の花火大会。

この花火大会の花火は私の家の二階から見えることは見えるのですが、工場の敷地内にあった高い木によって花火の一部が見えなかったりしたんですよね。

そういう意味で、今度の花火大会はしっかりと家からでも楽しめそうです。

……もっとも、今年は新型コロナで中止になったのですが。

仕方がないので、花火大会は来年の開催を楽しみにしています。

来年は無事に花火大会を開くことが出来ればいいのですが。

また、能代花火大会以外にも、能代には『おなごりフェステバル』というお祭りがあります。

いえ、ありましたといった方が正確ですね。

日本中の色々なお祭りを呼んで市街地で行うといったようなお祭りで、最後には花火大会ほどに多数ではありませんが、それなりの数の打ち上げ花火が行われ、その花火も私の家は二階から見ることが出来ました。

ですが、このおなごりフェステバル。資金的な問題によって続けるのが難しくなり、本来なら今年が最後だったのですが……新型コロナの影響により、中止に。

最初にその話を聞いたときには、来年に延期するのかと思ったのですが、残念ながら延期もなしで、結果として去年が最後となってしまいました。……無念。

こうして見ると、やっぱり何だかんだと私の地元でも新型コロナの影響は大きいんですね。


暗い話が続くのもなんなので、明るい話でも。

そう思ったんですが、残念ながらぱっと思いつくような明るい話題というのはありませんね。

うーん、無理矢理明るい話題を探すとすると……最近私がプロテインを飲むようになったとか?

いえ、これは別に明るい話題でも何でもありませんね。

ですが特に話題もないので、少し掘り下げてみましょうか。

とはいえ、そんなに難しい話ではありません。

今まではジョギングが終わったあとはリンゴやバナナといったような果物を食べていたのですが、色々と調べてみるとプロテインがいいらしいとあったので飲んでみたんですよね。

始まりとしてはそんな感じですが……今のプロテインって、普通に美味《おい》しいんですね。十年くらい前にプロテインを飲んでみたことがあったんですが、そのときはかなり飲みにくいといった印象しかなかったんですが。

現在飲んでいるのは、スポーツ飲料的な感じで走り終わった直後に飲むにはちょうどいいです。

ただ、プロテインの主成分のタンパク質を効率よく吸収するためには、冷蔵庫に入れておいた冷水とかじゃなくて、水道からそのままコップに汲《く》んだ水の温度がいいらしいんですよね。

いいえ、それでも十分に美味しいので構わないのですが。

でも、どうせなら冷たいスポーツ飲料――風のプロテイン――を飲みたいな、と。

取りあえずお試しで購入した奴《やつ》が思った以上に美味しかったので、これがなくなったらまた同じのを購入しようと思います。

他にもチョコレート風味の飲料とかそういうのもあったのですが、走り終わった直後に飲むとなると、やはりスポーツ飲料のような方が飲みやすいかな、と。


さて、そろそろページ数もつきてきましたので、最後に謝辞を。

夕薙《ゆーなぎ》様、いつも素敵なイラストをありがとうございます。現在はまだ表紙しか見ていませんが、圧倒的な迫力があって、最初に見たときは『うおっ！』と驚きの声が出ました。

担当のW氏、今回もありがとうございました。

皆さん、次は十六巻でお会い出来ることを願って、この辺で失礼します。

……それにしても、何だかんだと十五巻まで続いたのは非常に嬉しいです。

神無月　紅

お便りはこちらまで

〒102－8078
カドカワBOOKS編集部　気付
神無月紅（様）宛
夕薙（様）宛

カドカワBOOKS

レジェンド 15

2020年 9 月10日　初版発行

著者／神無月紅《かんなづきこう》

発行者／青柳昌行

発行／株式会社KADOKAWA

〒102-8177
東京都千代田区富士見2-13-3
電話／0570-002-301（ナビダイヤル）

編集／カドカワBOOKS編集部

印刷所／大日本印刷

製本所／大日本印刷

●お問い合わせ
https://www.kadokawa.co.jp/（「お問い合わせ」へお進みください）
※内容によっては、お答えできない場合があります。
※サポートは日本国内のみとさせていただきます。
※Japanese text only

Printed in Japan
ISBN 978-4-04-073784-3 C0093

新文芸宣言

かつて「知」と「美」は特権階級の所有物でした。

15世紀、グーテンベルクが発明した活版印刷技術は、特権階級から「知」と「美」を解放し、ルネサンスや宗教改革を導きました。市民革命や産業革命も、大衆に「知」と「美」が広まらなければ起こりえませんでした。人間は、本を読むことにより、自由と平等を獲得していったのです。

21世紀、インターネット技術により、第二の「知」と「美」の解放が起こりました。一部の選ばれた才能を持つ者だけが文章や絵、映像を発表できる時代は終わり、誰もがネット上で自己表現を出来る時代がやってきました。

UGC（ユーザージェネレイテッドコンテンツ）の波は、今世界を席巻しています。UGCから生まれた小説は、一般大衆からの批評を取り込みながら内容を充実させて行きます。受け手と送り手の情報の交換によって、UGCは量的な評価を獲得し、爆発的にその数を増やしているのです。

こうしたUGCから生まれた小説群を、私たちは「新文芸」と名付けました。

新文芸は、インターネットによる新しい「知」と「美」の形です。

2015年10月10日
井上伸一郎

レジェンド
重版続々!
コミカライズも快進撃!!
原作✿神無月紅
作画✿たかの雅治
キャラクター原案✿夕薙
DRAGON COMICS AGE
レジェンド
①～⑨巻
絶賛発売中!!
(KADOKAWA刊)
コミックス各巻カバー裏面には
原作者神無月紅書き下ろしの
短編小説を特別掲載!
ドラゴンエイジにて好評連載中!
https://dragonage-comic.com/
※2020年8月現在

神様にもらったチート神器で、
便利アイテムから
最強装備まで
自前で調達！
神に職業と神器を与えられる世界では、人の作る武器は不要。レリウスの職業『鍛冶師』も役立たず――のはずが、『鍛冶師』のハンマーには一度破壊したものなら幾らでも創造できるチート能力が備わっていて……？
講談社マンガアプリ『マガポケ』にて
コミカライズ連載中!!
漫画：吉村英明

超ド級＆万能すぎる
スライム魔法で、
異世界を自由に
駆け回る！